百門一新
2
Illust.双葉はづき
引きこもり
令嬢は皇妃になんてなりたくない!
Hikikomori reijou ha kouhi ni nante naritakunai!
強面皇帝の溺愛が駄々漏れで困ります

ジルヴェスト
エンブリアナ皇国の皇帝。エレスティアに対して愛を叫ぶ心の声がなぜか心獣から駄々漏れてしまって…!?
「愛らしい俺だけの皇妃――」

正式に夫婦になっても、
冷徹皇帝の溺愛は駄々漏れ継続中…！
エレスティア
引きこもりの元第一側室。皇妃としての立場もジルヴェストから聞こえてくる甘い心の声にもたじたじ中で…！
（な、なんでこの人、心の中だとたまに激甘になるの!?）

Contents

Hikikomori reijou ha kouhi ni nante naritakunai !

引きこもり令嬢は皇妃になんてなりたくない！

Kikikomori reijou ha kouhi ni nante naritakunai !

強面皇帝の溺愛が駄々漏れで困ります

2

百門一新

Illust.双葉はづき

Isshin Momokado
Presents

プロローグ　皇帝は妻に夢中です

国花であるリリジアの花が、王都で見頃となったと発表され花見が解禁となった。

その白い花は、昔、帝国から嫁いできた皇妃の母国が友好の証に贈ったものだ。

優雅にしなだれた白い花弁はエンブリアナ皇国の王侯貴族の心を掴《つか》んだ。育て方が難しいが、国立花園の奥に増築された場所に植えられて大切に育てられ続けている。

その花見解禁の式典に、皇妃――ことエレスティアも出席していた。

入籍したので、皇帝と夫婦としての出席である。

その揃《そろ》った姿を近くから拝見できると国民たちはありがたがり、大勢の貴族がその式典への参列を求め、大賑《おおにぎ》わいとなった。

クールな皇帝ジルヴェスト・ガイザーのそばで、皇妃は初々しい様子で頬を染めていた――と後日、新聞の一面見出しで書かれてしまう。


だが、実際には彼はそんなことはなくて。

エレスティアは内心、クールでいようと努め続けたのだとは……世間は知らないでいる。

白いリリジアの花は満開で美しかった。皇帝により解禁宣言がなされると、大勢の貴族たちが花園を歩いて鑑賞を始める。

とはいえ大半の国民の関心は、エレスティアに寄せられていた。

一般入場の時を待ちわびている彼らは、待たされていることも忘れているみたいにエレスティアを感心して眺めていた。

「はーっ、なんと美しい皇妃様だろうか」

「あの冷酷な皇帝の氷をとかしたお方だろう？　確かに、なんとも愛らしいなぁ」

「お前ら、花を見ないと妻たちにどやされるぞ」

「そっち見てみろ。俺の妻も皇妃様に頬を赤くしているところだぞ」

「あたり前ですよっ、愛された皇妃なんてロマンチックなうえ、見てみなさいあの愛らしさっ。これまでの皇族とはまたガラッと違って素敵だわ」

「絵師たちが後ろですごい勢いでデッサンしてるな。でも、この絵画なら欲しい」

「王室公認の王家絵画シリーズか。俺も今注目してる」

そんな話が聞こえ、エレスティアはかなり恥ずかしいはずなのだが、今はそれよりも――。

『そうだろう、そうだろうっ。俺の妻は世界で一番愛らしい。花ではなく〝俺の妻〟を愛でたい気持ちっ、俺はっ、よくわかる！』

隣で夫が〝彼らに強く共感し、妻を大絶賛している〟ことが猛烈に恥ずかしかった。

彼は声には出していない。皇帝らしく威厳ある態度で、涼しげに場を眺めている。しかしエレスティアは『俺の妻』と自慢げに連呼されているのを聞いて、赤面が冷めないでいた。

そう、二人の真後ろにお座りした、この皇国で唯一黄金色の毛並みをした心獣《しんじゅう》のせいだ。

心獣は他の魔法国家にはない、このエンブリアナ皇国の〝魔法師〟だけに見られる最大の特徴ともいえる。

強い魔法師が生まれる際、その胸元から同時に生まれてくる獣だ。

一般的には白い狼の姿をしている。魔法師が自身に収めきれない魔力を保管する貯蔵庫であり、魔力の持ち主を守る性質もあった。

――魔力そのものであり、魔法も効かないし命令も聞かない。

生き物なのか、魔法師を守護する不思議な存在なのかは解明されていない。

主人を守ることに徹し、主人以外には牙をむく恐ろしい存在。他国からはどんな魔法も効かない強敵という認識がされており、国内外で『守護獣』と呼ばれていた。

皇帝が宮殿から出発すると共に、一心同体である彼の心獣もまた護衛のごとくそばについた。

そして、皇帝皇妃のため特別に用意された台座の花見席に、その大きな体で窮屈そうに座ってじっとしているわけだが――。

『俺も花とセットになったエレスティアをじっと見つめていたいっ。永遠に見ていられる！　しかし皇帝の俺が横を向いて座るわけにはいかないし……くっ……』

無表情でいる彼の心獣の方から、ジルヴェストの心の声がダダ漏《も》れしている。

原因は不明だ。初夜の際、彼の心獣と額を触れ合わせて一度光ってからずっとこうである。

（心獣にそんな能力があるとも聞いたことがないし……）

いったい、彼の心獣はどうなっているのか。

（ううん、そもそも私の方がおかしいのかしら）

――エレスティアは『古代王ゾルジア』の大魔法を持っていた。

魔力が最弱だと思っていたら十七歳にして目覚めた〝遅咲き〟タイプで、最強の大隊長である父、ドーラン以上の魔力量を保有する可能性も持ってしまったようだ。

といっても、目覚めたばかりの魔力は安定しておらず、測定不能なので断言されたわけではない。

そもそも、魔法の強さや魔力量など、エレスティアの能力は規格外のものばかりだった。

強い魔法師には心獣がおり、彼女も、魔力の目覚めと共に心獣も生まれたのだが――。

「ピィ、ピピッ」

今、彼女の膝の上にいる黄金色の小鳥だ。

白い花で埋め尽くされた視界が楽しいのか、先程から「ぴっぴっ」と言って体を左右に揺らしている。

もっふもふのマシュマロのようなボディだ。心獣は本来、超大型の白狼のような姿をした最強の守りなのだが――。

エレスティアが『ピィちゃん』と名付けたその心獣は、まったくの無害な姿である。

狼の姿ではなく、しかも手のひらに乗るサイズの小鳥……と、これも皆を困惑させていた。

「あれが本当に強い魔法師の心獣なのだろうか？」

心獣だと把握している者はそう言って首をひねっているし。

「皇妃は小鳥を飼われたのだろうか？」

庶民の一部からは、そんな不思議そうな声も聞こえてくる。

とはいえエレスティアは今のところ、自分の心獣への話題にはかまっていられない状況だ。

「まっ、より愛らしくていいではないか！」

「そうだよなぁ、小鳥まで懐いているとはなんて愛らし――いてっ」

「あんた！　新妻のあたしが隣にいながら、皇妃様にばっかりデレデレしちゃって！」

そんなやり取りが聞こえると、隣にいるジルヴェストの心の中が、大変なことなる。

『わかるっ、わかるぞ！　俺のエレスティアの愛らしさは皇国一だからな！　俺もこのような愛らしい女性は初めてだ、とはいえここまで皆の視線を集めてしまうと、そろそろ焦れてきたな。この腕の中に、俺の愛しい妻を隠してしまいたい』

エレスティアは密《ひそ》かに「ひぇ」と声を漏らした。

身を固くしてすぐ、隣の彼がもったいぶった咳《せき》払いを一つする。

「エレスティア、そろそろ疲れてきただろう。どれ、私のところに寄りかかるといい」

外での皇帝仕様で、彼が『私』と言ってそう提案してくる。

「で、ですが、アインス様も姿勢は崩さずに見るのが通例だと――」

「君の身に負担があってはいけないだろう」

ジルヴェストが言いながら手を取る。エレスティアの肩を抱き寄せると「それに」と囁《ささや》きを落とし、周りの声を聞くよう彼女に促す。

顔をぐっと近づけてきた彼に、彼女はどっきんとして動きを止めてしまう。

すると自分の速くなった心臓の音と同時に、周りの声もよく耳に入ってきた。

「おぉっ、皇妃様を気遣う慈悲深さ！」

「以前は見られなかったそのお姿の、なんと神々《こうごう》しいことか」

「寄り添うお二人が見られるのか⁉　前に詰めろっ」

民衆の期待の声が高まる。

国民が望んでいるのなら仲むつまじい姿を見せるべきだ。〝前世では姫であり〟、今は皇妃の教育を受けているエレスティアもそれは理解できる。

でも、逃げられない状況にそれとなく追い込むなんて、ずるい。

真っ赤になりながら、彼の方へ身を寄り添わせた。

「は、はい、それでは……御身に、少し失礼いたします」

するとジルヴェストが、待ちきれない様子で握った手を引き寄せ、彼女を片腕ですっぽりと抱きしめてしまった。

同時に彼の香水にまで全身が包まれて、エレスティアは真っ赤になった。

貴族たちも大注目してきて、場がどっと盛り上がる。

『ああ、ついこの腕の中に収めてしまった。愛らしい俺だけの皇妃――頭にキスをしたくなるな』

「ひぇ」

直後エレスティアは、頭の上に柔らかな何かが押しつけられるのを感じた。

彼の心の声を聞いているからこそ、それがキスなのだとすぐにわかった。それを聞かせている原因である彼の心獣は、二人の後ろでしれっと座ったままだ。

（な、なんでこの人、心の中だとたまに激甘になるの⁉）

そう思っている間にも、続けて頭にキスを落とされるのを感じて、エレスティアは耳まで熱くなった。

周りは花なんて見向きもせず「おぉっ」と感嘆の声を上げる。

『花よりも愛らしい妻を、このまま愛で続けてしまいたいな。押し倒してキスだけでもしたいのだがさすがに――そうだ、休憩すると言って数分カーテンを引いてもらうのはどうだろう？　ああ、しかし、キスだけでやめられるのかどうか』

心獣から怒涛《どとう》のように続いてきたジルヴェストの思考は、初心《うぶ》なエレスティアには刺激が強すぎた。

彼女は、聞くまいと意識して心の中で叫びを上げた。

（あぁあぁ、早く終わってぇええっ）

元引きこもり令嬢なのに、公衆の面前での赤面プレイは恥ずかしすぎた。

第一章　がんばりたい新米皇妃と新たな味方と

週が明けると、振替休日などあるわけがなく皇妃としての平日が始まる。

謁見の希望があった隣国の要人の妻たちとの茶会、そして外交を兼ねた会談――。

元引きこもりにはかなり体力的にきつい。けれど、自分の肉体と精神に鞭《むち》を打って与えられたことに一生懸命向き合っているのも、皇帝ジルヴェストの隣で歩んでいくと決めたからだ。

「ふぅ――」

応接室の一つから退出した時、疲労と、そしてほっとした気持ちから吐息が漏れた。

午前中の三つ目の用事だった。体力が心配されたのだが、やってみると案外気づいた時にはこんなふうに終わっていたりする。

そのことも、エレスティアに『次も』と前向きにさせる勇気を少しくれていた。

彼女が退場するなり専属の侍女たちが歩み寄り、移動のための身なりをすばやく整え直す。

皇妃は、この国で皇帝に続く〝顔〟だ。椅子に座った際に背もたれに触れる背中に流されたハニーピンクの長い髪。若草色の瞳にかかる前髪にも、さっと櫛が入れられる。

（ジルヴェスト様がいつもきちっとしていらしたのも、彼女たちの努力あってのことだったのね）

すると侍女たちと同時に、エレスティア専属の護衛騎士アインスが合流した。

「さすがです、エレスティア様」

彼は代々王家に使えているバグズ家の人間だ。ジルヴェストとは幼少期から共に過ごした幼なじみで、皇帝である彼が最も信頼している友人でもある。

「いえ、私はただ雑談をしただけにすぎませんから」

引きこもり令嬢だったエレスティアは、皇帝の側室に召し上げられて間もなく、皇妃となった。

それは彼女自身まったく予期していなかったことだが、ジルヴェストが愛して、大切にしてくれたからだ。

皇妃として誰もが認めるきっかけになったのは、彼女の魔力の目覚めだ。

魔法師として彼女が秘めていたのは、『絶対命令』という最強の大魔法だった。

現在、その大魔法について関係者以外には伏せられている。それは古代王ゾルジアだけが持っていた大変強力で稀有《けう》な魔法であり、その魔法の使い方や詳細もわからないままだからだ。彼女を守るためにも秘密とされていた。

皇妃として、少しではあるが公務も始めている。

能力は非公開なので、とくにこれといって大きな何かを任せられたり、こなしたりしているわけではない。

元引きこもり令嬢なので、こうして地道に努力を続けているところだ。

「そんなことはございません。外交にとてもよい一石を投じてくださっています。先日も、おかげで貿易の利益幅を増やした契約が結べたと、側近たちも素晴らしさを褒めたたえておりました」

「大袈裟《おおげさ》ですわ」

エレスティアは歩きだしながら苦笑する。

ただの談笑にも近いのに、アインスはこうしていちいちよいしょと持ち上げてくるのだ。皇妃になって喜んでくれているかもしれない。側室時代から最弱魔法師のエレスティアの味方でいてくれた。

そう考えると、やっぱりやる気が出る。

後ろから続く侍女たちが「本気にしていらっしゃらない」「本好きゆえの膨大な知識からの談笑で、相手はめろめろに」とひそひそと話す。

その時、後宮へ続く通行制限がされた通路へと入ったところで、エレスティアの顔面に勢いよく黄金色の毛玉がはりついた。

「おまっ、主人の顔面に突撃するなとあれほど言っていただろうっ」

珍しいアインスの砕けた感じが交じった声が聞こえた。

（ピィちゃんが来てから、彼の自然体もよく見られている気がするわ）

時々肩の力が抜けてくれるようになったのは嬉しい。そう思いつつ、エレスティアは顔に張りついたもにょっとした柔らかいものを手探りで包み、優しく顔から離した。

すると、両手のひらにころっと転がった黄金色の毛玉――ではなく、小鳥がいた。

「あらあら、ピィちゃんたら。あなた待つと言っていなかった？」

「ピッ！」

待っていたと応えるみたいに、ピィちゃんが小さな翼で主張した。

そこを覗《のぞ》き込むアインスの顔面が『ほんとかよ』と語っている。だが彼が、ハタと気づく。

「おい待て。いえ、お待ちなさい。お前、その口の周りについているのはお菓子のカスでは⁉」

「ぴっ」

「誇らしげにうなずくんじゃありませんっ」

まだ午前中なのに何度食べたら気が済むんだと彼が指を突きつけると、ピィちゃんが腹を抱えてピィピィ鳴いた。

「怒っていることを理解できていないのねぇ」

ピィちゃんは、エレスティアの胸から誕生した時は巨大な鳳凰《ほうおう》の姿をしていた。

その際に心に話しかけてきたのだが、魔力がすべてエレスティアの中に戻って体が小さくなってからは、見た目通り幼くなってしまったみたいだ。

心獣というのは一般的に〝白の狼〟だ。

黄金色、それでいて今はどこにでもいるような小鳥――それもあって高確率でただの小鳥に思われることが多かった。

「いいえ皇妃」

勤務中のアインスは、意識してエレスティアのことを『皇妃』と呼ぶ。

「ピィちゃんは理解しています。しているうえで、小バカにしているのです」

「ふふ、アインス様の『ちゃん』呼びは貴重ですわね」

「またそれですか、エレスティア様、今はそこじゃな……くっ、俺がしっかりしなければ……っ」

侍女たちが「アインス様も苦労されますわね」などと言いながら、急ぎエレスティアの顔を拭った。

すると、向かう先からくすくすと小さな声が聞こえてきた。

見てみると、そこにはアイリーシャ・ロックハルツ伯爵《はくしゃく》令嬢がいた。

「相変わらずアインス様も、エレスティア様といらっしゃるとその無表情が崩れるようですわね」

ハニーブラウンの髪をした、きつい顔立ちの美少女だ。

アインスは心外だと彼女に少し目を細めただけで、今は立場的に護衛騎士らしく佇んでいた。

「アイリーシャ様、ピィちゃんを見てくださってありがとうございました」

「いいのですわ。心獣とは思えない手のかかりようで、まるで小鳥でも育てている気分ですけれど――あ、今のは嫌みでなくってよ？」

アイリーシャが気にして、弱った笑みを浮かべる。

エレスティアは、片手にピィちゃんを移して「ふふっ」と上品に微笑んだ。

「知っていますわ。お気になさらないで」

「ふふ、わたくしの方こそ同じ言葉をお返しいたしますわ。ピィちゃんのことはお気になさらず。心獣がそばにいると動物は逃げてしまうので、わたくしも面倒を見るのが楽しいのです」

お互い向かい合ったところで、くすくすと肩を揺らして笑ってしまう。

アイリーシャは令嬢たちからも一目置かれ、皇帝の直属軍にも所属している優秀で強い魔法師だ。いっときぶつかることもあったが、和解し、今やエレスティアのよい味方になってくれている。

「ところでピィちゃんですけれど、目を離した隙にクッキーの袋をあっという間に探し出してしまって、一袋平らげてしまいましたわ」

「あ、あらあらっ、ごめんなさいっ。隠してはいたのですけれど」

おやつにしても少し食べるのが多いことを気にして、侍女たちと相談して隠したりしている。だが場所を変えても見つかってしまうのだ。

「どうしてかしら、心獣は鼻もきくのかしら？」

首をひねるエレスティアのそばから、アイリーシャが笑顔を張りつかせて視線を下げる。

そこにいたピィちゃんは、口笛を吹くみたいな細い音を出して、わざとらしく顔を右の方に向けていた。それをじっと見ているアインスが「ただの食い意地では」と、低い声でぼそっとつぶやく。

「お菓子も追加で食べ回っていたとすると、見ているのはもっと大変だったでしょう。ごめんなさい」

「いえ、かまいませんわ」

アイリーシャが、にっこりと笑みを戻す。そして美しく一礼した。

「〝皇妃〟、ご公務お疲れさまでございます。わたくしは国境監視部隊の指示本部へと行きます。皇帝陛下からの書類を届けがてら、新人部隊の教育がちゃんとなされているのか、ばっちりチェックしてきますから、陛下にはご安心をとお伝えくださいませ」

「本当にいつもありがとうございます」

「ふふ、いいのですわ。皇帝には、後継ぎのためにも皇妃とのお時間を取る必要がございますから」

実のところ側室入りした時に、初夜はなされなかった。

エレスティアは、じわーっと赤くなった顔をうつむけた。皇妃になった現在もまだジルヴェストとそんな関係は持っていない。

（普通、一国の妃が清い身のままであるのは問題だものね）

当然みんな夜伽《よとぎ》があるものと思っている。彼女がその手の質問に困るたび、事情を熟知するアインスが助け船を出してくれていた。

「それでは」

アイリーシャが去っていった。それを見届けたあと、エレスティアは肩に移動したピィちゃんと共に後宮へ向かうため再び足を進めた。

だが、間もなく王室区から後宮へと続く近道に差しかかると、そこから人が出てきて足を止めた。

「おっと、アイリーシャ嬢はもう行ったのか」

金髪を揺らして颯爽《さっそう》と歩いてきたのは、ジルヴェストだった。

軍の件で、今後の予定確認をしたかったらしい。エレスティアはもう聞いているので安心してくださいと言って、彼女から聞いた話を彼に伝えた。

「よろしくお伝えくださいと言われましたわ」

「そうか、お礼を今度贈っておく。気が強いからな、こちらもちゃんとしておかないとあとが怖い……君も大変だろう」

彼は相変わらず苦手らしい。

一方エレスティアといえば、アイリーシャとはすっかり友人になっていた。同じ女性として芯の強さも尊敬しているし、同性の魔法師としても心強い相手だった。

皇帝が信頼できる人間は多くはない。エレスティアが伝言を届ける体制を取ってくれたことに、彼女も感謝していた。

『報告すべき事柄が一番多いのはわたくしですので――』

その代わりだと言って、アイリーシャはああやって手が空いた時にピィちゃんを見てくれる。

とはいえ、彼女はよくできる女性で、エレスティアは支えられているのも感じていた。

こうしてジルヴェストと日中にも何度か顔を合わせられているのも、一部彼女の計らいがある。

だから彼も『こちらもちゃんと――』と頭が上がらなそうに言うのだ。

「ふふ、いいえ、話も合いますから大変なんて感じたことはございませんわ。先程控室に一緒にいた時は、医学の専門書の話なども楽しくいたしました」

「ああ、そういえば彼女は博士号も持っていたな……」

なるほど、という感じのジルヴェストだが、テンションは上がらなさそうだ。

(とことん苦手なのね……)

頼もしいと、軍の部下としてはなくてはならない存在だと言っていたが、相性がよくないという評価部分は変わらないようだ。

「これから後宮に戻るのだったな。足を止めさせてしまって、すまなかった」

「ジルヴェスト様もお茶でも飲んで休憩されてはいかがですか?」

「いや、アイリーシャ嬢に頼んでいた件がどうなっているのか確認して、君の顔を見ながら少しこうして立ち話でもできたらそれが休憩になる。——付き合ってくれて、ありがとう」

彼が言いながら手を伸ばし、エレスティアの髪を指先で優しげにすいた。

エレスティアは、空気が変わったように感じて少し緊張した。彼女の長い髪に、何か彼の興味をそそるようなものでもあっただろうか?

彼が送ってくれた香水が混ざったケア用品は、侍女たちにお願いして後宮から出る用事がある際には使わせてもらっていた。

会う相手もほっと和ませてくれるような優しい香りで、エレスティアも好きだ。

でも、それだけではない気がする。

どきどきして見つめていると、不意に彼がぐっと顔を近づけた。

(あ——)

彼が触れている彼女のハニーピンクの髪が、二人の間で緩やかに揺れた。

ちゅっと唇に柔らかく触れて、彼が離れていく。

エレスティアは不意打ちのキスに頬を染めた。唇を離したジルヴェストが、近くから深い青の瞳でじっと見つめてくる。

その時、肩にいたピィちゃんが「ピッ」と嬉しそうな反応をした。

『触りたい、手に入れたい』

唐突に、ジルヴェストのそんな声が聞こえてきて、エレスティアはどっと心臓がはねた。

彼の後ろからぬっと顔を覗かせたのは、彼と同じ深い青の瞳を持った、黄金色の大きな心獣だ。

『唇だけでは到底我慢できない。いっそ、このまま――』

熱っぽく色っぽい彼の心の声に、エレスティアの鼓動が一気に速まった。

『――いや、だめだ。彼女を思うのなら、俺の欲を押しつけるな』

ジルヴェストがぐっとこらえるみたいに、手を離していく。

心臓がどっどっとはねているエレスティアは、待機しているアインスから「やれやれ」という安堵のつぶやきを聞いて、恥ずかしくなった。

みんな彼女の心獣が魔力の貯蔵庫にもなっていないことを不思議がっているが――実のところ皇国で一番大きな皇帝の心獣も異色だとは、エレスティアだけが知っていることだった。

彼女の心獣と、まるで対のような黄金色の毛並みを持った彼の心獣は、エレスティアだけ聞こえるようにジルヴェストの心の声をダダ漏れさせてくるのだ。

（あの澄ました顔を見ていると、わかってやっている感じもしてくるような……）

いまだ、どういう原理なのかわからない。

思わずちらりと見てしまった時、ジルヴェストが困ったように微笑みかけてきた。

「すまなかったな、俺の心獣が次の時間を知らせに迎えに来てくれた——そろそろ、行く」

「え、ええ、気をつけていってらっしゃいませ」

今は絶対に引き留められない。彼の思考はそのまま心の声となるので全部聞こえてしまう。

そう思ってエレスティアは彼を見送った。心獣と共に来た通路へと歩いていく凛々《りり》しい後ろ姿に、ほぅっと息が漏れる。

彼ほど妻を想い、気遣ってもくれるよき夫はいない。

実は、エレスティアは誰にも言っていないが、側室の指名を受けた際に前世の記憶を思い出した。

ある国の姫だった彼女は、十五歳で敵国の王に嫁ぎ、そして悲惨な最期を迎えたのだった。

（彼は——待って、くださっている）

エレスティアは彼に触れられた髪を撫《な》で、そっと胸に抱いた。

ジルヴェストは、彼女が許してからは髪にも触れ、そして時々唇以外のところにも触ってくれるようになった。

いつか、彼と、もっと深いつながりを持つことになる。

彼は閨《ねや》のことも含む妃教育が終わるのを待つと言ってくれたのだが、エレスティアの体に負担がかからないようにと考えてくれている感じもあった。

魔力が目覚め、大魔法を使い、鳥の姿をした心獣が生まれ——と、多くのことが集中して起こった。

（私の魔力も謎が多いと言っていたから、そのことも含んでいるのかも……）

魔法具研究局宮殿支部も、妃教育が始まる際に『いろいろと調べてみる』と言って動いている。

いまだよくわからないのか、エレスティアの方にも何も知らせは届いていない状況だった。

『私の方でも何か一つでも確信できたら、報告しよう』

そうドーランも言っていたが、今のところ話は出ていない。

不明な現状なので様子を見た方がいいと、側近がジルヴェストに助言するのも推測できた。

エレスティアは国境で異例の大魔法を使った。魔力の量が多いほど暴走するため、魔力が不安定だった場合、持ち主の体を危険に晒《さら》すリスクも高まる。

（あの時は、ジルヴェスト様が支えてくださったからできたの）

大好きなピィちゃんに戻って休もうと急《せ》かされる感じで頬ずりをされ、エレスティアは「そうね」と答えて歩きだす。後ろからアインスと侍女たちが続く。

――古代王ゾルジアが使っていたという大魔法『絶対命令』。

それが今、魔力が覚醒したエレスティアの中に宿っている。

あの国境での大作戦で魔獣たちの群れに使って以来、発動はしていない。

膨大な魔力も体へと潜んで、魔法具研究局で蝶に向かって小さく唱えてみたが、魔法が発動する気配はなかった。

（使い方もわからない。でも、私は使おうとも思っていないから、いいの）

国が平和になった。

それでいて、エレスティアは自分の心獣ができたことにも満足していた。

魔力の部分だけでもいくつかわかって、それから『魔法が使えるくらい安定しているみたいだ』となったら、初夜がされるのかも——そう、密かにどきどきしながら思った。

皇妃としての仕事は、とても大切だ。

それから数日も、毎日どこかしらに予定が入っているという忙しさで、あっという間に感じた。

エレスティアに与えられているのは、皇妃としての公務に慣れてもらうための〝ほんの初級〟の仕事であり、元引きこもり令嬢ながら彼女なりにがんばろうと思って向き合ってもいる。

だが、この日は反省点がありすぎて、宮殿の控室に戻った時には赤面していた。

「あっははは！　ワンドルフ女大公も、ぽかんとしていましたわね」

アイリーシャが、珍しく声を上げて笑った。

「め、面目なく……」

エレスティアは恥ずかしすぎて、ぷしゅ～っと音を上げて縮こまる。控室で待っていたピィちゃんが、その肩にとまり、彼女の顔を覗き込みながら不思議がっていた。

本日の午後、エレスティアは皇妃として、賢女と知られているシェレスタ王国のワンドルフ女大公と初めて会談した。

彼女は女性の身でありながら当主を務め、現役の国王側近でもある。

皇妃に興味があると彼女が国王を通して申し入れをし、それを皇国側が受理して急きょ実現した。

そのスピード感は魔法大国ゆえだろう。転移魔法を駆使し、各地に設けられている装置を使って王都まで来るので数日程度でさくっと来られる。

「ふ、ふふっ、エレスティア様はほんと欲がないですわね」

「だ、だって願いと聞かれても咄嗟《とっさ》に好きな読書くらいしか浮かばなくて」

国に特別招待されることがあったら図書館に立ち寄って本を読みたい、と答えたら大笑いされてしまったのだ。

「やはり観光地のことを答えるべきでしたよね？　ごめんなさい、名所に大図書館もございましたので問題ないと思って答えてしまったのですが失敗してしまったみたい……」

「ふふふっ、そこではなくて、ふふっ、それは無料で達成される願いですわね」

「あ……」

先程は女性しか入れない場だったので、アイリーシャは侍女たちと共に同席し、社交に不慣れなエレスティアをサポートしてくれていた。彼女は心獣まで持った優秀な魔法師であり、かなりの護衛力になる。

「よい意味で笑ったのですわ。あの鉄壁にして完璧の女大公が噴き出して大笑いするなんて、味方になってくれる吉兆ですわよ。もし味方になってくれたのなら、何かあればエレスティア様の大きな助けになりましょう」

皇妃になってから続く各国の要人からの会談の希望。エレスティアに負担がないよう側近たちが選びつつ引き合わせているのも、今後本格化していく国交活動のため彼女の味方になってくれる権力者を国外につくる意味も兼ねている。

謁見室で初めて対面したワンドルフ女大公は、男性の装いをしていた。

エレスティアには、女性なのに〝男性的な美〟を持った凛々しい人だという印象が強かった。女性的な品のよさも特注の衣装には表れていて、夫と子がいる一人の女性であることはその柔らかな雰囲気に漂っているとも感じた。

『あなたのような愛らしく美しい皇妃とは、思いもしませんでした。挨拶の口づけを送っても？』

入室前、出会い頭のそのやり取りにアインスが目をむいていたが。

（そうよね。女性が女性にすることはないから、私もどきどきしてしまったのよね）

たぶん、アインスはそれに驚いたのだろうとエレスティアは思っている。

ワンドルフ女大公の来訪において茶会は名目で、シェレスタ王国との国交を深めるための会談である。

シェレスタ王国は、政治力でもかなりの国々へ発言権を持っているが、どの大国に対しても中立派のままだった。皇妃に興味を持って女大公から茶会の要望が届いた時、今後の国交によい一石を投じる結果になってくれればと、エンブリアナ皇国としては期待してもいた。

「でも、ピィちゃんがたまたまいなくて残念だったわ」

エレスティアは、肩のピィちゃんに人さし指を近づけながら言った。ピィちゃんが察して、ひょいと指に乗ってくれる。

「そうですわね。国内初の小鳥姿の心獣を、女大公も興味を示していましたからね」

アイリーシャも侍女に紅茶の追加を指示しながら苦笑した。

「気まぐれなのは心獣の特徴ですが、この子は……どちらかというと、三歳児みたいな感じですわよね」

「それは……否定できませんわね」

好奇心が起こると即行動し、おやつには目がなくて侍女たちが用意しているそばから食い逃げしたり、遊んでいたかなと思ったら急に満足して眠っていたりする。

先日なんて、公務中に姿が見えないなと思っていたら、一つ目に訪れていた応接室で立ち寝をして、そのままソファの後ろにひっくり返っていたのだ。

それに気づいたのが、間もなくそこで会談が入っていたジルヴェストだ。着席する直前に彼がもしやあれはという感じで屈み、『なんだこれは』という感じでつまみ上げたのを側近たち全員が目撃したとか。

『寝落ちたという顔をして、焦って飛んでいく心獣を初めて見た』

『皇帝陛下も心獣の寝落ちに、やや驚きを隠せずその現象を〝これ〟とおっしゃっていた』

などと噂になり、それを宮殿に来た際にワンドルフ女大公は耳にしたようだ。

「眠って落ちるのは心配よね。怪我《けが》をしてしまうかもしれませんし」

「はぁ、あまりにも柔らかなボディなのでそれはなさそうですが、まぁ、警戒心のなさはどうにかした方がいいかもしれませんわね」

「でも、どうしたら……？」

ピィちゃんを眺めながら話していた二人は、同時に首をかしげる。

室内に配置されている侍女たちが、苦しそうな表情をして顔を少し背ける。

「くっ、ツッコミのアインス様がいらっしゃらないと、あのアイリーシャ様も皇妃ののんびりペースに巻き込まれてしまいますわっ」

「そもそも寝るのがおかしいのですよね、普段お菓子をあげていると感覚が麻痺しそう……」

「アインス様、早くご報告から戻っていらっしゃらないかしらっ？」

それを耳にしたアイリーシャが、ハタと顔を上げて控えめに咳払いをした。

「わたくしとしたことが、小動物の愛らしさにうっかりしていましたわ」

「何がですの？」

「いえ、ピィちゃんは本当に人懐っこい心獣ですわよね」

はぐらかすようにそう言って、アイリーシャがピィちゃんの頭を指の腹で撫で撫でする。

「でも――当の女大公様が、皇帝に興味を示さないのは痛いですわよねぇ」

アイリーシャが会談を思い返して小さく息を吐いた。

「ああ、そういえば皇帝の話になったら、さらりと話題を変えられましたわね」

「アレは全身で『興味がない』と語っていたも同然です。ワンドルフ女大公は、シェレスタ王国の三分の一の政治力と軍事力への影響力を持った女君主、と言っても過言ではないですから、皇帝陛下にとっても味方について欲しいお方ではあるのです」

とても凛々しいとは感じていたが、それほどまでの人物だとは知らなかった。

「ごめんなさい。先に知っておくべきでしたわね。いただいた資料以外にも自分で目を通して――」

「いえ、あえて『あとで教えるように』とアインス様から指示がありましたの。エレスティア様は、何も悪くないですわ」

「えっ」

なぜ、とエレスティアは思った。

アイリーシャは、アインスとのことを思い出しているのかティーカップを取った際、その中にため息を小さく落としていた。

アインスは無表情が基本なので、何を考えているのかよくわからないことが多い。

とはいえジルヴェストから信頼され、実績も確かだった。エレスティアも皇妃になるまで彼の判断には助けられていて、何か理由があっての指示だろうと思えた。

（そこは知らない状態で話した方がよいと彼が判断してのことなら――それでいいわ）

エレスティアも過剰な緊張もなく、和やかに会談を終えられた。

すると、二人で紅茶を飲んでいたところにアインスが戻ってきた。

「それでは、わたくしはこれで」

他にもやることがあるアイリーシャが速やかに立ち上がり、あとを任せて退出する。

「おや。私が離れていたほんの数分で、本のラインナップが変わっておりますね」

アインスが、サイドテーブルを見て片眉を軽く引き上げた。

「あ、あはは……えと、いただいてしまったのです。ここで休憩をしているだけで三回ほど本の贈り物があって…………廊下に出たらまたバルボック様にも突撃されそう……」

アイリーシャには言えなかったが、エレスティアが参っているのを察してじーっと見つめてきたアインスに、実はという感じで移動に気が乗らない心境も吐露した。

アインスが離れている間、アイリーシャがそばにいるのは、護衛だけでなく贈り物の対応も兼ねていた。彼女は害を加える魔法がかかっていないか、毒物が仕込まれていないかを完璧に見抜ける女性魔法師の一人である――という、ジルヴェストやアインス、彼女の取り巻きの令嬢たちのお墨つきがある。

これまで最弱の魔法師だと笑っていた貴族たちがエレスティアへの態度を一変して、こぞって機嫌を取ろうとしてくるのだ。露骨に気に入られたがって本を紹介したり、実際にその本を贈ったりしてくることが続いていた。

嫌な気持ちと折り合いをつけて、皇妃としてあたり障りなく対応しているところだが、落ち着く気配がないどころか暇な貴族たちのアピール合戦は加熱して参ってもいる。

中でも、先週から一番困らせているのはバルボック卿だ。

宮殿内の移動中にも『この前話したのは覚えていますかな』と話しかけてくるなど、数日越しにしつこくつきまとわれて、エレスティアもさすがに困っている。

「ご安心ください。バルボック様も、先日社交場でオヴェール公爵《こうしゃく》閣下にボッコボコにされておりましたから、もうおとなしくされるかと」

「え？　なんですって？」

「ですから、ボッコボコです」

わざわざアインスがもう一度言ってきた。

無表情で手振りを交えて伝えられたエレスティアは、ハッと想像し、血の気が引いた。

エレスティアの父、ドーランは魔力量が皇帝の次にあるといわれている人だ。魔力により、息を吸うように肉体強化もできる才能を持っていて、床を一撃で叩き割れる。

「ま、まさか、軍人であるお父様の拳を……!?」

「そんなことになったら相手は死んでます。違います。さすがはオヴェール公爵閣下、と思わざるを得ない話術でした」

「あ、なんだ、よかった……」

「よかったかどうかはわかりませんね。たまたま目撃したのですが、バルボック様は実におかわいそうでした」

いったい、ほんとに何があったのだろう。

「アインス様が『ボッコボコに』とおっしゃっているのも、ものすごく気になってきましたわ」

「私もまさか使うとは思っておりませんでした。そのあとの兄上様たちのコンボもすさまじく、彼らに合流されたバルボック様は本当に不運といいますか。相手を探し出しては、笑顔で次々に心を砕き折っていくさまはかえって痛快でした」

優しい兄たちは社交の場でそんなことをしているのか。

（というか、全然イメージがないのだけれど）

困惑するエレスティアに、アインスが追って報告する。

「目撃した際、私も問答無用でお二人の活動に引き込まれました」

「え？　アインス様も？」

「兄上様たちは、タッグを組むと最悪ですよ」

アインスは「いえ、最強です」と言い直した。

皇妃になってからは、ゆっくり読書するにも時間制限ありきになっていた。

皇妃としての仕事は数える程度とはいえ、午前にも午後にも予定が入っているという状況に引きこもりだったエレスティアは忙しさを覚える。

その日の午後には、スケジュールの確認のため、側近の一人と共に宮殿の一室にいた。

「まったく新しい時代の皇妃ですよ。皆は今、あなた様をそう見ています」

彼女の公務のスケジュールや割り振りに関しては、皇帝の側近が担当してくれている。

後宮に皇帝以外の貴族男性が入ることは制限されているため、エレスティアは自室を出てきたのだ。

次のパーティーの参加者が確定したとのことで、彼は仕事の合間を縫ってエレスティアに教えに来たのだ。

「そんなことは……」

「いいえ、興味津々なのは事実でございますよ。ただ、皇帝陛下が謁見の要望案なども棄却されておりますからね」

エレスティアは、パーティーに参加する貴族たちの説明のため名簿を開く側近を前に、困ったように微笑むことしかできない。

ジルヴェストは大切にしてくれている。今のエレスティアにできる仕事をと考え、無理させないようにと周りに指示を出してくれていた。

（私がいったん引きこもったからかも……）

国境の魔獣追放の件で大注目を浴びることになってしまい、一挙に押し寄せた手紙や会いたいといった要望にパニックになって、エレスティアは後宮から出たがらなかった。

アインスがエレスティアを本で釣って宮殿へと引っ張り出したのも、後宮にアイリーシャが自身の取り巻きの令嬢を連れてきて交流を持たせたのもいい影響があったと思う。

そのあと魔法具研究局での訓練も再開できたし、皇妃としてまずはアイリーシャと令嬢たちとを連れて、女性たちの社交を手始めにスタートしたのだ。

「それでは、出席者についてお教えいたしますが、よろしいですかな？」

「はい。お願いいたします」

パーティーに同席するジルヴェストに迷惑をかけたくなくて、エレスティアはしっかりとうなずく。

彼に教えてもらう手間をかけさせないよう、こうして出席者の権力構図や関係を頭に入れるのは必要なことなのだ。


一刻もかからないうちに打ち合わせを終え、側近に礼を言って部屋を出た。

貴族たちも行き交う公共区の廊下に出ると視線が集まる。毎日スケジュールをこなしているおかげで、こうして打ち合わせしていくのも最近は慣れてきた気がする。

「魅力的な皇妃よね」

「あのようなお方が確かに必要だわ」

周りから聞こえてくる声は、以前の刺々《とげとげ》しかった雰囲気はなく、好意的なものに変わってきている。

それも少し彼女を救っていた。

アインスが抜刀しそうな眼差《まなざ》しにならなくて済むのも、精神的疲労感の軽減につながっている。

彼の話によると、勤勉という評価もじわじわと広がっているようだ。

勤勉といわれても、エレスティアにはあまり実感がない。

ただ、今も毎日、魔法具研究局で訓練を続けている。だからそれを評価している者たちもいるようだ。

（――いまだ、魔力は感じられないけれど）

それについては、焦る必要はないと顔を見に来た兄たちにも言われた。

魔力というのは、基本的に開花した幼少期から少年期までの間に、じっくり感覚を掴み操っていくものだ。

エレスティアは、魔力があったことについては父ドーランの子だったという証のようで嬉しかった。

そして戦闘魔法師団の師団長を務めている兄たちの妹だったのだと、証明されたようにも感じた。

でも、それだけだ。

今までだってなくても困らなかった。ないことがあたり前で、魔法も使えないからと納得して生きてきた。

だからエレスティア自身、魔力が感じられないことにも焦りは感じていない。

他にも魔法が使えるようになるかもしれないと、周りの者たちは勝手に盛り上がっているけれど。

心獣がドーランの火の鳥に似ていることから『父君と同じ系統の魔法を試してみましょうっ』と、魔法具研究局の支部長、カーターはワクワクしている。

「ふふ、――でも、そんなことあるのかしらね」

エレスティアは、どこからか飛んで戻ってきて肩に止まったピィちゃんの頭を、指でちょいちょいと撫でた。

安全な場所にいると感知すれば、気まぐれのようにどこかへいく。

そこは、ピィちゃんもやっぱり心獣なのだと感じられた。

（使えたら、とか、使ってみたいとか、そんな欲はないの）

不思議なことが起こったら楽しいでしょうね、そう思いながら魔法具研究局で基礎訓練と魔法呪文を試す日々だ。

心獣ができた。応援してくれる人たちも少なからずいて、今の国は平和で——それだけでエレスティアは満足なのだ。

「ピッ」

ピィちゃんが鳴いて廊下の横側の大窓を示した。そこからちょうど風も吹き込んできて、つられたように向こうの空を見たエレスティアは「あら」とつぶやいた。

宮殿の建物の上空に向かって、黒い影がよぎっていくのが少しだけ見えた。その形はエレスティアもよく知っているもので——鳥だ。

(まぁ、とても大きな鳥だわ……)

大きな鳥だと飛翔距離もあるし、いい天気に誘われて王都の近隣にある山から気持ちよく飛んできたのかもしれない。

あんなに大きな鳥を見られることもあまりない。素敵な気持ちになった。

「——教えてくれてありがとうね、ピィちゃん」

頭を指で撫でる。引きこもりだった頃には見られなかった光景だ。

ピィちゃんは、なぜかうーんと考え込むような顔だ。

「〝皇妃〟どうなされました?」

外向きの呼び方で、アインスが聞く。

「いいえ、素敵な鳥がいたものですから」

「ほぉ。同じ鳥としては気になったんですかね」

アインスが顎を撫でると、ピィちゃんが彼の頭上へ飛んでいき、足蹴りを食らわせた。

そのあとエレスティアは、廊下で二人（?）の喧嘩《けんか》を止めていたため、しばし周りの者たちから微笑ましい目で見守られることになったのだった。

第二章　愛が駄々漏れ皇帝と、新米皇妃

「――ん」

エレスティアは、のどかな午後の心地よい空気に包まれ目を覚ました。

目の前に広がっているのは、柔らかい日差しに照らし出された美しい中庭だ。ここは後宮の一室にある中庭を眺められる扉のない休憩用の部屋だった。

（静かだわ）

絵画などではなく、そこにある本物の自然美をぼうっと眺める。

ピィちゃんが離れているのだろう。エレスティアが寝ている間、たまに侍女たちと菓子の攻防をしているのだが、その声も聞こえない。

正午の伯爵家以上が集った茶会を終えたのち、エレスティアは後宮に戻ってきた。

少し前まで引きこもり令嬢だった彼女は、くったりとしてしまった。侍女たちに休憩を促されて情けなく思いつつ、次の予定のために寝椅子に横になったのだ。

エレスティアが引きこもりだったのは事実だし、仕方がない。

（時間も確認しなくては。そろそろ起き……ん？）

エレスティアは、動こうとしたところでハタと気づいた。

何やら体が動かない。重い感じがするのは疲労感だろうかと思っていたのだが、違うと気づいて顔を後ろへと向け――びっくりした。

（え、えぇぇ⁉）

至近距離に、威力抜群の美貌の男の寝顔があった。いつの間にか寝椅子の広い座面の後ろ側をジルヴェストが陣取り、エレスティアを抱きしめて一緒に横になっていた。

皇帝は公務があるはずだ。彼は普段から休憩する暇もなく、滅多に後宮に立ち寄れないのに、どうしてすやすやと昼寝しているのか。

（どうして……⁉　い、いったいどういうこと……⁉）

彼がいるのなら、敷地内に彼の心獣もいるはずだ。

だとするとピィちゃんは彼の心獣を追いかけていったのか。

そんなことを考えた時、恥ずかしさとパニックから心臓がばくばくしていたエレスティアは、自分の胸の前に回されている腕の力が強くなって、どきっとした。

「――心臓の音がすごいな。起きたのか？　我が皇妃」

耳元から、寝起きでかすれて色っぽい声がしっとりと聞こえた。

エレスティアは、恥ずかしさが倍増して顔を今すぐ隠したくなった。

（心臓の鼓動で夫を起こすって、どういうことなの私⁉）

毎日一緒に就寝しているというのに彼女の胸は、その人のたくましい腕を自身の体に感じて、ますますどきどきしている。

「あ、あの……っ」

なんと言っていいかわからないまま、潤んだ目を後ろへと向ける。すると彼が「ぐっ」と言葉を詰まらせる顔をした。

「その――君が落ちそうになっていたので、支えてやることにしたんだ」

「あ、そ、そうでしたの」

それがなぜ、後ろにいて、このような状況になっているのか。

しかしそういうことにしておこうとエレスティアは思った。ひとまずはこの胸の鼓動を落ち着けるのが先だ。

ジルヴェストは、休憩が取れて数十分前に後宮に足を運んだのだという。

顔を出してみたらエレスティアが眠っていたので、疲れているだろうし起こすのも悪いと思い、自然に目を覚ましたらお喋《しゃべ》りでもしよう――と思って自分も横になったのだと。

「その、……君の体温が心地よかったもので」

起きているつもりがそのまま彼も寝てしまった、というわけのようだ。

体温、と聞いてエレスティアは女性として恥じらいを覚えた。

すると赤面したのをなんと取ったのか、彼も目の下を少し染めて「いや、違うんだ」と続けて言ってきた。

「下心があったとかそういう意味ではなく、居心地がいいので眠ってしまうんだ。これまで俺は寝つきが悪かった。けれど君が後宮に来て共に眠るようになってから、ぐっすり眠れるようになった」

それは以前にも、就寝の際に何度か聞かされていた。

エレスティアも彼の体温が高くて心地よく、よく眠れるのでその感想は共感してもいる。

とはいえ、心獣から彼の『もっと触れたい』という心の声を、ここ数日も何度か聞いているので変に意識してしまうのだ。

（こうしていると、興味はなさそうに見えるのだけれど）

ちらりと後ろの夫に目を留める。

毎日一緒に就寝しているので、彼の腕の温《ぬく》もりだって知っている。ジルヴェストにそんなふうに大切にされているのは嬉しい。

ただ、前世ではこんなふうに愛された経験もないので――恥ずかしいものは、恥ずかしいのだ。

その時、ジルヴェストが動いてエレスティアはびくっとした。

上体を起こした彼に仰向けにされ、正面から目が合ってどきりとする。

「警戒しないでいい。君が、怖いと思っていることは何もしない」

見下ろす彼が、そう言いながらエレスティアの頬をそっと撫でた。

この距離間には覚えがあった。心の声が聞こえなくとも、今日までのことから、彼がしようと思っていることはなんとなくわかる。

でも、そうではなく――。

（ここから見上げるジルヴェスト様、ほんと素敵すぎて困るのですけれど……！）

おかげでエレスティアは、心臓がばくばくして顔が赤くなっている自信があった。

「夫婦として――少し君との時間が欲しいと思っている」

「は、はい。わかっております」

恥じらいながらも、こくん、とゆっくりうなずく。

「こうしてゆっくり過ごすのも、悪くない」

緊張をほぐすように話しかけながら、頬を撫でる彼の温かさに次第に安心感が込み上げた。

彼とこうしていると、エレスティアも幸せな気持ちになるのだ。

少し触れてくれるようになった彼を思い、緊張しつつも、合図を送るべく彼の皇帝衣装の袖をきゅっと握った。

「そうですね。私も、そう思います」

するとジルヴェストの顔がそっと近づいた。

そのまま目を閉じれば——エレスティアは、彼と唇が重なっていた。

「……んっ」

苦しくなって彼の袖を握りしめると、頭を撫でられる。

「前より上手になった、そう、息継ぎをして——」

「ン……ふ、ぅ……」

なまめかしく吸い立てられて、ぬるりとした感触に背が甘く震える。

「——俺の真似をして、押しつけて」

こんなことを教えられていることにも恥ずかしくなるが、前世でもこんなキスなんてしたことがないし、わからないのだ。

エレスティアが知っているのは、ジルヴェストがしてくれた、深いキスだけだ。

それは二人だけの秘密の行為のようで恥ずかしい。だが同時に、うっとりとするほどの幸せを感じるのだ。

（もっと、したい）

初めこそ戸惑いがあったのに、今は、それが気持ちよくて——。

そう思った時、呼吸がこれ以上は無理だと感じた途端に顎をつままれ、顔を動かされて頬や耳に彼がちゅっと口づけをしてきた。

「あっ……ジルヴェスト様……」

エレスティアはぴくんっと体を揺らし、思わず彼の袖をさらに強く握った。

熱がじわじわと体の芯に灯っていくのを感じた。ジルヴェストは耳にもキスし、その唇を不意に彼女の肩口へと埋める。

「……は、ぁ……っ、そこ」

突然で戸惑ったものの、彼だからいいのだとエレスティアは感じた。

肩を抱いた彼の手がドレスの襟をずらし、肌を舐《な》めて吸いついてきてびくんっと肩が揺れた。

「嫌だったか？」

ジルヴェストがそこから少し唇を持ち上げ、問いかけてくる。

「いいえ、その……いつもより、くすぐったくて……」

いつも見える肌部分にたまに触れられることはあるが、あらわになった肩に吸いつかれるのは初めてだ。

そこにもう一度キスをしてから、ジルヴェストが唇を離した。

頭を起こした彼は、どこか悩ましげで色っぽい表情を浮かべていた。

「すまない、エレスティア。君を大切にしたいとずっと思っている」

「ジルヴェスト様……？」

「どうか、少しずつでもいいので俺の……俺がこうして触れていくことにも慣れて欲しい。仕事をがんばるためにも、こう、時々無性に君に触りたくなる」

彼が、火照ったエレスティアの頬に指の背をすべらせる。

つまりは『ご褒美』なのだろうか？

それはエレスティアが思ってもみなかったことで、彼女は目をぱちくりとする。

（私で、彼が残るお仕事もがんばれる？）

妻とは、夫を癒やす存在でもある。

亡き母から教えられたことがエレスティアの頭に浮かんだ。

自分もそうなれているとするのなら――嬉しい。

エレスティアも彼を大切にしたかった。彼を、癒やせる妻になりたい。

「はい、それなら……ジルヴェスト様の、望むままにしてくださいませ」

その思いに突き動かされて、そばにあったジルヴェストの手を自然と握って、頬をすり寄せた。

すると彼が、ぐっと眉間に力を入れるような表情をした。

「ジルヴェスト様？」

そのまま続けるのかと思いきや、彼はエレスティアの襟をすばやく丁寧に直した。そして彼女を寝椅子にきちっと座らせて、自分は立ち上がる。

「もう行く」

「あのっ、私は何か、お機嫌に障ってしまうようなことをしてしまいましたでしょうか？」

不安になってその背に問いかけると、彼がぴたっと立ち止まった。

少しだけ向けられた彼の横顔は、ほんのりと赤い。

「あまり、そう健気で嬉しいことを口にしないように」

「え？」

「――男は、止められなくなる」

それだけ言って、ジルヴェストは仕事に戻るため、出ていった。

（健気で嬉しいこと……？）

エレスティアは自分の返答について考えた。

前世の記憶から「あっ」と気づく。

止められない、とは男の劣情のことを言っているのだ。彼は誠実にもそれを教えて、無意識でもそういう誘い文句は口にするものではないと忠告してくれた。

エレスティアは、心の中で羞恥の悲鳴を上げて両手を顔に押しつけた。

彼と入れ違いで護衛騎士アインスが入ってきたが、しばし気づかなかった。

今の台詞《せりふ》は、いつでもする心構えができている夫に対して『今してもいい』と誤解させてしまう発言だった。

意識してあんなことを言ったわけではなかった。

彼が大切で、夫を優先したくて、自然と口から出た――。

（触れたがっているのに、止めてくださったジルヴェスト様には感謝だわ）

男が〝そういうモノを止める〟のは難しいとは、前世の記憶で知っている。

ジルヴェストが悩ましい顔をしたのは、そういうことは初夜としてきちんと場を整えて迎えたいと思っているから――だろう。

なんて大切にされているのだろうと、エレスティアは前世の記憶を重ねて思う。

そして同時に、どうやら自分が前世と違って『いつ夜伽の知らせがあっても受け入れる』という心構えができ始めているみたいとも察することができた。


それから四日が過ぎた。

午後に読み終わった本たちを返却し、新たに借りた。エレスティアいわく『さらっと読んでしまいたい本』について、図書館を出たアインスが言う。

「あなた様はこのレベルの専門書だと隙間時間や気分転換で読んでしまえるのだな──ということを把握するのに、最近までかかりました」

彼は小難しそうな分厚い本を両手に八冊抱え持っていた。

「突然どうされたんですか？」

「いえ、先日『高度計算式の最新数式論』を返却したあたりでようやく確信が抱けた、と言いますか。話題にはなりましたが、その論文の新刊を読破された方はあまりいないようで、周りの男たちの『もう読み終えたのか』という会話も耳にしまして」

「アインス様は耳がよいのですね。私としては同じ本を読んでくださったのが嬉しいですっ」

エレスティアは歩きながら眺めていた一冊の本に意識が向いていて、話はあまり頭に入ってこないでいた。

彼女にとって、同じの本の感想を言い合える相手というのは少ない。

主人の上機嫌な気持ちを察知しているのか、その頭の上にもふっと座り込んでいるピィちゃんが翼を広げて「ぴっぴっ」と鳴く。

図書館から出てきた彼女に注目していた貴族や警備の者たちは、「頭上にマシュマロが」「毛玉が」「めちゃくちゃ柔らかそうな肉が」などと、またしても各々の感想を口にする。

「……まぁ、楽しそうで何よりです」

アインスが説明をあきらめたように締め、エレスティアが両手に抱えた大きな本の表紙の外国語を、うっとりとなぞる様子を再びじっと見つめた。

「ですが、あの本は令嬢が『軽く』読める本ではありませんでしたが」

「そうでしょうか。学者様の論文が載っている雑誌も昔から愛読本ですわ。とても見解が面白くって、リックスお兄様とそれについて毎回語り合うのも楽しみでした」

「それは男同士の話題です。普通の令嬢だと、兄と語るのは――おや」

彼が正面を見た。つられてそちらを向いたエレスティアは「あらっ」と言った。

「またこちらに来たの？」

図書館の方に向かって廊下を歩いてくるのは、かなり大きな心獣だ。

唯一無二の目立つ黄金色なので、皇帝であるジルヴェストの心獣だとよくわかる。

「そういえばこの時間、皇帝は会談でしたね」

――心獣は気まぐれだ。

主人と〝一心同体〟であり、危険がないとわかっていると駆けつけられる距離で自由にしている。

「とすると、また上の階から下りてきたのかしら……？」

以前もそうだったことを思い返している間にも、突き合わせてエレスティアは足を止めた。

同じく、心獣も彼女を正面にしてぴたりと止まった。

「ピィちゃんに会いに来たの？」

仲がいいので可能性を考えて確認してみると、心獣が首を横に振った。

アインスが隣で真顔で黙っていることから、常識的に考えてもあり得ないのではと言われているのだと察して、エレスティアは少し恥ずかしくなる。

生き物なようでいて、生き物ではない不思議な存在が心獣なのだ。

忘れたわけではないが、ピィちゃんを見ているとどうもそう思えなくなる。

すると、頭の上にいたピィちゃんがぱたぱたと飛んでエレスティアの顔の前に移動し、急に凛々しい顔をして頭を横に振った。

まるで『自分は仕事中なので彼の心獣のところには行かないぞ』と主張――している気がする。

なんだかキリッとした凛々しい表情になったピィちゃんを見て、エレスティアはそう感じた。

同じく見ているアインスの真顔が、冷え冷えとした感じになる。

「まるで仕事中だと言いたげですね。ですが護衛といえるのは、私の心獣だけです」

「ピッ!?」

かなりびっくりした感じ――にも見える。

その反応を眺めていたエレスティアは、やはりと思ってしまう。

「ピィちゃんの場合は、心獣というか小鳥にしか見えないのよねぇ……」

主人と心獣は一心同体とはいえ、エレスティアは魔力をわずかにしか持っていないから、つながっている感じもない。

だから、しばらくピィちゃんの姿が見えなくなると迷子だといってエレスティアが捜し回った。

そんな様子を見て、心獣を持っている優秀な魔法師たちは不思議がっていた。

するとジルヴェストの心獣が、エレスティアの抱えている本を鼻先でつついた。彼女が気づいて目を向けると、頬を腕にこすりつけてくる。

「あら？　もしかして……撫でて欲しくて立ち寄ったの？」

心獣の表情は変わらないが、ふわふわの尾が大きく揺れた。

ジルヴェストの心獣は、少し風変わりな一面を持っているようで触られたがる。これはエレスティアが後宮入りした時から変わっていない。

甘えてくるので仕方ないと思い、ひとまずアインスに本を預かってもらって、大きすぎるわんこに思えるジルヴェストの心獣を両手で撫でてあげた。

（心獣との感覚の共有――か）

この感触も、ジルヴェストが拾えるとわかって気をつけようとは思ったものの、心獣はそういうことはおかまいなしだ。

心の声が聞こえて大変困っているのに、平然と見ているのと同じかもしれない。

心獣は生き物ではないので命令は聞かないし、どうにか主人の〝お願い〟に従わせるのは訓練次第だ。

『友達や相棒とは違う、人間の常識や感情の共有や共感は望めないものだ――』

先日、後宮に来ていた兄たちがまた心獣指南を少しだけしてくれた。

心獣は魔力を持った主人を守るための存在で、他人の心獣が甘えてくることはない、という感じのニュアンスだった気がするが……。

ジルヴェストの心獣は、撫でて欲しいと要求し、頑として譲らない。

そもそもエレスティアは、これまで動物と触れ合う機会がなかったから、撫でさせてくれるのは嬉しいことでもあった。

撫でられるのが好きなら、我慢させるのも彼女にはできないし――。

（最近ジルヴェスト様が触れてくるし。それとあまり変わらないと思えば、大丈夫。うん）

そう思うのは言い訳でもあった。つまりエレスティアは『ジルヴェストの心獣』という以前に、一頭の『珍しくなつっこい超大型級わんこ』みたいにも思えているというか。

「ほだされていますね」

アインスの方から、そんな静観の声が聞こえてきてどきりとする。

「えっ、私、そんなに顔に出ていましたか？」

「一部声に出されておりました」

「え……えぇぇ、嘘……」

「あとは、エレスティア様はずいぶんと表情にも出る愛らしさが――おっと、失礼いたしました」

何か彼が言葉を続けた気がするが、心獣が尻尾を大きく振った音でかき消されてしまった。

心獣は満足したようで、間もなく大きな頭をのっそりと引き離した。

表情の変化がないので、そこは動きや仕草から察するしかない。尻尾がふわっふわっと揺れているので、やはり撫でられたかったのだろう。

（――かわいいわ）

ジルヴェストを愛してしまったせいか、最近エレスティアは余計に彼の心獣を贔屓目《ひいきめ》に好きになっている気がする。

するると、ピィちゃんが『待っていました』と言わんばかりに飛んでいき、彼の頭にもふんっと乗ってきゃっきゃっと喜んだ。

「このままどこかへ行くの？」

エレスティアが言うそばから、アインスが「仕事中だという顔をしたのはどっちですかね」とピィちゃんに小言を送る。

するとピィちゃんが「ピッ、ピピ！」と何やら反論してきた。

その下で心獣が、首を横に振ってエレスティアが進もうとする先を顎で示す。

どうやら今日は後宮までの道のりを散歩がてら付き合うようだ。

（ふふ、ピィちゃんをしばらく乗せてあげたいのかも）

心獣にそんなことを思うなんて、おかしなことかもしれない。

でも、心獣には相性もあるという。エレスティアは生き物とは違う存在ながら、きっとどこかに自分たちと似通った部分もあるのだと思ってもいた。

（そう考えると――やっぱり、愛らしいわ）

もっと愛らしくなる。この国の、心獣という不思議な存在すら――。

「それではまいりましょうか」

「あっ、お待たせしてすみませんでした。それから、本も持たせてしまってごめんなさい」

慌ててアインスが抱えている本の一番上から、先程預けた一冊を再び手に取った。

気に入って読みたいと思った本は、皇妃になってからも、令嬢時代と同じくできるだけ自分で持つようにしていた。

アインスが、口元に小さな笑みを浮かべて歩みを促す。

「いえ、エレスティア様に本を預けてもらえるようになって、光栄です。あなた様は『自分が好きな本を人に持たせない』と、常々おっしゃられていたお方ですから」

「あ……」

そういえば、そうだった。

アインスになんの疑問も抱かず、自分から預けるようになったのはいつからだろう？

信頼していると、態度で示しているようなものではないか。歩きながらエレスティアはじわじわと頬を赤くした。

「……ご、ごめんなさい」

「光栄でございますので、お気になさらず」

アインスが、どこか胸を張るみたいにして背筋を伸ばした。

心獣がのしのしと大きな足を進めてついてくる。その頭の上で唐突にピィちゃんが「ぴぴっ」と何やら鳴き、アインスの頭に乗った。

「ピィちゃん？　どうしたの？」

「ピピッ、ピィ！」

何やら不服そうに主張している。アインスは頭に乗られたのに無視だ。

するとピィちゃんが今度は『聞いてよ！』と言わんばかりに、翼で彼の髪をパシパシとはたいた。

（よくこういう光景を見るのだけれど……）

ついじっと見てしまっていると、アインスがようやくピィちゃんに言う。

「嫉妬は見苦しいですよ。心獣なら、強くなってエレスティア様をお助けなさい」

ピィちゃんが、むむむぅっとほっぺたを膨らませた。

そばを通り過ぎようとしていた騎士たちが「うわっ」と足を止めた。

「なんか丸い毛玉生物がいるぞっ」

「いやよく見ろ、小さな翼があるっ。それがバグズ様の頭を好き放題している……！」

「あ、毛玉は違ったっ。まるまる太った小鳥だった！」

通り過ぎて数秒、ようやく彼らが納得して「小鳥」と声を揃えた。

エレスティアは恥ずかしくなった。

鳥の図鑑も頭に入っているが、足も小さいし体はやたら丸い。小さな翼があるが、表情豊かなせいでむくれると確かに鳥っぽくない――。

（ん？　そういえば、あの大鳥も図鑑で見たことがないフォルムだったかも）

ふと、今になって先日見た大きな鳥の影が近郊のどの大型鳥類とも重ならないと気づく。

（首が長くて、太い……そんなタイプの大鳥に分類される国鳥なんていたかしら……？）

考えていたせいか、次の通路を曲がるのを逃しかけた。ジルヴェストの心獣が横から軌道修正で身を寄せてきて、エレスティアは助かった。

「ごめんなさいね、ありがとう」

微笑ましい気持ちで大きな顔の横を撫でたら、彼はその深い青の瞳でじっと見つめ、間もなく頭を離していった。

「おいで、ピィちゃん」

「ピッ」

アインスの頭の上で、今度はジャンプして何やら主張していたピィちゃんが、ぱっと顔を向けてすぐに飛んできた。

本を胸に抱きつつ、エレスティアが左手を差し伸ばすとその指先にとまる。

最大の愛らしさを伝えてくるみたいに、きゅるんっとした目で小首をかしげるさまがかわいらしい。

「ふふ、世界で一番かわいい私の心獣だわ」

こうして出会えたこと自体が、奇跡なのだ。

鳥類大博物図鑑に載っていない形の小鳥だろうと、エレスティアの心獣がかわいいのは変わらない。

エレスティアが指を寄せて頬をくっつけると、ピィちゃんがすかさず「ピピッ」と鳴いて、両翼で彼女の頬にしがみついた。

隣で観察していたアインスが「チィッ、あざといな」と舌打ちしたのを、心獣が興味もなさそうに見やって、それから優雅に尻尾を揺らして引き続き同行した。


精神統一は、自分の魔力の感覚を掴んで動かすための基本だ。

エレスティアは皇妃になってからも、魔法具研究局で引き続き訓練をしていた。

「続けることに意味があるからね」

今日も、今日とてとくに変化はない。

数日ぶりに各属性の代表的な初級の魔法呪文を読み上げたエレスティアへ、魔法具研究局の支部長であるカーターはそう励ましの言葉をかけた。

彼はドーランの後輩で、宮殿に在中している友人の一人だ。顔を隠すようにぼさぼさの前髪を下ろし、瓶底眼鏡《めがね》をかけている。

それは、年齢不詳に見せて、美貌を隠す役割をしているのだとか。

（女性にちやほやされるより大好きな研究に没頭していたい、というのも少し変わっていらっしゃるわよね……）

一度その顔を見させてもらっただけに、エレスティアも不思議だった。

カーターは結婚したいともまったく思っていない様子だ。

今日もピィちゃんのことに興味津々で、テーブルで菓子を食べている様子を眺めながら指でふさふさのうぶ毛をつついている。

「わはは、食べていると簡単に触れるようになるなぁ。心獣らしくない」

「同感です」

訓練後の休憩中、護衛についているアインスがうなずく。

ピィちゃんは他の心獣のように凶暴さがない。侍女たちが『かわいいかわいい』と言ってちやほやすると、満足げに撫でられた。

だが、それはすべてではないようだ。

敵意は出さないものの、魔法具研究局の人たちが指を近づけるとそれとなくよけた。

「薬品のにおいかもしれませんね、うぅ、残念」

「今すぐ手を洗ってピィちゃんと遊びたいっ」

仕事に戻った女性の支部員たちの言葉に、カーターが「こらこら」と笑いながら言った。

「まっ、以前魔法を実際に使ってみた時に成功したのも、小さな積み上げをしていた君自身のがんばりもあったと思う。見えないところで変化は出ているはずだよ」

彼がエレスティアのそばの椅子を引き寄せて、背もたれに体を寄りかからせてどかっと座り、差し入れにもらったクッキーをつまんだ。

変化がないことに意気消沈しないで、と伝えるような言い方だった。

「いえ、私は――」

その時、口にクッキーを入れたカーターがしれっと指を伸ばした。察したピィちゃんが何度目かわからない抗議の声を上げて、彼の指を平手打ちならぬ翼打ちではたき落とした。

「本来だと、勉学の際に毎日三十分取り入れるものですからな」

その様子をしげしげと観察しつつ、副支部長のビバリズも同意する。

「コツコツと続けていくことで〝体に感覚をなじませる〟のが大事なのです」

「息を吸うようにそれを実行すれば、魔力を自由に練られるわけだからねぇ」

「あの、カーター様、また指をはたかれていますが……」

会話をしながら二度目の翼打ちを食らった彼は、気にせずまたクッキーを頬張る。

「アインス殿もどうだい？　若いのだから、糖分はおじさんの私より必要だろうに」

「理屈がわかりかねますが、答えは先程と同じく『却下』です」

「固いなぁ。毒味で一枚食べただけとか、真面目なんだねぇ」

ピィちゃんが翼を広げ、両手を伸ばすみたいな格好でとてとてと駆け寄ってきた。同じなのにと微笑ましく思いながら、エレスティアは手渡しであげた。

アインスがそれをひんやりと眺め「小鳥、お前は子供か」とぼやいた。

「このエンブリアナ皇国では、みんなわずかながら魔力を持っている。国としては貴重な強い魔法師が欲しいから、生徒の全員に基礎訓練を義務づけてるんだよねぇ」

「テスト前にもされて、おかげで集中力は上がりましたな」

「一般学習面のそういった効果はあるかもね」

とはいえ国民全体の割合で見ると、カーターたちのようにとうとう魔法を使えず、魔法師になれなかった者たちの数の方が多いという。

「皇妃は元々集中力もおありなので、訓練の成果は早めに出たかもしれませんな」

ビバリズもエレスティアが皇妃になったことが嬉しいようで、時々『皇妃』と口にする時はどこか誇らしげだった。

彼も、宮殿を飛び出す騒動があった時は、とても心配してくれたらしい。

（本人はおモテにならないと嘆いてらっしゃるけど、いい人なのよね）

実際、彼がいないところで女性の部下たちもかなり好評価を口にした。

感情表現が豊かな部分が、少々目立ち気味というだけで。

エレスティアも彼のポジティブさには励まされたし、カーターと同じく読書仲間で、古本の感想を伝え合うのも楽しかった。

「どの属性の魔法が魔力と相性がいいのかだけでもわかれば、次の訓練へと進められるんだけどねぇ。

その場合は、やり方にプラスするだけでどんどん魔法を使えていける可能性もある」

「魔法、ですか……」

自分の場合は『絶対命令』だけではないだろうか。

エレスティアは、魔法師によっては一つの魔法しか使えないのも珍しくないのは知っている。

たとえば浮遊魔法を持っていると、それを応用して『浮遊させた状態で移動する・加速させる』――といった防御系や攻撃系の細かな魔法へとつなげていくのだ。

（私の『仲よくしましょう』のオリジナルの魔法呪文も、よくよく考えれば服従と同じ系統につながっていく気がするわ）

偶然、大昔にいたという古代王と同じ大魔法を持って生まれた。

しかし、それだけで、他の魔法は使えないのではとエレスティアは思っている。

皇妃になってからここで魔法呪文を何度も試した。現在も何か反応を感じる魔法にはぶつかっていない。

「あれだけの魔力量があれば服従系以外の魔法が使える可能性は十分ございますよっ。元気を出してくださいっ」

「ふふっ、ありがとうございますビバリズ様。ですが私は使えたらいいなと思っているくらいですので、どうかお気になさらず」

一度だけ経験した、自分でも止め方がわからずみんなを心配させた魔力の暴走状態。

それを起こさないためにも勉強を続けているのだ。

バレルドリッド国境での魔獣討伐大作戦で、ジルヴェストの支えを受けて『〝絶対命令〟最大発動』が成功したのも、コツコツとした努力で流れを感じ取れたのもあるだろうとエレスティアも思っていた。

「こうして皆様の『遅れて開花した魔力が、ほかの魔法も使えるようになるのか』の実証に、お付き合いさせていただいているだけでも光栄ですわ」

「エレスティア様……！」

ビバリズが、感動を露骨に表現して「んぐっ」とすごい表情になる。

「あはは、私たちの方も光栄だけどね。魔力が成人後に開花、その後の詳細なデータを本人から取れたのは、この皇国では初のことだ。我が国の魔法師には心獣が誕生するから、他の魔法国家の常識や研究はあまり参考にならないからねぇ」

「心獣は『生き物なのか精霊なのかもわからない不思議な存在』すぎて、もうそういうことでいいじゃない、で解決しましたからな」

なんて適当……と思いつつ、仕方ないかもとエレスティアも思う。

強い魔法師には、心獣がいるのがあたり前。

その常識以上のことを解明できる人はいないだろう。

エレスティアの皿から、ピィちゃんがクッキーを食べ続けていた。さすがに見かねたのか、アインスが手を伸ばして間に壁をつくって遮った。

「ぴ？」

「お前は食べすぎです、この小さな体のどこに入っているのですかね」

「あはは、わかる。私はそこも含めて楽しく〝観察〟させてもらっているところだよ」

アインスが冷ややかな眼差しで目上のカーターを見た。

そんな眼差しをしてはだめだ。エレスティアは慌ててピィちゃんと彼の仲裁に入ることにする。

「えぇとアインス様、ピィちゃんにはクッキーをあげてもいいですから」

「いいえ、あなた様は細いので、もう少しお食べになられた方がよろしいです」

彼が言いながら、クッキーをピィちゃんからエレスティアへと寄せた。彼女は不意打ちの紳士さにちょっと動揺した。

その直後にカーターが噴き出した。

「あっははは、アインス殿は女性をどきっとさせる才もお持ちのようだ」

「どういうことなのか意味がわかりません」

「『皇帝の氷の護衛騎士』はモテるとも聞く。そろそろ結婚相手の話も出ているんじゃないか?」

「勝手に納得いただきたくないのですが、その手の話は出てもすべて断っています」

皇帝へのつながりが目当てでしょうねとアインスは興味もなさそうに言いながら、『え? 自分は主人のクッキーの取り分を減らしてるの』と震えているピィちゃんの前から、手をどけた。

その時、なぜかビバリズが膝から崩れ落ちた。

エレスティアは周りの支部員たちと「ああ」と察してしまう。

(そうだったわ、彼は結婚したいのに相手が見つからないのを嘆いていらっしゃるから……)

仕事をしていた男性の支部員たちが「うわー」と言った。

「副支部長、気持ち悪いのでその過剰反応やめたらどうスか?」

「そうそう、それだけで結構モテ度が変わると思います」

「君ら、適当に言っているだけだろう⁉」

室内にドッと笑いが起こった。

本当に仲がいい部署だと思う。父や兄たちや、ジルヴェストのような軍人組織とはまた雰囲気が違っていて、エレスティアもつられたように笑みを浮かべた。

ここは訓練にも来てはいるけれど、こうして話せることも彼女の息抜きになっていた。

「そうだ、古本は読んでいく？」

「いいえ、今日は図書館にも寄れる日程でしたので」

カーターは『できるだけ引きこもっていたい』と公言している研究オタクであり、読書家だ。貴重な古本の収集家で、別室は彼専用の文書保管庫になっている。

「それはよかった。気晴らしができるね。翻訳図書コーナーの七十二番棚が一新していたよ」

「おすすめはバーヴィル国のジェシー著のシリーズ最新刊です！」

同じ本好きとして一気に回復したのか、ビバリズがそこだけ元気よく言ってきた。


というわけで訓練後の一休みをしたのち、エレスティアは図書館へと向かった。

廊下から合流地点のメインエントランスに出たところで一度足を止めて、あとで図書館で合流することをアインスに提案した。

「本当に大丈夫ですか？」

「ええ、図書館はすぐそこですから」

自分につきっきりでは申し訳ないと思っての提案だった。皇妃という立場なので、他にも護衛が密かに離れてついているだろうということは推測していた。

アインスは皇帝護衛部隊の副隊長だ。

せっかくの宮殿側での余暇、何かしたいことがあるかもしれないと考えて休憩を促した。

（タイミングを見計らってジルヴェスト様にご報告もされているみたいだし……）

魔法具研究局でも、彼は律儀に護衛を休むことをしなかった。用がなくとも彼がひととき深呼吸ができればと思った。

「――わかりました。それでは、お言葉に甘えて少し〝休憩〟を済ませてきます」

配慮を察したのか、アインスがそう言った。

「十五分で済みます。図書館へお迎えにまいります。心獣、きちんと主人を守護するように」

彼は頭の上にいるピィちゃんに言い残すと、図書館とは別の方向へと歩いていった。

さて、と思って、エレスティアは頭から肩へと移動してきたピィちゃんを見た。

「それでは行きましょうか」

「ピッ」

今は、一人ではない。

エレスティアが不安にならないようにと察知しているのだろう。気まぐれでどこかへ飛んでいくことはしないと伝えるみたいに、ピィちゃんがしっかりと翼を閉じて前を見た。

図書館へ向けて再び歩きだした。

宮殿をひとり歩くが――以前と違って、肩に乗った小さな重みが心強い心獣は、主人の魔力そのもの。主人の精神状態を察知するだけでなく、ほんのわずか先の未来で起きる危険も嗅ぎつけるといわれている。

そう教えられたこともあったので、以前より足は、軽い。

（アインス様が珍しく驚いた時も、心獣が飛び込んできたことがあったわねぇ）

後宮にいた時、ジルヴェストの心獣が屋根から唐突に降ってきたことがあった。

心獣は訓練によって教育が少し施せるとはいえ、主人以外には牙をむく危険な存在だ。

アインスの心獣までどこからか降ってきて、立て続けにどっしんと現れた大きな狼の姿をした心獣に、エレスティアは驚いて悲鳴を上げた。そうしたらピィちゃんも、主人をかばおうと勇敢にも彼女の前に出たのだ。

『ぴぃ』

あんまりの小ささにあきれたみたいに、二頭の心獣は毒気を抜かれたような顔で緊張状態を解いていたけれど。

あの時、エレスティアは『私にも心獣ができたんだ』と実感して、胸が熱くなった。

ピィちゃんは、そこにいてくれるだけで心の支えになっていた。小さくなった今もエレスティアの素敵な心獣だ。

宮殿エントランスには、扇やステッキを持った優雅な貴族たちも多くいた。

図書館だったり、サロンだったり、社交の交流を兼ねつつ宮殿を見ていくのもまた一種のステータスだ。

「おぉ、あそこにおられるのはオヴェール公爵閣下の……」

「皇妃様だ。引きこもりと聞いていたが、日々がんばっておられるなぁ」

「皇妃様の心獣もおられるぞ」

肩に乗っているピィちゃんを、すれ違った中年貴族たちがしげしげと見ていく。

心獣なのに『鳥の姿』をしている。さらに一般的な白色でもない。

今やエレスティアが後宮を出ると、ピィちゃんを捜して目を向けてくる者たちもあって視線は増えていた。初めは連れ歩くのもどきどきしたが、ピィちゃんの迷子騒ぎでそれどころではなくなって気づいた時には慣れてしまっていた。

けれど視線が和らいでいっているのも、徐々に、の話だ。

内情をよく知らない人たちは、いまだピィちゃんの姿を知らない。「何あの丸い毛玉！」「ふわふわの塊だと思ったら鳥だ！」と驚く声も聞こえてくる中で――。

(――あ)

エレスティアは、反射的にぎくりとして体をこわばらせる。

この視線は、知っている。心臓がぎゅっと苦しくなるような緊張に襲われた。

「皇帝たちの活躍に、ほんの少し役に立っただけでしょう？」

見て、皇妃よ、と囁く女性たちの言葉。エレスティアはできるだけそちらを見ないよう、歩く速度を上げる。

「あたくしの夫も、国境のことで態度が変わったけれど、聞いても詳細は教えてくださらないし」

「反対の態度を見せるなと、どこかの貴族に忠告でもされたのではなくって？」

「そうよねぇ。引きこもりに皇妃なんて務まるはずがないわ」

そこにいたのはエレスティアを睨《にら》みつけている貴婦人たちだった。口元を扇で隠していても聞こえてくるのは、非難が込められてピリピリしているから。

「わたくしの娘の方が、心獣の部隊でよっぽど活躍しているわよ」

「引きこもり令嬢が、きちんとやっていけるのか見ものね」

「ふふ、ほんと。いったい何をされているというのかしら。みんな評価が高すぎるのですわ」

宮殿で行われている詳細を知らない者たちにとって、エレスティアはまだまだなのだ。

それを痛感させられた気がした。慣れたその冷ややかさに耐えるべく身構えていた彼女は、図書館に続く通路へと入って歩みを弱めた。

（――確かに、その通りだわ）

心獣もできたことで、それなりの魔力は持っていることは認められた。

しかし、皇帝を支える一般貴族の多くはあの感想なのだろう。彼らの評価は時として民衆の気持ちの反映であると取ってもいい。

引きこもり令嬢で、社交活動にも不安を持っているのかもしれない。

（私は……もっとがんばるべきだわ）

魔力量も、使えない大魔法を持っていることも関係ないと思ったのはエレスティアだ。

自分は皇妃だ。一般的ながんばりでは足りない。

相思相愛になったジルヴェストと共に、生きていくと決めた。

皇帝を支え、国のためにもなれる皇妃に――それなら、もっと、変わる努力をしなくては。

「……図書館に行くどころではなくなってしまったわね」

エレスティアは、そんな休憩を過ごしているどころではないのではないか、といういたたまれなさと焦燥感に襲われる。

――民を、不安にさせてはいけない。

遠い記憶の向こうから、姫として〝王宮〟から眺めていた光景がよぎった。その時だった。立ち止まってしまった彼女の髪を、ピィちゃんが少しくわえて引っ張った。

「あら、どうしたの？」

ピィちゃんはエレスティアの顔の前まで飛んできて正面から向き合うと、小さな体をいっぱい使って身振り手振りで何やら伝えようとしてきた。

その、ぱたぱたと振られる小さな翼が何度か図書館までの道を示す。

「ふふ、励ましてくれているのね？」

心獣としての能力なのか、それとも自分自身で考えてのことなのか。

心をお見通しのようなピィちゃんに、エレスティアは折れたように苦笑する。

「心配させてしまってごめんなさい。ええ、そうね。うつむいていてはだめね。図書館には予定通り行きましょう。本も、借りるわ」

「ぴぃ！」

それでよし、と言わんばかりにピィちゃんが大満足そうにこっくんとうなずいてみせた。

エレスティアが「こっちよ」と両手を差し出すと、ピィちゃんが手のひらに乗ってきた。彼女はそっと優しく包み込んで、黄金色のふわふわとした産毛に頬をすり寄せた。

（暖かいわ……）

心獣は、主人と共にある守護獣のようなもの。

誕生したばかりの頃は迷子になったり、初めて見る木に突撃し『抜けない！』と騒いで救出されたり、エレスティアたちをよく心配させて大変だったけれど――。

ピィちゃんは他の心獣と何もかも違っているように見えて、実はきちんと心獣で。エレスティアのことを考えてくれているのだろう。

「一緒に、がんばってくれる？」

エレスティアが図書館への道のりを歩きだすと、ピィちゃんが『もちろん！』と即答するみたいに「ぴぴっ」と鳴いた。

ジルヴェストが後宮にやって来たのは、日が傾き始めた頃だった。

今の時刻は、まだ明るい西日に照らし出されて後宮内部はいよいよ美しい。そんな中、彼は夕刻に入っている大会議の前のわずかな休憩時間に夫妻の私室を訪れてくれた。

「少し甘めの紅茶をブレンドしてみましたわ。お口に合うとよいのですけれど」

用意していたティーカップに紅茶を注ぎ入れる。

彼の前に寄せると、ジルヴェストが優しく目を細めて早速手に取った。

「君が淹れるものは、どれもとてもおいしい」

飲んだ彼は、表情に穏やかさをまといつつ口元の微笑からいっても嬉しそうだ。

（よかった、これも高評価だったみたい）

実のところ、彼の言葉を聞く前から〝感想がわかっていた〟のだが、エレスティアはこれまでと同じく『大変美味』という評価をもらってほっとした。彼がどんな味を好んでいるのか、妻として探りつつだった。

ジルヴェストは公務が遅くまであり、最近は就寝時間に間に合わない。

その代わり、一度後宮に帰る時間をつくってくれていた。

今日は夕食も共にできないようだ。遅くなって待たせるのも申し訳ないので、先に食べていてくれとは、先日に予定を告げられた際に教えられていた。

エレスティアは彼が喜んでくれるのを知ってから、実家と同じようにここでもお茶を出すようにしていた。

ジルヴェストは落ち着いているし、ティーカップを持ち上げるのも絵になる。

待機している侍女たちからも、うっとりとため息が小さく聞こえる。

（でも……隠せていないのよねぇ）

そう。今回の紅茶の味が夫の口に合っているのかどうかが気になり緊張するけれど、〝感想が筒抜け〟なせいで、すぐに安堵へと変わってしまっていた。

もちろん彼の後ろに、じっとお座りしている彼の心獣のせいだ。

頭にピィちゃんを乗せた心獣から、ずっと怒涛のようにジルヴェストの心の声が流れていた。

『ドーラン公爵が毎日飲めていたのがうらやましい！　俺も早くそれを知っていれば、第一側室だった時から彼女の最高にうまい紅茶を楽しめたというのに……！』

そして彼は、そう感想したうえで本気で悔しがってもいる。

相変わらずジルヴェストの心の中は、外見の落ち着きとは裏腹に感情が熱い。

「ありがとうございます……」

静かに飲んでいる彼のそばで、エレスティアは頬を染める。

こんなにも激しく高評価されるのも初めてだ。彼はいちいちベタ褒めしてくる。顔が熱くなることは避けられない。

「俺のために淹れてくれてありがとう。いつも疲労が飛んでいく」

『こんなにうまい紅茶は今まで本当に飲んだことがない！　次第に俺の好みに寄せてきてくれているし、これは俺のことを考えてくれての紅茶――俺はなんて幸せな夫なのか』

彼は心の声の感想の最後と共に、じーんっとする。

（あ、あぁあぁ、恥ずかしいわ……っ）

彼には、好みを探っていることは気づかれていたらしい。表情からはそんなこと読み取れなかったのだが、ダダ漏れの心の声のせいで知って恥ずかしさが倍増した。

彼の心獣は、クールな表情で二人のお茶の席をじっと見下ろしている。

「えと……あっ、そ、そうでしたわ。先程アイリーシャ様がいらして一緒にお茶をしましたの」

察したのか、ピンときた顔で彼がティーカップから唇を離す。

「ああ、報告か」

女性同士だと後宮の出入りも警戒されないから、大事な言伝を受け取るのも名案だと言って、彼は了承してくれたのだ。

「はい。実は、ついでに知らせておいて欲しいという言伝が」

そこでエレスティアは、アイリーシャからお願いされていたことを伝えた。

素人のエレスティアはよく理解できないでいるが、アイリーシャから聞いたことを一字一句丁寧に伝える。

「君にこんなことをさせてすまないな。軍のことはよくわからないだろう」

彼からエレスティアが知るべきではない国家機密がダダ漏れてこないか心配になったが、タイミングよく心獣がひらりと身を翻し、出ていった。

（あ、ピィちゃん、乗ったまま行ってしまったわ）

それを目で追いかけてすぐ、エレスティアは夫へねぎらいの笑みを返した。

「いいえ、大丈夫ですわ。国境のことは他人事ではありませんから」

アイリーシャが伝えてきたのは、国境沿いの新部隊配置の経過報告と、とある将軍からの『機密文書として報告書を作成し、いつもの方法で夜までに届ける』という伝言だった。

情報漏洩《ろうえい》しないよう、複雑な方式が取られているだろうことはエレスティアも推測している。

国境では、外へと出ていった魔獣たちの監視が配備されていた。各職人魔法師たちの作業が完了し、等間隔で国境に設置されることが決まっていた監視棟がこのたび、すべて完成した。

国内の戦いはなくなり、警戒して監視するという任務に若手の軍人魔法師も安心している。

けれど大事な役目だ。

――隣国との間に敷かれている、生物がいない乾いた大地デッドグラウンド。

魔獣が増えないよう、交代制で繰り出しては数を減らす活動があの日から続けられていた。

『あの死闘の戦いに比べれば全然安全よ。私たちは心獣に騎獣できるから』

アイリーシャは数少ない女性魔法師の軍人として、最も魔獣の数が多いバレルドリッド国境区を担当している。

心獣による空からの攻撃、翼がある魔獣に関しても、先日まで続いていた長い国境激戦を経た戦士たちには危機的な状況ではないとか。

何もない大地。

そこで数が増えて他国へ押し寄せていく懸念もなくす。

魔獣たちが再び国内に入らないとも限らない。そこで大作戦の成功翌日から、すぐ作戦会議が開かれて徐々に数を削っていく次の作戦がスタートしていた。

そもそも、魔獣という存在も謎ではある。

心獣と同じく、魔力によって誕生しているとされていた。

魔法国家にしか存在しておらず、その土地に漂う負の魔力から生まれているのだ――と。

研究者たちは、安全になった国境に観測所を設置し、そこから魔獣たちの様子をうかがってその生態や謎についても調査していく姿勢だ。

「実は、ご相談したいことがあるのです」

エレスティアは今が彼の休憩であることを配慮し、彼が一息つくのを待ってからそう切り出した。

「そうだったな。アインスから伝言をもらって、気になっていた。心配する内容ではないとは言われていたが、どうした？」

ジルヴェストがティーカップを置き、気遣わしげに見つめてくる。

「実は、今ジルヴェスト様ができる限り削ってくださっている公務についてです。その、私は大丈夫ですので、もっとがんばらせていただけないかと思って」

彼は一瞬目を見開き、それからクールな様子に戻って顎を撫でた。

「意気込みはありがたいが、急では君の体が心配だ。それに大半のスケジュールを決めているは側近たちでもある」

心配、という部分が本音なのだろう。後半は取ってつけた言葉なのはわかった。

追ってお願いするとしつこいと思われるかもしれない。

彼を困らせる可能性だってある。でも——引きたくないのだ。

「あなた様のために、がんばりたいのです」

エレスティアは、結婚指輪がされている方の彼の手を包み込んだ。

ジルヴェストが息をのむ。彼女は本気だと伝えたくて、顔を寄せ、お願いする。

「皇帝である夫の役に立てる、妻になりたいのです」

ジルヴェストがゆるゆると目を見開く。咳払いをすると視線をそらし、顔の下を手で覆った。

「少し待っていてくれ。考える時間が欲しい」

そらされた顔に、眉間の皺《しわ》が浅くできていてエレスティアはハッと心配した。

(もしかして、機嫌を損ねてしまった……？)

だがその時、ジルヴェストの心獣がすばやく身を躍らせて入室した。

『嬉しいことを立て続けに言われて、うまく考えられない。落ち着け、まずは深呼吸だ』

「え？」

『皇帝としてエレスティアにあきれられてしまう反応だけは見せられない。〝がんばりたい〟と告げる彼女の健気さは、ほんっとうに愛らしすぎたっ』

エレスティアはじわーっと赤面した。

心配は杞憂だった。よくよく見てみれば、彼が向こうに背けている顔は赤らみ、ジルヴェストの耳の先も赤いことに気づけた。

なんてタイミングで心獣が来てしまったのか。

互いに顔を赤らめて黙り込んでいると、心獣が来たことで少し離れて壁際にいた侍女たちが、嬉しそうに顔を寄せて囁き合う。

「お二人揃って、何をしているのかしら」

「でも、実に微笑ましいですわ」

「ええ、とても夫婦円満ですわよね」

するると、心獣に続いてアインスが入室してきた。

彼は室内の様子を見るなり、察したうえで実に不可解そうな顔をした。ピィちゃんが心獣の頭の上で、鼻歌を奏でるみたいに鳴く。

「どちらもチョロすぎでは」

「アインス様っ、お二人は互いをよくわかり合っているのですわっ」

「初々しさがまだまだあるのですっ」

侍女たちがアインスのつぶやきに小さな声で反論する。

「んんっ――わかった」

アインスの声に『やめろ』と制したジルヴェストが、そう言ってエレスティアの関心を引くみたいに手を握り返した。

「これから側近らとも会う予定がある。ついでに話をつけてこようと思う」

「ありがとうございますっ、ジルヴェスト様！」

「うっ――うむ。嬉しそうだな」

「はいっ、がんばりたいのですっ」

エレスティアが嬉しくって身を乗り出し、手を握って笑いかけると彼がまた言葉を詰まらせた。

『くっ、喜んだ顔がかわいい！　いちいち全部の仕草に癒やされる……！』

心獣からダダ漏れてくる心の声を聞くに、淑女らしからずつい前のめりになってしまったことも彼が悪く思っていないようで安心する。

「実は、一つすでに申請がきている件がある。君がよければそれは俺の権限で初の単身公務を任せたいと考えているんだが――できるか？」

「もちろんですっ、任せてください！」

エレスティアは頬を上気させ、また前のめりでそう答えた。

第三章　皇妃として公務をがんばります

その週末。エレスティアは午前十時、アインスと共に皇族馬車に乗って宮殿を出発した。

それは、ジルヴェストから引き受けた皇妃としての初の単身での外出公務のためだ。

出発して二十分、馬車用の転移魔法の装置に到着した。

宮殿御者が門番に申請許可証を見せる。転移魔法の装置は王都内だけでも複数あり、エレスティアたちが通るのは『王都第十三番転移魔法の装置』のゲートだ。

各転移魔法の装置の見える範囲には棟も併設されていて、門番が合図を送ると、そこにいる担当の魔法師たちが転移魔法を開始するのだ。

馬車はその連絡と準備の間、ほんの少し止まっただけですぐ再び動き始めた。

「あっ」

馬車がゲートをくぐった瞬間、浮遊感に襲われてどきっとした。

地面から引き離されたような感覚。驚いて心臓がどっとはねて体に力が入った時、車窓の内枠に止まって外を眺めていたピィちゃんが慌てて羽ばたく。

エレスティアのもとに飛んで戻ると、彼女のこわばった細い肩に両方の翼を使ってしがみついた。

「えっ？　あ、あら、怖いのかしら？」

浮遊感が遠のいていく中、小さなピィちゃんを守らないと、という気持ちが働いてエレスティアは手で包んで抱き寄せる。

「心獣だからですよ。一応、働いてはいるようです」

「あっ……」

心獣は、ペットや友達ではない。彼らは主人の〝守護獣〟のようなものである。

ピィちゃんは、エレスティアの恐怖を察知して戻ってきたのだ。

「ごめんね。驚いただけよ。ありがとう」

「ピピッ」

ピィちゃんが、しがみついたまま力強くうなずく。

（ふふ。まるで『大丈夫、平気だからね』と伝えたいみたいだわ）

その愛らしい様子を見ていると、心は穏やかさを取り戻していく。

アインスの先程の『一応』という言い方と、冷たい眼差しからするに『お前がそこに戻ってもどうにもならないのでは』とも伝わってくるけれど。

エレスティアとしては、励ましてくれていることが嬉しいのでいいのだ。

「一瞬の浮遊感は転移魔法の装置特有のものです。初めてでしたか？」

「ええ、あまり遠くには行くこともなかったものですから……」

エレスティアは思い返しつつ、ピィちゃんを手のひらに移して頭を撫でる。

「魔力がほとんどないことを気にして、父もあまり使いませんでした」

アインスは納得の表情だった。

「魔力を増幅させてつくられたトンネルですから、耐性がないと転移魔法酔いが強く出てしまう場合もありますからね。最も強いのは、国境までじかに運ぶ皇帝の莫大な魔力でしか起動させられない宮殿の転移魔法の装置です。それが平気だったのなら、どのゲートでも問題ないでしょう」

転移の距離は、込められている魔力の強さに比例する。

その魔力を維持したり増幅させたりする機器を開発しているのが、魔法具研究局と技術開発局だ。

（距離が長いほど設備も人間の数もいるから、その分お金もかかってしまうけれど……）

時間を有効的に活用する意味では、町の近くまで転移魔法の装置を使う商人も多い。

荷物を持ったまま転移魔法が使えれば便利だが、魔法はそんな都合のいいものではない。

その重さ分の魔力量が、また必要になるのだ。

現実的に、人間一人が大荷物を抱えての転移魔法は不可能だった。

魔法師たちは基本的に最小限の荷物をローブの中に備えている。荷物がある場合、彼らも転移魔法の装置を使用するのだ。

（あ）

ピィちゃんが見たので、エレスティアもつられて車窓を見た時だった。馬車の前を走っている心獣の白い尾がひらりと見えた。

アインスの心獣だ。主人から離れない存在なので、あたり前のように同行しているのだろう。

（心獣は魔力そのものだから……転移魔法の中も、また影響を受けないのだわ）

車窓の外は、様々な魔力が折り重なったような不思議な色合いに包まれている。

そこをぼんやりと眺めながら、エレスティアは車窓に映っているピィちゃんの〝黄金色〟と、アインスの心獣の〝白色〟を見比べていた。

（〝皇帝〟の心獣の黄金色が稀有であって、普通は白い色をしているのよね）

最強の大隊長と呼ばれているエレスティアの父、ドーランの大きな心獣も白い。

ピィちゃんが〝白〟ではなく〝黄金色〟なのも、特別な意味や魔力の強さとの関連性があったりするのだろうか？

以前、魔力量が皇国で二番目である父を超える可能性を騒がれた際、エレスティアは初めて魔法を使ったばかりで動揺していた。

今、改めて考えてみると、おかしな話だと思う。

（最弱魔法師と呼ばれていた私が、そうであるはずがない、のだけれど……ピィちゃんの体の色を見ると少し不安になる）

エレスティアには魔力量がかなりあるという説を持っている者たちがいた。エレスティアの魔力は体の奥底に再び綺麗《きれい》に身を潜めてしまったようで、保有魔力量を測定するのも難しい状況だった。

一般測定をすると『最弱』の表記になって、誰もが頭を抱えている。

『あの強大な大魔法を使えたんだ。この判定は、絶対にあり得ない』

『皇帝ですら感知できないほど隠せてしまうとは……それほどの魔法の素質を、実のところお持ちなのではないだろうか？』

――そんなはずは、ない。

エレスティアは外部から来た専門家たちの小難しい話をしばし聞きながら、そう思った。この皇国で最強の魔法師は皇帝、継いで大隊長の父だ。

エレスティアは、誰かを傷つけてしまうかもしれない攻撃魔法を使う自分さえ、想像したことがないのだから。

魔力は、血液型と同じ性質も持ち血のつながった家族は受け渡しも可能になっている。

その方法を利用し、魔力を同調させて探ろうとしたのだが〝はじかれてしまう〟という前例のない事態になった。

『僕らの魔力をはじいたということは――それだけ強い魔力量があるのは、間違いない』

長兄のリックスは、戦闘魔法師団の中でも、とくに分析にも長けた第三魔法師団の師団長だったが何もわからないと言った。

無意識の、魔力による分析の防御。

しかしそこに居合わせた誰にも、魔力を察知させないままだった。

現在は、魔法具研究局が責任を持って調べを進めてくれている。それはエレスティアの身に負担にならないよう、日々通う中でさりげなく行われている――のだとか。

『そういえばいろんな機器がありますね』

『私たちが開発した測定器、感知器、まぁいろいろあるよ。訓練している時のわずかな魔力の揺らぎを計ってる』

気にしないでとカーターは言って笑っていた。

「そろそろ出ますよ」

アインスの声に、エレスティアは現実へと引き戻される。

(今を不安に思っていても、仕方ないわ)

するべきことは、この先で待っている。初めての単身の外での公務だ。

車窓から見える地上の転移魔法の装置は、確かにトンネルの中みたいだった。馬車一台が走れる道が敷かれていて、ピィちゃんと一緒に覗き込んでみると先に光が見えた。

――また、一瞬の浮遊感。

今度はピィちゃんと一緒に、問題なく通り過ぎることができた。


アインスの予告した通り、それを越えると車窓の向こうの景色が開けた。

「まぁ、すごいわっ」

そこは王都の南に位置する、アグゼリスの町だ。

（これが、ジルヴェスト様がおっしゃっていた『大聖堂の町』なのね）

エレスティアは、ピィちゃんを抱えて窓から外を眺めた。

貴族の高級住宅がない、商人や庶民が大勢暮らしている小規模の町になる。

しかし、そこは中心部に大聖堂が置かれ、ほとんどがその神聖な印象の建築方式がとられている特徴があった。

大小様々な家が整備された道にずらりと並び、石畳の縁が採用された公道だけでなく、どの建物も明るい色合いで町全体が神聖なまぶしさで覆われている。

（ああ、緊張してきたわ）

今日エレスティアがここへ来たのは、観光ではなく、皇妃としての公務のためだ。

ピィちゃんを胸に抱き、緊張しつつ馬車の停車を待つ。

間もなく町の中心地に建つ大聖堂へと到着した。周囲は扇形の広場になっていて、アインスの手を借りて下車したエレスティアを、司教が二人の司祭と聖職者全員で出迎えてくれた。

「ようこそいらっしゃいました、皇妃エレスティア様」

「このたびは誠にありがとうございます。騒がしくされたくないとのご配慮も、感謝いたします」

「いえ、皆様の祈りの時間を邪魔してしまいたくありませんから」

皇妃の訪問を受け、館内を司教のイワドフが案内する。高さがある大きな入り口をくぐれば、三人ほどの一般人と、同じ数の聖職者が行きかう立派な身廊《しんろう》があった。

（とても、静かだわ）

足音が深く、遠くまで響いていくようだった。肩に止まったピィちゃんも不思議そうに眺めている。

「私自身も、自然体の大聖堂を拝見したく思いまして」

神聖な空気に感銘を受け、うっとりと息を吐いてそう言葉を続けた。

「私もそれが一番いいと思い、皇妃様のお返事には感動したものです。聖歌隊の歌と祈りの時間も神聖ではございますが、この静寂もまた大聖堂の神聖さの一つです。我々以外に皇妃様の来訪は知らされていませんので、どうぞごゆるりとご覧くださいませ」

それは――とてもわかる気がした。

「歌のお時間を終えて、落ち着いているのですね」

「はい、午前の二回目の祈りが終わってしばらく経ちます。これから午後の二時まではゆっくりです」

その間にも、一日で複数、決まった時間に鳴らす鐘の音が響くのだとイワドフは語った。何百年も変わらず続けられている、大切な役目だという。

「皇妃になられてすぐ、願書を真っ先にお出ししておりましたが、まさか皇妃様にこうしてお越しいただけて光栄の至りでございます」

この大聖堂は、皇妃が誕生する際に国のよき未来を願って祈りを捧げ、神聖な儀式のもと『皇帝の伴侶を歓迎する』という承認書の発行を担っているところだという。

皇帝の正妻は、この国でたった一人。

特別な婚姻であるからこそ、皇国を支える各方面から『王の正妻として認める』という承認証明書が必要になる。そのうち聖職者側の代表をアグゼリスの大聖堂が担っている。

「神に仕える我々が神聖な誓いの承認を任されることで、貴族も政務も庶民も認めざるを得ないという歴史が、現在の習慣を引き継いでいます」

「そうだったのですね」

建国したのち、宮殿を構える首都が現在の王都に移された際にこの大聖堂が選ばれた。

その歴史は、実に約一千年になる。

この大聖堂はそれからの皇妃の誕生の瞬間を、すべて見てきたのだ。

「さあ、まずは『薔薇《ばら》の窓』へとご案内いたします」

奥の主祭壇よりも先に、手前から案内してくれるという。

イワドフは交差廊の右が『精霊の窓』であると簡単に説明しつつ、まずは左の道へと促した。

そこは薔薇のステンドグラスがはめられた窓が続く廊下だった。この先にあるのは、宝物館といわれている場所だ。

「ここは歴代の皇妃の誕生の記録の他、英雄も眠る歴史的に最も重視された大聖堂になります」

アインスも同行する中、イワドフがエレスティアへ誇らしげに語る。

建築一千年の歴史を誇る建物は、さらに数百年かけて増改築が行われて完成したという。この建物自体にも大変な価値があるだろうとエレスティアは思った。

「古代王の有名な絵画も、最も多く保有した特別な場所にもなります」

芸術財産もたくさん展示されているらしい。その絵画が集まっているのが宝物館だという。

広々とした宝物館にたどり着いた時、イワドフが振り返ると同時にピィちゃんが羽ばたいた。

「あっ」

ピィちゃんは、あっという間に飛んでいって見えなくなってしまった。どうやら好奇心に駆られたようだ。

エレスティアは、後ろのアインスから剣の柄を握る音がしてぎくんっとした。

「ど、どうしましょう」

そもそも貴重な芸術品に傷でもつけられたら大変だ。するとイワドフが愛想よく笑う。

「ははは、大丈夫でございますよ皇妃様。心獣様にまで興味を持っていただき光栄です。展示品はすべてガラスケースの中でございますし、壁にかかっている絵画にも、実は透明な『防壁の魔法』がかけられております」

建物が壊れないよう、そして館内の美を守るためその魔法を維持し続ける。

それも、ここにいるイワドフたちの使命なのだとか。

「皇妃様は、古代王というものが何かはご存じですか？」

気を取り直して中へと入ったエレスティアに、歩きだしつつイワドフが言った。

「いえ、古代の王である、としか……」

「偉大で強力な王、その畏敬を込めて我々は『古代王』と呼びます」

展示品は、どれも美術館さながらに立派だった。誰もが身分も年齢も関係なく鑑賞できるということで人気らしく、一般客たちが熱心に眺めていた。

邪魔しても悪いと思い、エレスティアは先に展示フロアをぐるりと取り囲むように続く、複数の絵画コーナーへと案内してもらうことになった。

（あっ――どれも有名な画家たちの名前だわ）

ここから、古代王の絵画の展示がしばらく続くのだとイワドフが説明した。そこにも数人、じっくり鑑賞している者たちの姿があった。見た感じ貴族だ。

壁には、両手を広げたぐらいの大きさの絵画が展示されていた。

どれも国際的に有名な画家の作品で、エレスティアは貴族たちの鑑賞に納得しつつ驚く。

「彼らも古代王を題材に描いていたのですね……」

「古代王は有名なモチーフですからね。画家の卵たちも『いつかは自分もこのような素晴らしい名作に加えてもらいたい』と夢見ているんです。毎週訪れてくれる学生もいますよ」

イワドフはゆっくりと進み、絵画を見せながら説明していく。

――畏敬を込めて、古代王と呼ぶ。

大昔、今この大陸にあるたくさんの国々は一つの超巨大国だった。当時、どこまで国土があったのか、明確な記録はないという。

強力な魔法戦争、魔獣抗争で大地が割れていしつかその間に海ができたり、国土を隔てる現在の河川ができたり――と、説は様々あるとか。

そうなる前の巨大な大陸で君臨し、そこをたった一人で治めていた〝王〟を〝古代王〟と呼んだ。

「たった一人ですべてを……すごいですね」

「ええ、そうでしょうとも。あまりにも無理難題で、目眩《めまい》を覚えるほどです」

王となれるのは、たった一人。

巨大な超大国を治め、維持できるほどの強大な魔力と魔法の持ち主で、当時は血縁など王位に関係なかったそうだ。

「つまりすべての古代王が〝当時の最強の王〟なのです」

語気に熱がこもったイワドフを、アインスが後ろからじっと眺めていた。

「ふふっ、とても敬愛されているのですね」

聞いているだけでも楽しい説明に、エレスティアも察してにこやかに述べた。

「これに興奮しない男はおりません。学者も、研究者も、そして歴史を重んじる我々の原点は、謎も多き古代王の逸話にあると言っても過言ではないのです」

「実在していたとは実証されているのですか？」

「はい。彼らの遺体、もしくは遺品が、それぞれ出身地に埋葬されていますよ。現在の、その国がある場所ですね。こうして大聖堂があって祀《まつ》られているかと」

この皇国は、国土がかなり広大だが、残念ながら出身だとされている古代王はいないのだという。

隣国や近隣国には、三人の古代王の名がついた大聖堂が存在しているとか。

「ここまで集中するのも珍しいですが、いつか皇帝陛下と向かわれる際には立ち寄ってみるといいでしょう」

古代王というのはそれだけ重視されている存在であるようだとエレスティアは感じた。

（だから、あの時一目置かれたのかしら……）

　エレスティアが古代王と同じ魔法を持っているとカーターたちが話した際、王の間がざわついたのを覚えている。

　そして、カーターたちが怖がらなくてもいいと説明をしてくれたのは、あまり興味がなくて知らなかった者たちに誤解をされないため――。

「ところで皇妃様」

「は、はいっ」

　前を歩いて案内するイワドフが振り返り、エレスティアは慌てて目を合わせた。

「古代王だけが持つ超強大な魔法の内容はいまだ謎ですが、それぞれ出身地には、一部記録が残されていて、それを秘密にし、守り続けている者たちがいるとは聞きますよ。ロマンですよね」

「秘密……ですか？」

「当時の記録はほとんど残されていないと聞きますが、それは発見されても最重要機密として、各国の王たちが回収してしまっているのではないかといわれているのです」

「どうして隠して、秘密にしてしまわれるのですか？」

「今では考えられないような、現在の魔法の常識が覆る魔法だといわれています。当時の暮らしの資料もあまりございませんが、もし豊かな暮らしというのが、我々も想像できないほどの最新魔法具だったらどうします？　そのレシピが書かれていて、もし実現可能な術式がまれに入っていたとしたのなら――隠すでしょうなぁ」

　確かに……とエレスティアも政治面も関わってくるとしたのなら、納得だ。

学者たちは純粋に、ロマンを求めてこぞって遺跡の発見や調査に乗り出している。

だが資金を出している政府や貴族の一部の人間には、もしかしたら現代で役に立つような魔法の画期的な大発見があるのではないか、という思惑もありそうだ。

イワドフの話を聞きながら、壁にかかって流れていく絵画を眺めていた。

ふと、エレスティアの視線は一枚の絵に固定された。

「……あら？　お顔が描かれていない方がいらっしゃるわ」

どの絵画もポーズを取って顔が描かれている。しかしその絵画は、たった一人だけ後ろ姿だった。

それは人物画というより、まるで一枚の風景画で彼女の目を引いた。

「おおっ、よくぞお気づきになられました！」

話に夢中になって少し進んでいたイワドフが、テンションをぎゅいんっと上げて駆け戻ってきた。

「司教様、走られると長い裾が危ないですわ」

「大丈夫です、かまいません、ええ、こちらの絵画は有名なあのっ【謎の三百年】を題材に描かれ、その最後の王だったといわれている古代王ゾルジアでございます！」

エレスティアは、どきっとした。

それは、彼女が持つ大魔法を使っていたとされている古代王だ。

「謎の、三百年……」

この皇国内でも、魔獣の記録がいっさい存在していない時期でもある。

「人間の寿命ですから歴代の古代王の三人で分割し、突入と前半期の【始まりの百年】、記録がわずかに発見されている【中期の百年】、そして——古代王ゾルジアの【空白の百年】になります。その中でとくに注目されているのがほぼ謎の古代王ゾルジアなのです」

イワドフは絵画をしみじみと見つめる。

「古代王の中でもとくに魔力は強大で、実は【謎の三百年】は、すべて彼が関わってのことなのではないか、という説もございます。それもあってオールディラウッド期と呼ばれているのです。古代語で長期の政権を意味する言葉になっています」

「魔獣の存在さえない幸せで豊かな国は、その前の二百年もあったのでしょう?」

「始まりをつくった古代王、それを支えていたのが当時の彼だったのではないかと唱える者たちがいるのです。たしかその思想派の画家が……ああ、こちらです」

イワドフが、少し先へと促す。

いったいどういうことなのだろう。エレスティアが年齢が合わないことを思いながらついていくと、三つ隣に、黄金に輝く古代王と崇《あが》める臣下、たたえる民衆たち——その臣下の中に一人だけ、ローブを着た後ろ姿で王を見上げる者が描かれていた。

「関連性があると感じて、私は隣に『古代王ゾルジア』の絵画も置いたのです」

そう言いながら、イワドフがさらにその隣へとエレスティアとアインスを導いた。

「あら、本当だわ。こちらも後ろ姿ですね……」

「他の古代王はお顔の様子も記述が発見されたりしておりますが、唯一見つかっていない謎多き古代王が、ゾルジアなのです。女性的な絶世の美男子であったとか、我々が思っている以上にはるかに若くしてトップに君臨したのではないか、などたくさん憶測が飛び交っている王です」

ロマンですな、と彼はまたしみじみと言った。

「それもあって、彼は後ろ姿で描かれるのが定番になったのですね」

「はい。お顔を描こうものなら各派閥と意見戦争になります」

「それは厄介ですね」

護衛としてついていたアインスも、思わず口にする。

「はい。古代王を描く時には〝暗黙のルールと決まり〟があるのです。この時代は、今よりはるかに文明が発達した未来魔法都市があったのではないかともいわれています。不思議な魔法具も存在し、魔物の脅威をまったく感じないほどの生活手段があったとか。古代王がその強力な魔法で文明を造り上げるところにも私は注目しています」

「えぇと、でもたしか古代王ゾルジアが操るもので、有名なのは服従系の魔法だとか……？」

あくまで、あまりよくは知らないという体《てい》を装ってエレスティアは聞いた。

「他の魔法も、今では考えられない強大なものだったとされていますよ」

「えっ、他の魔法？」

「古代王は、現在の魔法常識にとらわれない魔法の使い手といいます。通常の魔法から他の大魔法も使えたそうですよ」

（他の強い魔法も使えた……？）

エレスティアに他の魔法が使える可能性があるとカーターたちが言ったのは、古代王がそうだったからみたいだ。

でも、常識的に考えてもエレスティアは無理な気がする。

（訓練でも反応はなかったし、私はその大魔法の一つを持っているだけで――）

そう思った時、イワドフの向こうから少年の声が聞こえた。

「古代王たちが『現代の魔法常識にとらわれない』というのは、遺伝性の家系魔法などない時代だったからさ」

そこには、焦げ茶色の古びたローブを着込みフードをかぶった鑑賞者がいた。

一瞬、エレスティアはそのローブの色に目が吸い寄せられた。

宮殿から見上げた空、そこをよぎっていった大きな鳥の影を一瞬思い出した。

「遺伝性の魔法は、この皇国にしか存在していない強力な魔法だ。だから、つい『服従系の魔法だ』ということにしか目がいかなくなるんだろうな。他の国だと、それ以外の魔法が注目されていたりする」

「おぉっ、あなたは昨日もいらしていましたね」

イワドフがにこにこした。

「ファンになってくれるのは嬉しいです。私も古代王ゾルジアの謎には一番ロマンを感じています」

「ああ、俺は『ファン』さ。彼は、大地を震わせる浮遊の大魔法も使えた。しかも、無詠唱でだ」

「まさにそうなのです！　これが、それを表現した絵画になります」

イワドフは、後ろ姿で描かれている古代王ゾルジアの周りを指で差しつつ、熱く語る。

手も出さず、巨大な岩から何から持ち上げたといわれ、その様子が描かれている。その強大な魔法で新たな都もあっという間につくったのではないか、という説もあるらしい。

「見学に来た方々が、なんの絵かわからないのが悲しいところです。それで、わたくしたちがこのように毎度〝解説〟しているわけです」

エレスティアは感心する。

するとと、同じくそばで浅くうなずいてアインスがつぶやく。

「解説ではなく説法のごとく布教活動では――」

「司教様っ、次のところもぜひ拝見してみたいですわっ」

エレスティアは、彼女なりのせいいっぱいの声でそう遮った。イワドフはアインスの意見は聞こえなかったようで、にこやかに言った。

「そうですな。ではぐるりと回って次の場所をご案内いたしましょう」

彼は、フードをかぶって、いまだ絵画をじっと見つめている少年へと向いた。

「聖堂は身分を問いません。どうぞ、ごゆっくり」

イワドフは聖職者の丁寧な礼を取ると、エレスティアとアインスに「どうぞこちらです」と言って再び案内へと入った。

エレスティアは、次のフロアに出たところでピィちゃんを発見した。

その途端、アインスの反応を心配して笑顔が固まった。ピィちゃんは飛び続けて眠くなったのか、展示台の上で腹を見せて「ぷぅ、ぴぃ」と寝息を立てていた。

見学中の貴婦人たちが、くすくす笑いながら脇を通り過ぎていく。

「お、おや、これはまた……」

「イワドフ司教、大変失礼をいたしました。私が〝回収〟してまいります」

「あっ、アインス様、お手柔らかにっ」

エレスティアがこのドレスだと早く移動できないとわかってか、アインスがすばやく向かう。イワドフは『皇妃』の反応からまずいと察知したのか、展示台にも防御魔法がかかっていて、透明の壁があるので大丈夫ですと説明しながら慌てて彼を追った。

エレスティアも焦って駆け出したが――不意に、後ろから手を掴まれた。

驚いて振り返ると、先程のローブの少年がいた。

「あんた、見たところかなりの貴族だろう。連れていたのはいい身分の従者か？」

「え？」

それは誤解なのだが、エレスティアは警戒心を覚えて咄嗟に口を閉じた。

フードの陰からうっすらと見えた彼の顔は、影を落としてはいたが、少年というよりエレスティアと同年代の青年のようだった。

そして覗き込んでくる彼の目は、陰になっていてもくっきりとわかるルビー色をしていた。

「なら、あんたは知っているか？　宮殿で、国境に行った者の中に服従系に似た魔法を使った者がいるとか、いないとか――」

エレスティアは咄嗟に腕を振り払っていた。

とにかく離れなくてはと思い、展示台の方にいるアインスに合流する。

「いかがされましたか？」

彼は両手でピィちゃんを確保していた。心獣にあるはずの『感覚の共有』がないとわかってから、アインスの教育的指導はやや遠慮がなくなってきている。

「激しく揺らしておりましたが、大丈夫でしょうか」

それを知らないイワドフが、心配してエレスティアをうかがってきた。

この状況は大変気になったものの、エレスティアはひとまず大丈夫だと伝えて、後ろを振り返った。

「今、そこで——あら？」

そこにはもう誰もいなかった。

国境でのことは、大きな出来事だった。

近隣の村からはその様子が一部見えていただろうし、魔獣が去っていく風景は全国民が目撃している。大作戦が決行されることは事前に国民へ告知が出されていたし、『皇帝や魔法師たちのがんばりで巨大な複雑魔法が実行されたのだろうか？』などなど噂が飛び交っているところだ。

（話を振られたら濁せばいいとは言われていたけれど——ピンポイトで『服従系』と言われたのは初めてだわ）

彼は『皇妃の顔』を知らなかった。

それもあって最近外から来たことが推測されたエレスティアは、少し気になった。

国境でのことは大勢の魔法師が参加していて、明確にはしないながら許された範囲内では公表されていることでもある。

大聖堂で会った青年のことは気になったが、もう会う機会もないだろう。

そもそもエレスティアは、大聖堂の視察が大注目を集めたせいでそう考え続けていられなくなった。

【皇妃は神へ祈りを捧げることを邪魔しないよう、個人的に来訪。同じ屋内に居合わせた参拝者からは感激の声が上がっており、近くで見た皇妃の美しさを熱く語り——】

国民の関心を集めているらしい。翌日に新聞の一面に自分の記事が載っているのを見た時、エレスティアは心臓が止まりそうになった。

貴族たちも、これを機に彼女がどこかのパーティーなどに出てくれないかとそわそわしているとか。

父のドーランにそう教えられたエレスティアは、ティーカップを落としそうになった。

「おいおい、大丈夫か」

ドーランが、大きな手で彼女のティーカップの口を軽々と掴んだ。

「ご、ごめんなさい、ありがとうございます」

「まぁ、護衛騎士からは聞いた。今朝もいろいろと茶会やパーティーに誘う手紙や、謁見の依頼が一束分届いて卒倒しそうになったようだな」

「ご心配をおかけして申し訳ございません……」

エレスティアは一呼吸で告げつつしゅんっとなった。

どうやらジルヴェストが『エレスティアの父殿に』と手紙を出して、その話を教えたようだ。そして午後に、ドーランが後宮を訪ねてくれた。

父子水入らずで、と配慮されて侍女は下がっていた。

アインスも、後宮の護衛たちと声が聞こえないところまで下がり、姿を見せないようにしている。

とはいえ、護衛は不要なくらいにドーランは強い。

ドーランは炎の魔法を得意としている魔法師で、最強の、冷酷な炎の大隊長といわれ恐れられている現役の軍人だ。それが由来となっているのか、社交界では冷酷公爵などと呼ばれているようだ。

今日は軍の仕事の途中に立ち寄ってくれて、軍服にマントをつけたままだった。

「うむ、エレスティアが淹れる紅茶を久しぶりに飲んだな。お前の母の味によく似ている」

とてもうまいとドーランは褒めた。

「ありがとうございます。好きなだけ飲んでいってくださいませ」

エレスティアは嬉しくて、くすぐったそうにそう言ってドーランのために新しく注ぐ。

彼女は、幼い頃に母と死に別れた。よき妻になるようにと幼い頃に少しだけ教えられたが、もっとたくさんのことを教わりたかったと今も思っている。

魔法師というより、立派な貴族女性だった母をとてもよく覚えていた。

紅茶も、当時母が淹れていた風景を思い出して、幼いながらに取り組んだのがきっかけだった。

「元気そうでよかったよ。お前が参っていると皇帝陛下が言うものだから気になった」

多忙なドーランだが、気になって〝飛んできてくれた〟に違いない。

「今朝の件は申し訳ございませんでした。ジルヴェスト様にもご心配をおかけしてしまいました。その……謁見の希望が何件かきていると知って、ちょっと……」

まさか自分に、とびっくりしたのだ。

朝、侍女たちに大聖堂のことが載った新聞を渡され、ジルヴェストはそれを見せながら評価されていることを嬉しそうに聞かせてくれた。

新聞に書かれ慣れていないエレスティアは、コチーンっと固まった。そしてたくさんの手紙に続いて、ジルヴェストから『実は謁見の要望案もきていてな』と話されたから、容量オーバーでひっくり返ってしまったのだ。

ジルヴェストが出仕してしばらく、自分の公務の時間がくるまで寝椅子で休んでしまった。

「そのへんは、まぁ相変わらずなのだな……」

椅子からひっくり返った際、ジルヴェストが支えてくれたことをドーランは評価しつつ、安堵のため息交じりにそう言った。

「努力はしているのですけれど……いえ、実は努力しようと思い立って行動したばかりでしたから、とても自分のことを情けなく思っているところです」

父の手前、エレスティアは言い訳をやめてそう打ち明けた。

「ふむ。何やら悩んでいるようだな？」

「臣下の信頼も預けられている立場なのに、もっとがんばらなくてはと思って……精神的にも強くならなければならないのに、あんなことでひっくり返ってしまうなんて」

思い返したエレスティアは、両手に顔を押しつけた。

（お姫様抱っこで運ばれてしまった……！）

朝からいろんな意味でどきどきして、くったり疲れてしまったのだ。ジルヴェストへの申し訳なさと恥じらいに悶絶《もんぜつ》する。

何やら娘の耳が赤いのを見て、ドーランが深刻になりかけた眉間から力を抜いた。

「かわいいエレスティア、急に何もかも変えるのは無理だとは賢いお前ならわかるね？　自分の心と、体の声を聞きながら、自分なりにがんばっていきなさい」

ドーランが無骨な軍人の手で、優しくエレスティアの頭を撫でる。末娘にはとても甘い父だが、止めるではなく『がんばれ』と言ってくれたことが嬉しくて、エレスティアは目が潤みそうになった。

「はい……ありがとうございます」

皇帝の妻として、ジルヴェストと一緒に歩んでいく決意をした。

それを考えて彼もあえて『今はがんばるしかない』と厳しめながら励ましてくれているのだ。

「お前はがんばっている。私は、父として誇らしく思っているぞ。自分の心獣のことも三日で落ち着けて、四日目からは皇妃としての活動も開始した。あんなに小さかった娘が公務をしている姿に、父は感動したものだ」

ドーランが、彼には小さいようにも思えるティーカップを持ち上げる。

「お父様、見ていらしたのですか？」

「もちろんだ。心獣を飛ばして、お前の兄たちと〝上空〟で合流してな。宮殿の建物の屋根に降りて、そこにいた側近にもちろん許可を取って見守った」

側近はかなり困っただろうし、そもそも断れず引きつった笑顔で了承したのではないのだろうか。

そんなことを思った時、紅茶を飲んだドーランの口元にふっと笑みが浮かんだ。

「皇帝陛下は、お優しいな。私が来たら、お前の元気も回復すると思ったのだろう」

「はい、おそらくそれでお父様に知らせを出したのだと思います」

照れつつも、エレスティアもそうとしか思えなくて同意する。

ドーランの突然の訪問には驚いたが、来ることになった経緯を知った際に、その配慮がすぐ頭に浮かんだのだ。

ジルヴェストはいつだってエレスティアのことを、とても大切に考えてくれているから。

はにかむ娘を見て、ドーランが声を出して笑った。

「ははは、そうか。あのお方は感情を言葉と態度に出すのは苦手なようだが、お前に伝える努力も、引き続きしてくださっているのだな」

感情たっぷりの心の声がダダ漏れですけれど、という言葉をエレスティアは紅茶と共に飲み込んだ。

けれど、ドーランの言葉はあたってもいる。

出会った時より、ジルヴェストの目は優しくなった。いつしか微笑みがあたり前のように見られるようになって、そして言葉でも嬉しいことを伝えてくる。

「そうだ、お前の兄たちのことだが、私のせいで少し忙しくしていてな。すまない、いつかここでアインス殿を交えて話したいと言っていたが、まだ実現は難しそうだ」

「いえ、お忙しいのはわかっていますから。アインス様と仲よくなられたのは嬉しいです」

「うむ、かなり意外な組み合わせだからな。兄の方は喋り嫌い、弟はその反対だ、馬が合うとは到底私も思えなかった」

「お父様……」

「おっと。そういえば、お前の『ピィちゃん』はどうした？」

紅茶を飲み、はぐらかすようにドーランが言った。

「お父様がいらっしゃる前、またどこかに行ってしまったみたいなのです」

エレスティアも紅茶を飲みながら、後宮に戻ってきたあとにおやつタイムをしていたのだと話した。

食べて満足したら、大抵はそのままぽてんっと寝るかどこかへ飛んでいくのだ、と。

「うーむ、おやつか……心獣が……エレスティアの心獣もまた変なんだよなぁ」

まるで子育てをしている気分なので、自覚は薄々あってエレスティアは黙って聞いていた。

「魔力が開花したことも何もかも異例続きだ。兄たちも、ずっと気にしている。来た時に何も言わないのは、心配をかけないようにしているからだろう——とくに気がかりなのは、お前の持つ大魔法と魔力のことだろう」

唯一無二の、強力な服従系の魔法『絶対命令』だ。

（私自身は気にしていないのだけれど……心配になるわよね）

あんな服従させるような魔法、使う機会なんてない。

残酷ではある。初めて使った時、廊下の人々が全員頭《こうべ》を垂れた光景はエレスティアも鮮明に覚えていて、思い返すと恐ろしさが身に込み上げたのだ。

——練習なんて、できないモノだ、と。

何より使い方もわからない。今のところ魔力のことだって何も解明が進んでいないのだから。

「基礎訓練はし続けているようだな。どうだ？」

「とくに変わりはないです。魔力も感じられないままですし」

気にしている反面、進展もないことに父を失望させてしまうだろうかと少し心配になる。

だが、彼はため息を吐いて「やはりな」と言葉を漏らした。

「お父様は予想されていたのですか？」

「おそらく魔力が大きすぎて、感覚が掴みにくいのだろう」

「魔力が大きすぎる……」

それは父の実体験からも告げられている気がして、エレスティアは緊張気味に繰り返してしまう。

「こんなことは言いたくなかったんだが——お前も気にしていたと思う。今ここで告げる。私より、お前の方が魔力量がある」

「えっ⁉　そ、そんなことはっ」

「あるんだ。これまでの魔力測定、私たち家族が魔力を同調させて探ろうとして〝はじかれた〟こと。カーター殿たちからの日々の経過報告を聞いて、ほぼその可能性が固まった。――恐らく、皇帝と並ぶかもしれん」

エレスティアは、衝撃の推定内容に驚愕した。

「心獣ではなく、その体に自身の魔力のほとんどを収めているくらいだから、私たちよりも潜在制御力もかなり高いとは見ている。体調に影響もないことから、魔力暴走の兆候もなく、皆安心してはいる」

「魔力暴走……」

初めてエレスティアが魔法を発動した時〝魔力によって魔法を使わされた〟のがそうだ。

だが、それは少ない例だとは、魔法の知識を入れ始めてから彼女自身も理解した。

魔力暴走は、ほとんどの場合は体から魔力が嵐のように噴き出す。そして問答無用で周囲を吹き飛ばし、自身も傷つけるのだ。

「焦らずコツコツと学んでいけばいい。魔力を感じないくらいだというのなら、それだけ制御もきいているはずだ」

ドーランが、うつむいたエレスティアの頭を優しく撫でた。

「だから、不安に思うな。そう言いたくてな。兄たちではなく、私が伝えようと思っていた」

「お父様……」

「すまないな。不安にさせないつもりで言ったのだが、優しいお前を不安にさせた。母親だったら、もっとうまくお前を励ませただろうに――」

「いいえっ、私はお父様にいつも救われています！　とても愛情深く育ててくださいました」

エレスティアは、どの男性とも違う大きい父の手を両手で強く握った。

「おかげで、変化を自分で感じないことも、なんだか気にならなくなってきました」

男手一つで自分を育ててくれた父。

誰がなんと言おうと、ドーランは、世界で一番優しい自慢の父だ。

「お母様とお父様の子ですから、きっと大丈夫です。それに、昔から心獣と一緒に魔法の失敗もたくさん積み重ねて、今は戦闘魔法師団の師団長になった二人のお兄様たちの妹でもありますから」

微笑みかけると、ドーランが感涙して片手を顔に押しつけた。

「くぅっ、お前の兄たちにも聞かせてやりたい……！　私は、世界で一番幸せ者の父だ」

「お父様を泣かせるつもりではなかったのですが、ああ、どうぞハンカチをお使いください」

「うむ、ありがとう。お前だと思ってしばらくは借りておこう」

ドーランは涙を拭って、大事そうにジャケットの内側のポケットにそれをしまった。

「お前の魔力量のこともある。だから関係者以外の人間には知られないよう、今後はとくに気をつけていて欲しい」

帰る間際、侍女や護衛たちを部屋に戻す前にドーランは念を押してきた。

国境で、古代王の強大な『絶対命令』の魔法を使ったことを言っているのだ。

古代王ゾルジアが持っていたとされている大魔法。そのうえ『皇帝と並ぶかもしれない魔力量』ということまで加わって、ドーランは何かしら心配が強まっているのか、エレスティアにこれまで向けたことがない真剣な軍人の表情をしていた。

（使わないのならいいと思っていたけど、そういう問題ではなくなってきている……？）

もし、魔力量の件が知られたら『絶対命令』の大魔法の持ち主であると、おのずと推測されてしまうのは目に見えてる。

大魔法、魔力量、どちらも大変稀有な状態であることに変わりはない。

それでいて同時に両方持った魔法師となると――父の深刻そうな表情からも、何かあるのかもしれないとエレスティアは初めて危機感を覚えた。

「はい、わかりました。絶対に知られないようにします」

今日、父はその警告も伝えたかったようだ。そうわかってエレスティアは、知られないようにしようと心に決めて、父にしっかりと答えた。

第四章 「絶対命令」のことは秘密です！

ドーランがエレスティアを訪ねてきたその翌日。

朝食後、ジルヴェストと食後の紅茶を楽しんでいたエレスティアの表情は、晴れやかだった。

その話し相手は夫――ではなくて、知らせに来た侍女だ。

「ありがとうございます。急なのに、助かりました」

「いいえ、今回はエレスティア様がお決めになられましたので、スムーズにご準備も整えられました」

ドレスに合わせた装飾品もすべて用意が整ったと知らせに来た侍女に、エレスティアは笑顔でお礼を告げた。

（よかったわ、すぐに決まって）

侍女たちが少し離れた位置に待機する中、エレスティアはほっとして紅茶で喉を潤す。

愛する人のためにも、皇妃としてがんばりたい。

昨日、彼女は父と話したあと、居ても立ってもいられない気持ちになって『がんばろう！』と思い、早速次の公務を側近のもとに相談しに行って決めてきた。

それは、女性だけが集まる立食パーティーだ。

この招待に足を運ぶと、謁見を希望されていた方々にも会えるし好感度も上がるだろうと、側近からも心強い助言をもらっていた。

そんなことを思い出す妻の、やる気に満ちたのんびりとした笑みの一方で夫は静かだった。

「アインス……」

ジルヴェストが、ティーカップを置いたまま手を小さく震わせようやく声を絞り出した。

「同伴は、だめなのか」

「だめです、無理です、何度言われても答えはノーです」

「手厳しいなっ」

「幼なじみとして話してくれとは〝ジルヴェスト様〟がおっしゃったことでしょう」

そばに佇んでいるアインスが、見守っている侍女たちの方をちらりと見つつ『皇帝』という呼び方を封印する。

「何度もご説明申し上げましたが、これは女性の会であり、護衛か侍従もしくは使用人の男性一人まではつけられます。ですがパートナーは厳禁です」

「俺は皇帝なんだが……なら特別参加というのは――」

「無理です。ありません」

アインスがぴしゃりと言いきった。

こうジルヴェストがねばってくるのは珍しい。悪いことをしてしまったかしらと、エレスティアは少し考える。

（一緒にパーティーに行きたかったみたい……）

独身時代はパーティーやそういった集まりも嫌いだった彼が、まさか出席したいと考えるなんて公務を取りに行った際には思いもしなかったのだ。

昨日、出席が決まったあと、着飾る予定を話していた時からジルヴェストは未練がましくアインスに再三確認していた。

その理由を知っているだけに、どう言えばいいのかわからなくて二人の間に口を挟めないでいる。

『エレスティアと一緒にパーティーに行きたかったたっ』

昨日と同じ心の声が、席の近くで寝そべっている心獣から聞こえてくる。その心獣の黄金色の毛並みの上を、ピィちゃんが楽しそうにジャンプしていた。

エレスティアは恥ずかしくて、ますます視線も上げられなくなって紅茶を無心で飲む。

国境のことのあとから、ジルヴェストは外交関係の公務も増えて忙しい。

元々、彼がパーティーを好きではないことは有名な話だった。

——冷酷な皇帝は仕事中毒、仕事熱心。

みんな気遣って宮殿での開催を求めたり、彼のために大きなパーティーを開いて招待したりしていない——のだが、結婚して夫は変わったらしい。

ジルヴェストは、どうやら仕事ばかりだったのでパーティーで一休みしたいようだ。

『エレスティアが出席するなら俺もしたい！』

……主に、エレスティアが出るイベント限定で、だけれど。

彼女はティーカップを淑女的に持ち上げつつ、夫の激しい要望の声を聞かされ続けたせいで、もう顔は赤くなってしまっていた。

（あぁ、心獣さん今は離れていて欲しいです……っ）

じっと見つめてくる心獣の視線が、いたたまれない。

やはり、彼はわかっていて主人の心の声を聞こえるようにしているのではないだろうか？

そんな疑いの心が、ちらりとエレスティアの中で芽生える。

（いえ、でも、そんなこと心獣にできるはずがないし……）

「ほら、あなた様があまりにもわかりやすく悔しがられておられるせいで、さすがのエレスティア様も気づいて恥じらっていらっしゃるようですよ」

「なんだとっ？」

「困らせないとおっしゃっていたでしょう。なのに、これですよ」

アインスはあきれてエレスティアの方を示している。

だが、この時点でそもそも二人のやり取りはすれ違っているのだ。それは彼の心獣から、彼の心の声を聞いている彼女だけが知っていた。

『恥じらっている顔⁉　そんなの見たいに決まっている！』

ジルヴェストはそう心の中で言って、顔を上げていた。反省を促そうとして告げたアインスの想いは、届いていない。

『ああ、俺の妻はなんて愛らしいのだろう。くっ、困らせて申し訳ないが、見つめていたくなる愛らしさ……！　意地悪を言って、もっと恥ずかしがらせたらだめだろうか。俺が抱いているありったけの愛の一部を伝えるとかっ』

（それはどうかおやめください）

エレスティアは、ジルヴェストの熱い視線を受けて頬をリンゴのように染めた。恥ずかしさのあまり朝っぱらから赤面を晒してしまうだろう。

アインスも見ている。しかも、侍女たちの手前だ。

心の声がダダ漏れなので、視線さえもエレスティアの胸を甘くときめかせてくる。ここは勇気を振り絞って、じっと見るのをやめていただくことにした。

「あ、あの、ジルヴェスト様……そんなに見つめられると恥ずかしい、ですので……」

羞恥のあまり声は細くなり、ぽそっと告げる感じになってしまった。

エレスティアは自分の声にも恥じてしまった。たまらず視線をそらすと、ジルヴェストの方から

「ぐっ」と妙な声が上がって、彼がテーブルに手を置いてうつむいた。

「どんだけ好きすぎるんですか。あなた様は、感情をそう表に出さないクールなお方だったのでは?」

幼なじみとしてそう告げていたアインスが、やって来た侍女に気づいて視線を向けた。

侍女の案内を受けて顔を見せたのは、アイリーシャだった。

「皇帝陛下には、ご機嫌麗しゅう。西の第十一監視ポイントの視察の件で――あら」

顔も上げないジルヴェストに気づいて、彼女が言葉を止める。

「お疲れさまです、アイリーシャ様」

「ふふ、お疲れさまですわエレスティア様。ところで……」

アイリーシャが、気になった様子でジルヴェストの方へ視線を移す。

するとアインスが手を叩いた。

「ちょうどいいところに来ました。昨日話していた懸念通り、皇帝陛下がこのまま動かない可能性が現実味を帯びてきましたので、連れていってください」

「アインス様、わたくしをなんだと思っておりますの? 皇帝陛下にそんなことをする権限はございませんわ。それに、そんなことをしたらエレスティア様も気になさいます」

アインスが真顔になった。エレスティアは彼の表情に『いえ、あなたは論外なので』と語っているのを見て取った。

（ジルヴェスト様、彼女のことを語る時すごくテンションが下がるのよね……）

心の声も同様だ。いや、もっとひどい。その時、「くっ」と呻《うめ》く声が上がった。「ん？」と疑問の声を上げたアイリーシャの鋭い目線が移動し、全員の視線が〝皇帝陛下〟に集まる。

「アイリーシャ嬢、せめてエレスティアのドレス姿だけでも見られないか」

「――は？」

「アインス、支度が終わる時間に俺が抜ける時間をつくるとか」

ぽかんとしたアイリーシャと違って、アインスは見限ったみたいに真顔だ。

心獣から、ジルヴェストの声は聞こえない。

エレスティアは耳まで真っ赤になった。実際に話す彼の声しか聞こえない時は、心の声をまんま口にしている時なのだ。

「あっきれました。あなた様は、それをずっと真剣に考えておられたわけですか？」

アインスがため込んでそう告げた。さすがのアイリーシャもあきれ返った表情を見せている。

「また言いますが、無理です。皇帝陛下のスケジュールは把握しておりますが、絶対、無理」

アインスは、幼なじみとして無情にもばっさり切り捨てた。

皇帝は一番の権力者だ。エレスティアは場を収めるためにも、そして自分の心の平穏のためにも妻として勇気を奮い立たせて立ち上がる。

「アイリーシャ様、えぇと、そういうわけですのでお願いできますでしょうか？」

「あー……かしこまりましたわ」

エレスティアが一心に見つめると、察したアイリーシャがうなずき、動きだす。

「さ、皇帝陛下、まいりましょう」

「待てアイリーシャ嬢」

「待ちませんわ。皇妃エレスティア様もご許可されていることです。ですのでわたくしは、皇妃命令権限を行使し、失礼を承知で護衛部隊を召喚いたします」

慣れたようにジルヴェストの腕を掴んで立ち上がらせたかと思うと、アイリーシャが指を鳴らした。するど、魔法の光が起こり、見えない位置で待機していた皇帝の護衛部隊が速やかにやって来た。

どうやら魔法で知らせを出したようだ。

「ジルヴェスト様、いってらっしゃいませ。私もあなた様の妻として、がんばってきますわね」

エレスティアは、彼の手を撫でて微笑みかけた。

ちょっと困った感じになってしまったのは、仕方がない。

『くっ、ほんとは嫌だが、なんてかわいい……』

のそりと立ち上がった彼の心獣。そこから聞こえてくる心の声通りの表情をジルヴェストは浮かべていた。

「う、む。わかった。君の嬉しい励ましに、夫として俺も応えようと思う――」

「ほら、皇帝陛下長いですわ、まいりましょう」

「アイリーシャ嬢っ、俺はなっ、君のそういうところがっ」

「そういうところがなんです？　男ばかりの魔法師軍でやっていますのよ、女もこれくらい強くなくては」

アイリーシャはしれっと告げながらも、彼を護衛部隊の中に押し込んでいた。

ジルヴェストが渋々《しぶしぶ》移動していく。彼の黄金色の毛並みをした心獣が続いた。そばに寄ったことで警戒したのか、彼女の心獣や護衛部隊の心獣たちがどこからともなく舞い降りて同行していた。

「お見事」

アインスが、アイリーシャの活躍を称えて小さく拍手する。

飛んできてテーブルのクッキー皿に着地したピィちゃんが、小さな翼で真似したのち、彼の目を盗むみたいにすばやくクッキーを口に押し込み始めた。

「ええ、ほんとにすごいわ」

エレスティアは、尊敬の眼差しでアイリーシャの後ろ姿を見送った。

やはり、頼もしい女性だと改めて思った。


ジルヴェストを見送ったのち、ほどなくしてエレスティアは立食パーティーへ向けて侍女たちに着替えをお願いした。

今回、派手すぎて女性たちに高圧的な印象を与えないドレスを選んだ。

白とブルーを基調とした品がある日中向きのものだ。彼女の柔らかな色合いをしたハニーピンクの髪をさりげなく引き立てる。装身具をまとえばドレスの輝きも増し、皇妃として申し分のない一級品の装いに仕上がった。

「なるほど、お見事です」

アインスは、エレスティアの貴族女性としてのしつけのよさ――時と場所をわきまえたドレス選びにも感心していた。

着替え後に向かったのは、宮殿から馬車で四十分進んだ先、王都の西部にある王立レディクラブだ。

王都に存在している淑女の社交場の一つで、三階建てという最も大きなところになる。

伯爵家以上の者、または招待を受けた者たちだけが出入りを許されていた。


エントランスには上級執事とスタッフがおり、出席者はすべて把握しているのか、エレスティアたちは顔パスで通された。

中に入ると、華々しい装飾がきらびやかに視界を明るくした。

玄関ホールは二階の回廊と支柱まで一体感があり、一枚の絵画のように美しい。一階には高級化粧道具や装飾品といった展示室もあり、図書、最先端の髪型を楽しめる髪結い師のいる部屋も備えていた。

二階には多目的のホールを備え、円状の回廊にはいくつかの部屋が面しており、最上階の三階には貴婦人たちがお茶を楽しむための個室も完備されている。

「す、すごく立派な場所ですね……」

「文化財にも指定されていますからね。最も華やかだった宮廷時代の建築になります」

エレスティアたちが目的の二階にたどり着いてみると、令嬢が一人、また一人と扉を開けて中に入っていく光景があった。

「皆様単身で入られているみたいですけれど、アインス様がついていても大丈夫かしら？」

エレスティアの不安を感じ取ったのか、ピィちゃんが飛んでいた空中からすばやく戻り、肩にとまった。

それを、アインスが何かしら思う表情をわずかに浮かべた。

「まぁ、できる限りお供は連れ入れないのが原則ですからね。つけるのであれば公爵令嬢以上、というのが暗黙のルールです」

「えっ。でも昨日アインス様は『護衛か従者一人はついていい』と……」

「細かい特例ルールを話すと皇帝陛下のぐずりがしつこくなりそうでしたので、あえていろいろと端折りました」

さすが幼なじみ、よくわかっている。

「そもそもあなたは皇妃ですから、副隊長クラスの私がついて当然です。ご安心ください」

アインスが、立ち止まったままのエレスティアの横で落ち着いた様子で見下ろす。

「あなた様の場合、騎士クラス以下の者がつくと護衛面の不安から、かえって出席の見直しをお願いされることになっていたかと」

「ああ、なるほど。それでいて〝目印〟にもなるんですね？」

「さすがです。ご理解が早くて助かります」

これまで皇妃としての勉強も続けているのだ。エレスティアが苦笑して見上げると、アインスも気をほぐすみたいに珍しく口元に少し笑みを浮かべた。

「私は顔を知られていますから、そばにいるだけで『あなた様が皇妃である』という目印になります。

これは、遠くから拝見した方々にもわかるようにと礼節な配慮にもなります」

「男性はもしかしたらごく数人ですけれど、アインス様は平気ですか？」

「問題ありません。そういうことを気にしたことはありませんから」

すぱっとアインスが答えた。

（さすが立派な騎士様だわ）

エレスティアは、自分もがんばらなくてはと気を引き締める。

「ピィちゃん、用意はいい？」

「ピッ」

初めての場にピィちゃんが緊張しないか心配していた。心獣の性質なので、さすがに外に出る時には同行させるしかない。

「わかったと答えている感じもありますが、皇妃、そもそも心配の方向性が違っています」

「ピィちゃんの子育てはまだ途中だから、いろいろと覚えていかなくてはならないことも多いですし……」

「お待ちください。だから、それがおかしいのです」

アインスがそう話している間にも扉の前に着いて、エレスティアは自らそれをゆっくり押し開けた。

「まぁ」

会場は宮殿のような荘厳な美しさがあった。

そこには美しく着飾った女性たちが集まっていて、華やかで目がちかちかする。

「みんな、なんて美しいのかしら」

その中に自分が入っていいのかどうか、別の意味で緊張してしまって恐る恐る足を進める。

惚れ惚れしているエレスティアを、アインスが何か言いたげに見やった。

「まぁ見て、皇妃様よ」

入場してすぐ、近くにいた女性たちが華やかな扇を口元にあててハッとエレスティアを見てくる。

「オヴェール公爵閣下がご贔屓に隠されていたのでしょう？ なんて美しいのかしら……」

「惚れ惚れしてしまうくらいドレスもお似合いですわ」

ひそひそと自分のことを話されていたが、エレスティアは肩から弾丸のように飛んでいったピィちゃんに気を取られていた。

「あっ、ピィちゃん」

思わず声をかけたら、ピィちゃんが空中で一回転して見つめ返してきた。

「ピ！」

なんとも頼もしげな表情で鳴き、ぴゅんっと飛んでいって見えなくなる。

（心獣だから、場所の安全でも確認しに行ったのかしら……？）

勝手に離れてはだめよと思って声をかけたのだが、まったく以心伝心していなくて、エレスティアはちょっと不安になった。

元々好奇心も旺盛なうえ、性質も関係しているとすると、止められないだろう。

（まぁ場には緊張していなかったみたいだし、大丈夫ね――あ）

お隣さんが大丈夫じゃなかった。エレスティアは、アインスの空気にハッと気づく。

「あの鳥……」

アインスが、ゴゴゴと静かに殺気を放っている。

これはまずい。女性たちの視線が集まっている様子をようやく目に入れたエレスティアは、ひとまず彼の軍服の袖をつまみ、つんっと引っ張った。

「アインス様、行きましょう」

口元に手を添えて囁きかけると、アインスがなぜかため息をついた。

「あなた様が素でそういうおかわいらしいことをするのも、問題なのですよね」

「えっ、何か変なことしてしまったでしょうかっ」

「はぁ、鈍くてほんと心配になりますね……」

二度目のため息をひっそりとつかれてしまったので、エレスティアは何も言わないことにした。

それから十歩進んだところで、第一陣の貴族女性たちと接触して挨拶が始まったこともある。

「このたびはお言葉を交わせて光栄でございますわ」

「わたくしの方こそ、以前はアッシュモード様とご挨拶をありがとうございます」

「まぁっ、覚えてくださっていたのですね」

「皇妃、わたくしを覚えておられますか？　皇帝陛下とご一緒の時、花見の解禁で――」

エレスティアは雑談を交えつつ交流を続けていく。

難なく受け答えができているように見えるのは、淑女教育の応答の作法に沿っているからだ。

（うぅ、引きこもりにはつらい……）

自分から雑談を振る、というのがエレスティアにとって最大の難関だった。

多数の相手、というのも精神的にはつらい。しかし、人数がいるものだから女性たちの方から話を振ってくれることが多かったのはありがたかった。

それでいてこういった場は、エレスティアの社交術磨きにもなる。

「まぁまぁよいでしょう」

「ほ、本当ですか？　よかった」

アインスにうまく助け出され、いったん喉を潤す時間を確保したエレスティアは、対応がどうだったか確認してほっとした。

「何かあるかと話題を振られた際に、動揺したのはマイナス点ですね」

……なかなかに厳しい先生だ。

けれど、指導を頼んだのはエレスティアだ。こういうことは場数を踏んだ方が経験も積めるし、慣れていくというものだ。

「がんばりますっ。時間だって延びましたしっ」

「その意気です。参って人前で顔色が悪くなりましたら、私が連れ出します。そこはご了承ください」

無理はしない。

それが、アインスがエレスティアの指導を引き受ける条件だった。

『私は、エレスティア様に倒れて欲しくないのです』

エレスティアが皇妃としてふさわしい女性になれるよう、社交もこなせるようになっていきたいと相談した時、彼はそう言った。

指先を取り、騎士の姿勢でじっと見つめられた。

礼節で呼ぶ時以外、彼は引き続き『エレスティア様』と呼んだ。

あの時、エレスティアは無表情の彼の目に、身を案じる思いを感じてそれを了承した。

大切な幼なじみで、忠誠を誓っている皇帝のジルヴェストの妻というだけでなく、エレスティア自身を大切にしようとしてくれているのも感じたから。

それもあって彼女は、以前よりももっと彼を信頼している。

「アインス様にそんなお手間をおかけしないためにも、がんばりますねっ」

エレスティアは意気込みを示した。

彼は珍しく噴き出し、それから心がけを褒めてくれた。

それからもエレスティアは会場内を歩き、女性たちと言葉を交わしていった。順調に進んで彼女は内心ほっとしたのだが、不意に会場内の空気が騒がしくなった。

「戻っていらっしゃったわよ！」

「わたくしたちも目に収めなければっ」

「目の保養ですわよね！　ああっ、でもやはりお話もしたいですわねっ」

（えっ、何、どうしたの⁉）

エレスティアはその騒ぎっぷりに目を丸くした。まるで人気の殿方でも出てきたみたいな反応で、貴族女性しか出席できないはずだと疑問でいっぱいになる。

「……まさか、皇帝陛下が？」

「それはあり得ないでしょう」

さすがに、とアインスがちょっと声量を落として自信がなくなったみたいに付け加えた。

確かめるためにも、エレスティアは彼とそちらへ向かうことにした。すると、ホールからつながっている隣のサロンの扉から入ってきたらしい談笑するグループの姿が目に留まったのだが――。

「……えっ！」

思わず驚いた声を上げてしまった。

そこにいたのは、ワンドルフ女大公だった。共に戻ってきたらしい女性たちの大移動の中心にいても、背丈がある彼女の姿はよく目立った。

以前会った時と同じく、彼女はとても珍しい男性衣装で身なりを整えていた。青銀の髪に、男性と間違えてしまうような落ち着きのある切れ長のブルーの瞳。子供がいるとは思えない美貌を持ち、編んだ髪を後頭部でまとめているものだから、いっそう紳士感が出ている。

「きゃーっ、ワンドルフ女大公様！」

「おやおや、君たちも私と話したいのかい？　いいよ、おいで」

「あ、あのっ、宮殿でお見かけしてから、胸のどきどきが治らなくってて」

「君の旦那様に嫉妬されてしまいそうだね。私も、嫉妬しそうだよ、愛らしい月の女神」

キャーッと悲鳴が炸裂する。

女性たちに囲まれたワンドルフ女大公は、まるで愛でも囁くみたいな甘いハスキーボイスで、次々に女性たちをうっとりさせている。

アインスが遠い目をした。

「相変わらずですね……」

「え、ええ、そうですね。本当にすごいお人だわ……」

エレスティアは、女性を大切にするその姿勢を思いつつも頬を染める。

初の会談をした際にも、あの調子だった。気遣いが王子様のごとくスムーズにできてしまい、話が上手で、大勢の女性に対してもあのように同時に接せられるなんて素晴らしい――。

「え、そこですか？」

意見を述べていたエレスティアを、アインスが見下ろしてくる。

「え？　他に何かあるのですか？」

「……いえ、別に」

とうとうアインスが口を閉じる。

「とにかく、挨拶をしなければ失礼ですよね」

エレスティアは彼を連れて、シェレスタ王国から来た重要人物へと挨拶に向かう。

すると、誰かが皇妃が来ていると教えたらしい。

「えっ、皇妃がいらしているのかい？」

そんな声が上がると共に、ワンドルフ女大公が男性のような優雅な所作で会場を見渡し――ぎゅんっとエレスティアに視線を定めた。

「やあ皇妃！　いや、エレスティア様と呼ばせてもらおうと約束していた」

「ひぇ」

どんどん向かってこられて、エレスティアの引きこもりが一瞬発動して足が止まる。ワンドルフ女大公は、エレスティアに歩み寄る間もよく通る声で話しかけ続けていた。

「ここは私のお気に入りの場所でね。仲よくなった夫人に誘われて来てから、通っているんだ」

彼女との話の中で『敬語でなくてかまわないかい？』と話し方について聞かれ、社交辞令で敬語はなくて問題ないと答えてからずっとこの調子だ。

「そ、そうでしたの。楽しまれているようで何よりですわ」

エレスティアは挨拶の礼を取ろうとしたのだが、目の前に立った彼女に顎を指先ですくい取られて、頭を上げさせられた。

周りから、女性たちのうらやましがる黄色い悲鳴が上がった。

いつの間にかエレスティアは腰に腕を回され、引き寄せられていてワンドルフ女大公とかなり近い距離になっていた。

「あ、あれ？　いつの間に」

「ふふふ、初々しいね。そう堅苦しいことはなしでいいよ。お互い、夫がいる身じゃないか」

顎を支えている指で、するっと頬を撫でられる。

たぶん、年下をなだめている感じなのだろうとエレスティアは受け取った。

（女性なのにすごい色気だわ……！）

勝手に勘違いしてどきどきしてしまいそうになるほどだ。

彼女は胸をつぶしているようで、コートの内側は胸板が厚く見える。身のこなしもまるで男性なので、異性のそういうことに耐性がないエレスティアは恥じらいに胸の鼓動を速めた。

「そ、そうですね、夫人同士ですものね。えぇと、それを教えてくださろうとしてこの姿勢に……？

あの、ありがとうございます」

少しスキンシップが過剰気味だけれど、と思いつつエレスティアはそう答えた。

ワンドルフ女大公はすごい人だと聞いていたので、押しのけるのは失礼だとわかってどうしたらいいかわからない。思わず視線を送ると、アインスは口元が若干ひくついていた。さてどうしたものかと考えている感じでもある。

「私はあなたを気に入っているよ」

頬を撫でられ、ワンドルフ女大公に視線を戻された。

「魔力もほとんどない最弱だと言われ続けていた、それでもあなたの瞳は美しいままだ」

「え？」

「魔力が目覚めても奢らず、それ以前から素晴らしいお人であるとは君を知る者たちに話を聞いてわかった。確かにあなたのような皇妃がこの世界には必要だろう。私の国も魔力量主義でね、ここへ来る前からあなたのことには興味があったが、会ってますます――」

と何やらいろいろと言われているが、正直、エレスティアは頬をくすぐってくる彼女の指の感触が気になって集中できなかった。

「皇帝陛下に愛されて隣に立とうとする姿も、いいね。努力家だ」

ワンドルフ女大公が、エレスティアの目元を撫でた。

エレスティアは頬を染めてたじたじになった。

「あ、あの、近いままだと会話されにくいでしょうし、そろそろ放していただけると――」

「知っているかい？　純度の高い魔力を持つほど、その瞳の色も美しくなるんだ」

「え？　そうなのですか？」

「この皇国の『魔法師』と言われている者たちは不思議なことが多いから、私たちの国と、そこが同じなのかどうかも興味はあるよ。よければ部屋で二人で話さないかい？　皇帝陛下の代わりに、寂しさを埋めてあげよう」

「え……？」

ワンドルフ女大公の眼差しが同情を帯びる。

その時、アインスが手を差し入れ、彼女の手をエレスティアの頬から離させた。

「失礼いたします、申し訳ございません――皇帝陛下がマジで嫉妬してしまいますため、お控えいただきたく」

ワンドルフ女大公が、ブルーの目をきょとんとする。

「おや？　冷酷な皇帝も、彼女を大切にしているのかい？」

「は？」

彼女に続いて、アインスも疑問を表情に浮かべる。

その時、エレスティアは小さな騒がしさを聞いた。それはワンドルフ女大公が登場した時と違い――悲鳴だ。

ハッとそちらを見た。ワンドルフ女大公も、アインスも、そして女性たちの目も気づいてエレスティアに続く。

すると、悲鳴を上げた令嬢たちの注目の先には、三段重ねのケーキに体ごと突っ込んで大きな穴をあけているピィちゃんがいた。

ピィちゃんはそこに座り込んで、ケーキまみれの姿で翼を手のように動かし、むっしゃむっしゃと次から次へと口に放り込んで幸せそうだった。

エレスティアは、予想外のことでぽかんとした顔をした。

アインスが「あの食いしん坊は」と低い声でつぶやき、ギリィと歯を噛《か》み合わせる。

「なんだい？　あの愛らしい小鳥は？」

「わ、私の心獣ですっ」

ワンドルフ女大公は腑《ふ》に落ちたらしい。エレスティアを囲っている腕を解放した。

「なるほど。ちょっとそそっかしい、君にできたという大切な子だね？」

「そ、そうです」

エレスティアは「失礼します」と言って、慌ててピィちゃんの方に向かった。

彼女に続くアインスが、一度ワンドルフ女大公を見た。

「あなた様は、もう少し普通に言えないのですか？」

「ふふふ、口説《くど》くなということかな？　無理だよ。かわいい子は、とにかく口説くと決めている。女性たちは褒めるほどに愛らしく、そして美しくなるものだ。ねぇ君たち、私と話さないかい？」

ピィちゃんを遠くから眺めていた女性たちが、一気にワンドルフ女大公へ注目を戻して黄色い声を響かせて詰め寄った。

（ワンドルフ女大公様には、感謝だわ）

エレスティアはドレスのスカートを持ち上げて、どうにか駆ける。その間に対応を、とワンドルフ女大公は自身にみんなの目を集めてくれたのだろう。

三段重ねのケーキなんて、ピィちゃんは見たことがない。

知らない場所ということもあって、甘いものに引きつけられたのかもしれないし――。

「教えるべきだったのよね、飼い主としてしっかりしないとっ」

「アレは心獣ですよ。ええ、そのはずです。彼らは生まれてから不思議と知識があるはずなんですけどね」

そうとう頭にきているのか、同行したアインスの言葉がつらつらと続いていた。

「ピィちゃんっ」

呼ぶと、ピィちゃんが「ぴ？」と見てきた。手が止まったその一瞬の隙に、エレスティアはケーキの中から両手で救出した。

そばで困ったようにおろおろしていた令嬢たちが、驚く。

「皇妃様っ、お手が」

「大丈夫ですわ。ケーキをだめにしてしまってごめんなさい、係りの者は――」

きょろきょろと探した時、後ろにワンドルフ女大公が立っていて驚いた。

「きゃっ、ワンドルフ女大公様」

「ほほぉ、この子が君の心獣か。なんとも愛らしいね、君にぴったりだ。これからいろいろと学んで、君と一緒になって成長していくわけだね」

――一緒に。

そう言われて、エレスティアはじんわりと嬉しさが込み上げた。

「はい。一緒に、学んでいるところですわ」

エレスティアは彼女の提案をありがたく受け入れると、ピィちゃんを洗ってくると告げてアインスとその場をいったん離れた。

会場を出て、回廊を西へと進み女性更衣室へ向かう。

「あ、私が綺麗にしますから、アインス様はこちらでお待ちください」

中に他の女性たちがいたら大変だ。

「もちろん入りません」

アインスが小さくため息を漏らした。

「手伝いに女性の使用人を呼びたいところですが、一応は心獣ですので、困ったものです」

「一人でできますわ。ピィちゃんも、最近は湯あみも一匹で綺麗にできたりしていますし」

「心獣なのに風呂に入っているのですか？」

「離れたがらなくて、お湯に誘ってみたら気持ちよさそうに浸かったものですから……変でしょうか？」

エレスティアは、ちょっと心配になる。

心獣の体質的に悪かっただろうか。そんな思いが素直に表情に出ているのを見て、アインスがこらえるような顔をした。

「——いえ。何やらいい匂いがするなという疑問が解けただけです。おかまいなく」

彼は息を吐きながら、頭を少し振って背を向けてしまった。

ひとまず、ピィちゃんがクリームで冷えてしまっては大変だ。自分たちを交互に見ていることに気づき、エレスティアは女性更衣室へと足早に入る。

「さ、体を流しましょうね」

建物は歴史があるようだが、補修はされていて中は綺麗だった。洗面所には、見知った魔法器具が設置されていて、お湯も出るようでほっとする。

お湯がたまると、ピィちゃんは自分から速やかに飛び込んでくれた。

クリームだらけになったエレスティアの手を見て「ひぇ」という様子になり、ようやく気づいて『手間をかけさせてはっ』という感じになったみたいだった。

(汚れても気にならないなんて、本当に幼い子みたいだわ)

苦笑しつつ、すいすいと泳ぐピィちゃんのかわいらしさをしばし眺めていた。

「手足も短いのに、泳ぎが上手で不思議だわ」

何度見ても不思議に思う光景だった。産毛が水をはじいている感じはあるが、まるっとした体が浮いているようにも見える。

それでいて潜れるのだ。ピィちゃんが繰り返し湯に潜り、水をまとって回転しながらすいすいと泳ぐ。それを眺めている間に、ほぼクリームは落ちていた。

お湯に浮いているピィちゃんを両手で触るが、べたつく感じはない。

「入浴用の石鹸はないの、このまま綺麗にできそう？」

「ぴぃ！」

ピィちゃんが『もちろん！』という感じでうなずく。

(ピィちゃんは私の感情の動きが少しわかるみたいだけれど、何を考えているのか私も感じられればいいのに)

ピィちゃんを再度湯の中に解放しながら、そんなことをちらりと思った。

鳳凰だった時、喋っているかのような〝声〟が頭に響いたのは覚えている。

小さいサイズだと、魔力がほぼない状態だ。

だから感覚の共有もできなくて当然かもしれない、とはカーター様たちも推測を口にしていた。まず主人本人が魔力の貯蔵ができている状態が、信じられない現象なのだ。

（普通の魔法師と、なぜこんなに違うのかしら）

魔法師に心獣がいるのは、そもそも人間に収まらない魔力を預かってもらうためだ。だから他国の〝魔法使い〟に『恐ろしいことに、強い魔法使いがごろごろいる大国なんだ』と恐れられていて――。

その時、湯の中をぐるぐると泳いでいたピィちゃんがハッとする。

疑問を覚えたエレスティアは、次の瞬間後ろから口を塞がれた。

「声を立てるな。そこの心獣にも騒ぐなと伝えろ」

聞き覚えのある声だった。

ハッと視線を上げると、鏡の中にフードをかぶったローブの男が映っていた。

それは、先日大聖堂で出会ったあの青年だった。こうして真後ろに立たれると、身長からしても彼が大人だと、はっきりとわかった。

（え⁉　ここ、女性専用なのに⁉）

あり得ない状況にますます動揺していると、相手が耳元に口を寄せた。

（いやっ、ジルヴェスト様以外に触れられたくないっ）

逃げる自分を後ろから羽交い絞めにし『義務だぞ』と罵り、耳を噛んで無理やり夜伽へと引きずり込んだ〝王〟――前世の記憶がフラッシュバックする。

エレスティアはパニックになりかけた。

「やめて、離してっ――」

「落ち着け」

不意に、そう耳打ちされてハタと止まる。

かけられた声も、低く落ち着いていた。自分のどくどくいっている心臓の音を聞きながらもこくんとうなずくと、暴行する気配はなく口を覆う彼の手から少し力も抜けてくれる。

「礼節に欠く行為であることを承知している。このような場に入ってすまなかった」

「あ、あなたは誰っ？　いったいどうしてここに――」

「素性は明かせない。君が優秀な魔法師たちと違い、荒事の経験がないのは今のことでよくわかった。とにかく、落ち着いてくれ」

拘束している男に諭され、エレスティアは過呼吸になりかけていることを実感して、ひとまず深呼吸をした。

ピィちゃんは相手の脅しを聞いて声を立てないことにしたようだが、エレスティアを拘束する彼の腕をつついていた。

ローブ越しで全然痛みはなかったようで、しばらくしてから彼がようやくそこを見る。

「皇妃が、最弱の魔法師というのは本当なんだな」

ぎくんっと体がこわばる。ハッと呼吸を吸い込んだら、口元を覆う手に力が込められ、強く押さえられた。

「しーっ、今悲鳴を上げかけたろ。いいか、君が騒ぎ立てなければ、危害は加えない」

いいな？と念押しされた。彼は女性に痕を残さないよう手加減しているようで、押さえられた痛みはなく、エレスティアはひとまずこくこくとうなずく。

彼が腕を緩めた。エレスティアは洗面台のピィちゃんを背にかばい、すぐさま振り返った。

深くフードをかぶった彼もすばやく距離をとって、小さく両手を上げる。

「ほら、武器は持っていない。あの時は知らなかったが君が皇妃だったのか」

「……でしたら、なんだというのです？」

「優先すべき事項がある。接触のタイミングを計っていたが、今しか〝隙〟がなかった。宮殿の関係者であれば〝ありがたい〟んだ」

彼の個人的な都合で、ということだろうか。

エレスティアは警戒していたのだが、彼はかえってフードから覗く赤い目から、どんどん気を抜いていった。

（これは……同情？）

前世の姫だった記憶。母国との別れが決まった時の光景で、見た、と不意に思い出す。

あまりよくは思い出せていないとはいえ、感情の衝撃が強い印象的な場面が映像の記録のように所々残されている。その中の一つに、彼と同じ目があった。

『姫、最期の時までおそばに――』

そう言った護衛騎士の顔は思い出せないが、彼と同じ目をしていたのは覚えている。

「最強とうたわれている名門公爵家に生まれながら、心獣もこのように小さくては、ずいぶん肩身の狭い思いをしただろう」

目の前の男から、不意にそんな声が聞こえて我に返る。

その言い方からしても彼が悪人には思えない。

ピィちゃんの元の大きさは知らないようだ。エレスティアが反応の仕方を考えていると、彼が先に告げた。

「時間がないので単刀直入に言う。魔物をすべて追い払ったという、謎の魔法。それは『絶対命令』の再現だろうと俺は踏んでいる。どの魔法師が関係者か教えて欲しい」

エレスティアは息をのむ。

「その反応からすると、君はその魔法名も聞いたわけだな?」

「ど、どうしてここに入ってまでそんなに知りたがるのですか?」

警戒して咄嗟に言い返した。

先日、父から魔力量のこともあるので、気をつけるようにと忠告されたばかりだ。身の危険を目の前にして、エレスティアが言うはずがない。

「隣国のファウグストも危ない存在なんだ。それから、魔法の存在が確かなものであると知れば、他の国々も黙ってはいないだろう」

一つだけ明確に国名が出て違和感を覚えた時、彼は取ってつけたようにそう続けた。

ファウグスト王国は、隣国の一つだ。

あのバレルドリッド国境から真っすぐ進んだ方角にある国なので、地図をよく見ていたエレスティアも国名は記憶に強く残っている。

(彼と、関わりがある国だったりするの……?)

すると彼が情にでも訴えかけるみたいな顔で、エレスティアに詰め寄ってきた。

「一刻を争うんだ。何か知っているのなら教えてくれないか」

言うわけにはいかない。父にも約束した。

皇妃となってから時々新聞にも載っているエレスティアの顔を知らなかったとすると、魔法でここへやって来た国外の人間である可能性もある。どこの誰かわからないうちは、彼には最大の注意を払わなければならないだろう。

「他の国も黙っていないとあなたは言いましたが、どうしてそう思うのですか？」

洗面台のピィちゃんを守るためにも、逆上させない方向で問いかける。

「『絶対命令』は、古代王ゾルジアが使えていた大魔法だ。彼の魔力は強大で、絶大だ。【謎の三百年】その時代の記録で魔獣に怯《おび》えることとは無縁な平和、という記述は古代王ゾルジアが天候、そして大気さえ従えられたからだといわれている」

「え⁉」

（生き物だけではなかったの？）

いったい、どういうことだろうとエレスティアは戸惑った。

「魔法で天候や大気を操るのは不可能、そうだろう？」

「え、ええ、そうね。そんなことあり得ないわ」

「その『あり得ない』が起こり得たのが、古代王の時代だよ。その中でも古代王ゾルジアは、属性も無視し、望むままにどんな魔法も意のままだったとされている。まさに全知全能の神の力だ」

それが本当だとしたら、確かに各国は黙っていないだろう。

「……で、でも、そんな話聞いたことがありません」

「古代王の出身地であるファウグスト王国には、彼に関する数少ない記述が極秘で収められている」

「えっ、とするとそこに彼のご遺体も？」

途端に彼が首を小さく左右に振った。

「埋葬された遺跡を発掘できるのは、奇跡的な確率なんだ。残念ながら埋葬の記録もなくてね——彼が長い髪を押さえていたという、魔法がかかった髪留めといったいくつかの遺物が、大聖堂の地下に保管されている」

古代王たちが実在していた証拠は、確かにあるのだ。

（まさか、こんな身近な国が彼の出身地だったなんて）

その時だった。外からアインスの声がかかった。

「エレスティア様？」

ローブの彼と同時に、エレスティアはハッとそちらを見た。

「心獣がお手間を取らせているのなら、居合わせた貴婦人に『変態』と汚名を着せられようと、私が責任を持ってソレをお洗いいたしましょう」

「い、いえっ、大丈夫ですっ。もうすぐ終わりますから」

なんとなく、目の前の彼を捕まえさせたくなくて咄嗟にそう答えた。

「ありがとう、皇妃」

するとローブの男の方から、品のある声色で小さく礼を言われて戸惑った。

エレスティアがそろりと見つめ返すと、彼がフードで陰になった赤い瞳をどこか切羽詰まった様子でそっと細めた。

「ファウグスト王国の二番目の王子の目的は『絶対命令』だ。古代王と同じではないとわかったとしても狙いに来る。だから、関係した魔法師の名前を教えて欲しい。複数で行ったのか？　それとも、もしや一人で？」

「ま、待ってくださいっ、第二王子ですって？」

「王権を求めて、彼はその力を自分の手柄に使おうとしている。すでに何かしら情報を掴んでこの皇国に入国した」

　エレスティアは、衝撃的な事実にくらりとした。

「た、他国が動いているのですか？」

「誤解しないで欲しい、あれは第二王子の独断で、国は関係ない」

　彼がすばやくそう言った。

「だが、このままだと国や——そして、関係のないその魔法師の者を巻き込んで争うことになるだろう。俺は、それが嫌だ」

　つまりその大魔法を持っているエレスティアが、危ないと彼は語っているのだ。

（隣国の第二王子が、私が持っている大魔法を狙っている？）

「で、でも、王権なんてものを第二王子はどう手に入れようと——」

「エレスティア様？　あの落ち着きのないうるさいピィちゃんが、静かな気がしますが」

　アインスの声が飛び込んできて、どきんっとした。

「時間切れだな。俺は第二王子たちよりも先に、人物に関する情報を掴みたい。また訪ねる」

「えっ？　ちょっ——」

目を戻した矢先、エレスティアの視線の先で彼はローブの刺繍《ししゅう》をなぞったかと思うと、煙のように消えてしまった。

(今の……転移魔法だわ)

でも、見たことがないタイプの転移魔法だった。とすると彼は、やはり他国の人間なのか。

エレスティアは誰もいなくなってしまった場所を、しばし呆然と見つめていた。

◆◆◆

翌日。

昨日も執務が詰まっていたというのに、ジルヴェストは空き時間にまたしてもそれに追われていた。

皇妃が女性たちの集まりに出席したという話は、すでに宮殿中に広がっていた。

冷酷な皇帝は妻と同伴したかったらしい。要望が通らずさぞ激昂《げっこう》されているだろうと貴族たちは身震いし、宮殿内はややガランとしている。

「はぁ……」

ジルヴェストはそんなことも露知らず、執務の最中にため息と共に手を止めた。

唐突に下を向いた彼に、事務官たちがびくっとする。

(昨日の彼女のドレス姿を見たかった……)

ジルヴェストは、いまだ引きずっていた。

思い通りにならなかったことに怒っている——どころか、落ち込んでいた。

（くぅ、アイリーシャ嬢めっ）

エレスティアが昨日パーティー会場にいる時間、宮殿から抜け出せないだろうかとそわそわしまくっていたものの、アイリーシャは彼にテキパキと仕事を進めさせた。

だから苦手なんだと、癒やしも余裕も与えない娘を思う。

とはいえジルヴェストとしても、落ち込みを引きずっていることについて悩んでいた。

エレスティアに対してだけ、彼はかなり我儘《わがまま》になる。翌日まで我儘な気持ちを引きずっている経験もこれまでなかった。

（皇帝としてしっかりしないとな。エレスティアに朝、迷惑をかけるところだった）

互いに黙っていた時間が長かった。

愛らしい彼女を前にして、熟考してしまうなどもったいない。

ジルヴェストは自分の顔が怖いことは自覚していた。反省して、慌てて修正をはかろうとしたら、そんなことわかっていますよと言うように彼女がはにかんだのだ。

（ああ、俺の妻は癒やしの塊だ）

寝室で、彼女よりも少し先に起きて、彼はその寝顔を堪能している。

しかしながら頭の中でよこしまな想像をした直後、空想の中とはいえ『この純粋で愛らしい彼女を汚してしまっていないか』と反省の念にかられるのだ。

十八歳のレディなので、後ろめたさを覚える要素など何もないのだが。

しかも相手は、自分の正式な唯一の伴侶で、妻である。

（とはいえ、怖がられたくないし――とても、大事にしたいのだ）

エレスティアが十八歳の成人女性にもかかわらず、美しさと同時に息をのむほどの初々しさを持ち合わせているのが問題なのだろう。

そんな貴族女性は、この皇国内のどこを探しても見つからない。

皇妃になってから妃教育が設けられたのも、彼女が確認の程度だけで済むほどに才女なことも関係していた。

作法などで後宮に女性講師が訪ねる時間がつくられているが、誰もが『密かにさせられていたのでは？』とジルヴェストたちに聞いてきた。

もう不要である、と確認されて妃教育はすでに撤廃されている。

あとは皇妃活動を続けながら、公務などについて必要なことを補わせていっていた。

教育についてはすべて受けているので、もちろん閨でのことも知識があるだろうとはジルヴェストも踏んでいる。

しかしながら、初夜の際にヴェールをめくった時の、これから何をされるのかわかっていないかのようなエレスティアの若草色の瞳は、彼の記憶に強烈な印象で残っている。

深いキスをしても逃げ出されなかったし、妻として必要な教育はされているようだ。

だが、どうにもこうにも初々しくて――たまらん。

（大変かわいい。彼女は、美と愛らしさの化身に違いない）

自分の女神だと、ジルヴェストは本気で思っている。

大人になっても初々しい色気を持ち合わせているなど、彼女以外いないだろう。

そんな女性を妻にできたなんて、人生で一番幸せだったと彼は自信を持って言える。

（大人の魅力、それでいて溢《あふ》れ出る愛らしさ……はぁぁ、彼女が選んだという昨日のドレスは、さぞ似合っていたに違いないっ！）

またしても彼は、執務机で組んだ手に盛大なため息を落とす。

部下たちから助け船をと視線を寄こされた側近が、戸惑いつつ尋ねる。

「こ、皇帝陛下？　何か、不備でもございましたでしょうか」

「いや、我が妻はあまり着飾らないからな。昨日は、大変に貴重だった」

「……はい？」

「着飾らないエレスティアも大変美しいし、困るくらいにかわいいのだ。しかし私が用意させている新作のドレスの何を着たのか尋ねると、アインスに虫けらでも見るような目をされてな。はぁぁ、見たかった」

「陛下？　皇帝陛下っ？」

「とはいえ朝は黙っていたせいで会話のチャンスを逃した。思い返しても俺はバカかと思う、何せ……はぁ、彼女に『仕事が忙しいのですね』と気遣わせてしまった」

皇帝らしくない弱い声が執務机に落ちた。

場に、かなり気まずい沈黙が漂った。

「……えー、かなりお疲れなのでしょう」

そういうことにしようと言わんばかりに側近はうなずくと、手元の書類をいったん脇に挟んで提案する。

「よろしければ、どこかに時間を空けますので、皇妃様とお会いになるとか――」

「空けられるのか」

ジルヴェストは、すばやく顔を上げた。

あまりの早い反応で、補佐官たちも「ひぇっ」と悲鳴を漏らす。

「目が怖い……！」

「それほど真剣らしい」

「皇妃様と夫婦のすれちがいでもあったのか？」

扉の近くにいた高官たちが、ひそひそと会話する。側近も『かなり食いつかれた』という顔で口元がひくついていた。

その表情を遅れて認識し、ジルヴェストはそれもそうかと納得する。

これまでの自分を思うと、仕事中毒のようなものだった。国のことや民のことを考え続け、動き続けた。あまつさえ冷酷な皇帝と言われる始末だ。

だが、結婚して変わった。

初めて迎えた妻は——彼を変え、彼のすべてになった。

（彼女の紅茶を飲みたい、声を聞き続けていたい……なんて、二十八歳になって急に乙女にでも転じたのか、俺は）

自分自身にあきれてしまう。

それでも、止められないのが彼女への想いだった。

今すぐエレスティアを抱きしめたい。癒やされたい——。

「皇帝陛下……？」

側近が、次第に心配そうな表情に変化して見つめてくる。

ジルヴェストは、普段なら言わないが、どうしても今日は自分の時間が欲しいと思った。

「……プライベートで悪いが、休憩が欲しい。頼んでもいいか？」

「も、もちろんでございます！　陛下の体調が一番優先でございます」

側近は、まさか協力を願われると思っていなかったのか、嬉しそうに何度もうなずく。

「いや、体調はいいんだが心が……」

「はい？」

「………俺には癒やしが足りない」

その時、飛び込むように入室してくる者がいた。

「ははは！　私のかわいい姪的なエレスティア嬢のおかげで、毎日癒やされているでしょうに」

その響くダンディーな笑い声に、ジルヴェストはすぐに誰だかわかってげんなりした。

一番会いたくない奴が来た。

「それとものろけですかな？　いやーお熱いですなー、紹介したかいがございました」

そう言いながら入って来たのは、バリウス公爵だ。

前皇帝時代から続くアドバイザーであり、政務を最も支えている男と言っても過言ではない。独身であることも、彼の身軽な行動力を後押ししている。

室内の者たちが注目して「おぉ、いらしてくださった」と尊敬した声を漏らしている。

しかしジルヴェストは、忌々《いまいま》しげに睨みつける。

「……おい、この数日どんどん仕事を増やしやがって」

「おやおや～？　皇帝ともあろうお方がそのような言葉遣いをされてはいけませんよ？　んっふふふ」

嫌みっぽい感じで歩いてきたうえ、執務机に手をついて覗き込んできてニヤニヤと笑うこの屈強なダンディーが、嫌だ。

皇子時代の教育係も拝命していた男だ。それは正論であり、言い返せないのも腹が立つ。

（こいつ、エレスティアの公務のことをわかって仕事を増やしたんじゃないか？）

視察、外での会談、などなど寄こされると休憩は宮殿の外で取らざるを得ない。

せっかくかわいい妻であるエレスティアが、なんとも愛らしいことにジルヴェストに休憩をさせるとがんばって、こちらにやって来てくれるようになった。

それを見守るのも大変癒やしになっており、わざと彼女が出られる時間に執務を入れていたというのに――バリウス公爵のせいで、この一週間の予定が全部狂った。

「それで、何をしに来た」

「昨日のことを拗《す》ねてらっしゃるというので、様子を見に」

楽しみに来たの間違いだろうとジルヴェストは思う。

バリウス公爵は、面白いことに目がない。愉快犯的な性格はクソだし、皇子時代には散々からかわれて、見返そうと猛勉強していたあの攻防が結果として実力につながった。

「エレスティアにあれを提案したのは、お前か」

臣下の前で『クソ』なんて言えないので、確信を持ちつつあくまで冷静な姿勢で尋ねると、バリウス公爵の目が色っぽく細められた。

「いーえ？　彼女に提案したのは側近の一人だと皇帝陛下もご存じのはずでしょう。私は『悩んでいるようだね☆　皇妃への願書も全部こちらでいったん目を通して安全を確認して渡しているのだが、あの女性の貴族会はどうかな？　君なら最もよき助言をできると思うよ☆』と、手紙を書いて後押ししただけです」

「きっかけはお前じゃないかっ」

場に『確かに』という空気が流れた。

バリウス公爵がわっはっはと笑う。

「実行したのは私ではなく、話も彼女と側近の間でまとまったわけですから無罪です」

「お前、それはやり手の犯人のこなれた返答だぞ」

バリウス公爵は話をそらすことにしたようだ。執務机の馬の文鎮を持ち上げて眺める。悪だくみしているはずなのに、その姿もダンディーに決まるとか、詐欺だ。

「エレスティア嬢はほんとかわいいですな。素直で、期待した通りの行動をとってくれるところが大きくなっても本当に変わらない。皇帝陛下もそうですな、拗ねていらっしゃるとはかわいいことです」

「昨日のことは拗ねてはいない」

「ほんとですかな？」

持っていた文鎮を優雅に置き、バリスウ公爵が覗き込んでくる。

言い募ったものの、一つだけ気になっていることはあった。

「本当だ」

（――拗ねているどころか、嫉妬だ）

バリウス公爵の目が輝いたのが見えた。近くから覗き込んでいるのは探るためだ。そう察知したジルヴェストは、絶対遊ばれてなるものかと思って口を開く。

「他に用がないのなら、帰れ」

「拗ねている陛下にお時間を差し上げに来たというのに、ひどい言いようですな」

「なんだと？」

そのやり取りを、室内の者たちがはらはらとうかがっている。

「私なら検討するまでもなく、今すぐあなた様のお時間を空けさせることが可能です」

バリウス公爵が、そこで一息置いてにやりと笑いかけてくる。

「……気持ちが悪いな。何か企んでいるのか？」

「ひどいですな、親切心です。陛下もそろそろまとまった自由時間の休憩は必要かと考え、私が可能な分はそちらの執務を引き受けようと提案しているのですよ」

「まとまった自由時間も取れなくしているのは、お前だ」

とはいえ、と言って彼はジルヴェストのツッコミも無視してにーっこりと笑う。

「ただ、私もその前に褒美として楽しませていただきたく」

ジルヴェストは思わず「あ？」と素で言った。

思いきり顔をしかめた恐ろしい皇帝の様子を見て、室内の者たちが「ひぇ」と怯える。

その時、タイミングよく騎士が来客の訪れを控えめに知らせた。

「おお、来たか。入れてよい」

バリウス公爵が答えた。部屋の主の皇帝陛下をちらりと見た騎士に、彼は「よい、よい」と促し、騎士は迷いつつ動く。

ジルヴェストは、なんだと思い待っていた。だが次の瞬間、現れたカーターを見て真顔になった。会いたくない男〝その二〟が来た。

そう思っているジルヴェストへ、バリウス公爵がきらっきらとした笑顔を戻してくる。

「ですので、あなた様が一方的に苦手としている我が後輩、カーターを召喚しました」

「なんでだよ」

カーターは事情がわからないようで、きょとんとしている。相変わらずだぼっとした感じで白衣を簡単に羽織っていた。

「えー、私はなんで皇帝陛下に呼ばれたのでしょうか？」

「皇帝陛下が呼んだのではなく、私が呼んだんだ」

「うわー、最低ですねー。先輩は相変わらず平気で嘘をつきますね」

あはは と上辺で笑いながら、カーターが足を出入り口へと向けた。

「仕事じゃないなら戻っていいですよね。古本が待っている、なので戻りま――」

「戻らせるわけがないじゃないか、この引きこもりめ☆」

バリウス公爵が、屈強な腕でカーターの肩を掴まえた。

「お前、今から髪を上げて『皇帝陛下の友人です』と言って、バッシフィグ辺境伯たちの雑談に付き合ってこい。私は一石二鳥のことしかしない。まず、お前が陛下の時間を空ける策の第一弾だ」

「うわー、相変わらず急だし、横暴ですねー」

「お前の美貌は使える。恋愛に初心なあの三姉妹も、こっちの美貌にころっといって満足するはずだ」

ジルヴェストは、カーターより美貌が下だと遠回しに言われてぐさっときた。

そんな様子にも気づかず、カーターは「なんですかそれ」「引きこもりたい」と主張している。

（カーターの顔に比べたら俺なんて、とここにきてそこも気にするようになるとは……）

バリウス公爵は、侍女を召喚してカーターを社交仕様に仕上げるよう指示する。

執務をとってかわることになった彼の指示に室内が慌ただしくなる中、ジルヴェストは額を手に押しつけてしばし震えていた。

◆◆◆

公務を終えたエレスティアは、図書館の本棚の間でぼうっとしていた。

いつもなら飛びつく専門書の新刊コーナーだ。けれど頭の奥にはずっと考え事がこびりついて離れず、読みたい本を選ぶのにも時間がかかる。

（せっかくの休憩時間、数日分の本を選ばないと……）

アインスが荷台を持って、近くのカウンターから予約していた本たちを受け取っているところだ。

侍女たちも同行しており、後宮の一室にある本棚の入れ替えが予定されている。

（ピィちゃんがたまに挿絵を見たがるものね）

まだ見たことがないものを教えるのにも、ちょうどいいだろう。

まるで子育ての気分でそう思い、エレスティアはその一冊を手に取った。

中を開き、挿絵を確かめる。けれど、大好きな読書なのに、文字を読み進める意欲を刺激されず戻すことにした。

だが、ぼんやりとしていたせいで本が棚に引っかかり、ぽろっと手からこぼれてしまった。

「あっ」

このままでは落ちてしまう。

そう思った瞬間、顔に降ってこようとしたその本を、後ろから伸びた手が受け止めてくれた。

「おっと。大丈夫か？」

耳にしっとりと、安心して響いてくる声。

振り返ると、そこにはジルヴェストがいた。唐突に彼が現れて、エレスティアは驚く。

「ど、どうしてこちらに。お仕事は？」

「ああ、大丈夫だ。しばらくゆっくりできることになった」

それで捜しに来てくれたのだろうか。

エレスティアは、代わりに本を棚に戻してくれる彼の横顔に見とれた。

（嬉しいわ――）

彼の顔は凛々しくて、黄金色の髪の下にあるその深い青の瞳だってもう冷酷だとは思えない。

自分の好きな人で、夫なのだと思うと、とても満たされた幸せな気持ちが込み上げるのだ。

おそらくは昨日、前世の記憶が一瞬戻ったのもそう感じる原因だろう。

エレスティアは昨日のことを思いながらふと、再び現れた青年が言っていたことが気になっていた。

（隣国の第二王子の件は、真実なのだろうか？）

けれど、そんな内部事情を知っているあの青年は何者なのか？

政治のことを考えると、皇帝に迷惑をかけようとする派閥の手先だったら……とも考えられて、安易には動けない。

エレスティアは、前世で〝姫〟だった記憶を持っている。

王侯貴族の内部の蹴落とし合い、国交や、立場的な責任の重さだって理解していた。

（大事なことは――戦争をする理由を、相手の国に与えてはいけないこと）

前世で戦渦も経験しているからこそ、慎重になってしまう。

とくに皇妃。その一挙一動には、臣下や群衆を動かす力がある。

何より前世の経験から、エレスティアは、完璧な皇帝であるジルヴェストの弱みになるとしたら自分こそがそうだとも自覚していた。

彼はエレスティアを愛し、信頼しているからこそ、言葉を信じるだろう。

それを利用される可能性を考えると、やはり行動に出るまでに慎重に吟味した方がいいとエレスティアは思う。

あのあと、アインスに隣国のファウグスト王国のことをについて、さりげなく聞いていた。

あの国は安定していて、治安もよい国だと言われた。エンブリアナ皇国からも旅行で出かける貴族は多いとか――。

「エレスティア？　何か、考え事でも？」

目の前から声をかけられて、ハッと我に返る。

「いえっ、何も。申し訳ございません、せっかくジルヴェスト様が来てくださったのに、私ったら、ぼうっとしてしまって……」

彼がここにいるということは、心獣もついてきているだろう。

近くにいるとすると、ピィちゃんはそちらに合流してもうしばらく戻ってこないはずだ。こういう気まずい空気の中ではいて欲しい存在だった。

気まずく感じるのは、話せないことを抱えているせいだ。

（皇帝である彼を、――この優しくて素晴らしい夫を、支えたいから）

その妻としてどうすればいいのかと考えると、エレスティアには一気に責任感が重くのしかかって判断さえつかないでいる。

「俺がいてもぼうっとしてしまうくらい、何か思い返してでもいた？」

「え？」

つい、下がってしまっていた視線を上げると、ジルヴェストがじっと見つめていた。

「意地悪な質問になってしまってすまない。だが、答えて欲しいことがある」

彼が言いながら詰め寄ってきた。真剣な眼差しで、下手《へた》に空気を変えられる雰囲気ではないと感じて、エレスティアも自然と後退する。

「実のところ気になっていた。質問しない方が男としてはいいのかもしれないとも思ったが、このままだと……」

背中が、後ろにあった本棚にとんっとあたった。

彼が本棚に腕をついてエレスティアを囲い込んだ。

逆光もあって、彼の金髪が淡く輝いて、見下ろす表情の凛々しさと同時にある色っぽさに心臓がどっとはねて、顔が熱くなる。

（何を考えていらっしゃるのかしら？）

彼に見つめられていることを意識して自然と体温が上がっていく。

「あ、あの――」

「女大公のことを考えていたのか？」

「え？　誰ですって？」

思いがけない予想外の質問がきて、エレスティアは緊張も一瞬飛んだ。

「ワンドルフ女大公だ」

昨日あった女性限定のパーティーについては、皇妃が出席したことによって話題になっているらしい。参加した令嬢も貴婦人も、ワンドルフ女大公との〝絵になる光景〟を噂しているようだ。

それを、彼は昨日も今日も耳にしたとか。

（私、考え事をしていて新聞も見ていなかったわ）

もしかしたら書かれていたかもしれないが、宮殿を歩いていた時、周りの話もぼうっとして聞こえていなかった。

「アインスに確認したら、その噂は事実だと」

「え、ええ、そうですね。少しお話ししたのですが、スキンシップが少々過度で――あっ」

彼の片腕が腰に回り、コルセットで作られた胸がぎゅっと締まるほど引き寄せられた。

その一瞬、エレスティアはワンドルフ女大公の腕とは違うたくましさに、胸がきゅんっとはねた。

「ジ、ジルヴェスト様っ？　何を」

本棚の向こうの通路は、いつ人が通るかもわからない。

公共のこんなところで、と恥じらったエレスティアは頬に触れられて動きを止めた。

体の奥が、甘く締めつけられる感じがあった。

「触れられたのは腰、続いて頬だとアインスから報告を受けたが間違いないか？」

「は、はい……それから、顎に少し」

「こうされた？」

彼の指が添えられ、くいっと上へ向かされる。

ジルヴェストがじっと見つめてくる。彼の深い青の瞳に強い輝きを見て、エレスティアはくらりと心を奪われそうになった。

（な、何、いきなりどうされたの⁉）

あまりに唐突な夫婦のスキンシップではないだろうか。

「他に、夫に隠していることはないな？」

「あ、ありません。私は、あなた様の妻です」

頭の中を疑問でいっぱいにしながら、エレスティアは赤面で答えた。

そもそもワンドルフ女大公は女性なのだが、どうして夫に隠れていけない交流を持った感じの問答になっているのだろう。

「エレスティア」

そんなことを考えていると、低く、腰にくる声に身が反応して動けなくなった。

すると彼の顔が近づき――頬に唇を押しつけられた。

「あ、あのっ」

驚いている間にも、彼が手で支えつつ撫でながらエレスティアの顔に口づけを落としていく。

「手の感触よりも、こちらの方が記憶に残るだろう？」

エレスティアは、わけがわからず首まで真っ赤になった。

（そうだけれど、そうですけどっ、何をなさっているの⁉）

戸惑っている間にもキスを顔中に注がれる。

恥ずかしくて彼の方を見られない。

唇ではないせいで、キスをしてくるジルヴェストの表情がよく見えた。それは妻に意識して欲しくて、一つずつの口づけで、熱い思いを伝えてくるみたいに色っぽくて――。

「エレスティア、逃げないで素直にさせて」

「んんっ」

唇のすぐそばをちゅっと吸われて、体が反応した。

（すごいわ、夜の寝室みたいなねだり方をするなんて……）

彼はキスから教えてくれようとしているのか、就寝時間にたびたびいろんなキスをエレスティアに試させた。

キスは、知らないことばかりだった。

恥ずかしくて逃げようとしたら、抱き込まれて優しい声で『逃げないで』『怖がらないで君も絡めてきていい』と、そんなことを言われて――。

彼がしてくれていることなら、エレスティアはなんだって嬉しい。

愛をもって肌に触れてくれるからだ。けれど理由が不明で、この急な接触には混乱している。

（あっ……まさか、嫉妬を？）

ふと、ワンドルフ女大公に触られたように腰を引き寄せられ、顎に触れられ、上書きするように触れられた頬にキスをされていることにそう思い至る。

相手は女性だ。

それなのに、気にしてくれているのか――。

そう考えた途端、エレスティアは心臓がどっとはねた。

（ああ、なんてかわいい人なの）

相手は二十八歳の、十歳も年上の皇帝だ。それなのに、同性にも嫉妬してくれるくらい初々しく初めての恋心を向けてくれている夫が、愛おしい。

こんなの、拒めるはずがない。

本棚に押しつけている彼に手を添え、エレスティアはすがるように彼の衣装を軽く握った。

「あっ……あ……」

図書館に響かないよう、声を殺しながら夫に身を委ねる。

（好き。私もあなたが、とても好き……）

女性、しかも夫がいるイケメンのワンドルフ女大公に対抗心を燃やしている。

それほどに想ってくれているのだとわかって、エレスティアの胸は彼に喜びを訴えて高鳴った。

するど、不意に触れられていない耳にもキスをされた。

「あっ」

そこは弱い場所だ。体がびくんっとはねて、恥ずかしくなる。

「なんで……そこは、あ……っン……触れられていません」

ぞくぞくっと背を震わせながら、どうにか声を潜めて訴える。

「君が、かわいらしいのがいけない」

耳元で囁き返すジルヴェストの声には、熱がこもっていた。

そのまま耳をぱくりと口に含まれた。エレスティアは舌でもくすぐられ、耳元から聞こえてくる音も合わさって身もだえした。

それでも彼の好きにさせようと衣装を握って、声が周りに聞こえないようその行為に協力する。

「エレスティア。なんて愛らしいことをするんだ。俺だからこらえてくれているんだな？　そうだろう？」

それを願っていると言わんばかりに、彼が肯定を求めて聞いてくる。

近くから目を合わされたエレスティアは、恥じらいに目を潤ませながらも――こくん、とうなずいた。

「はい、そうです、ジルヴェスト様だから……」

触れていいのは、夫だけだ。

エレスティアは皇帝のもので、彼の妻である。

ジルヴェストの顔が寄せられる。彼女がつられて唇を差し向ければ、彼が優しく口を覆ってくれた。

「ん……」

二人の気持ちまで、一つになったかのような感覚。

彼はこの時間を愛おしむように優しく唇をついばんだ。間もなく、うかがうように、遠慮がちにエレスティアの上唇をはむ。

その乞うようなかわいらしさに、彼女は胸がきゅんっとした。

外であることを思いつつもエレスティアは口を開く。すると彼が、そこに優しく舌を差し込んできた。

（不安だったことも溶けていきそう……）

これが、愛する人との口づけなのだとエレスティアは思う。

触れ合うキスはどこまでも優しくて、声が出ないよう今の彼女に合わせてくれているところにも胸は甘く高鳴り続けている。

「ああ、そろそろ限界がきそうだ」

ジルヴェストに、熱く見下ろされた。

「君の心の準備がまだなのはわかっている。魔力が暴走してはいけない、せっかくの初めての夜に君が魔力暴走になりでもして、トラウマを植えつけてしまっては嫌すぎる。しかし……」

彼が、そっと頬に触れる。エレスティアはどきどきしていた。見つめ合っているだけで体温はどんどん上がっていく。

（この目、知っているわ）

女性に欲を覚えている男の目、だ。

前世では、怖くて仕方がなかった。しかし唇を離したジルヴェストのその目を見た瞬間、エレスティアの胸は甘い高鳴りを上げてときめき続けている。

魔力暴走。

それを考えて、彼は初夜を先延ばしにしていたのだ。

（でも――）

この人の、ものになりたい。

エレスティアは体の奥から込み上げた愛おしさに、こくりと唾をのんだ。

こんなふうに感じるのは初めてだ。体の一番深い場所が、胸に感じる恋心と同じく、切なく、甘く疼《うず》く感覚があった。

彼のものになって、彼を安心させてあげたいとも思う。

こんなふうに不安に思わなくても、エレスティアはジルヴェストのものであると、だから離れて公務をしていたとしても安心していいのだと――。

それでいてエレスティアも、彼と心だけでなく――体もつながってみたいと感じている。

「ジルヴェスト、様……」

緊張で喉が震える。

――それなら、夜伽をしてみましょうか？

そう、大胆にも言いかけた時だった。

「はーい、私のかわいい姪的なエレスティア嬢に魔力暴走を起こさせたら、皇帝陛下でも許しませんよー」

笑い声と共に、両者の肩をぽんっと叩く手があった。

はっと冷静さが戻ると共に、恥じらって彼の衣装から手を離す。

そうだった、その可能性を思ってさらにジルヴェストは待つことにしたのだ。

（それなのに私ったら、なんてことを）

聞こえてきた声は知っている人だ。冗談でそう声をかけたのかもしれないが、結果的に救ってくれた尊敬する〝おじ様〟へ、エレスティアは目を向ける。

「バリウス様！」

やはり、そこにいたのはバリウス公爵だった。

「うっふふふ、なかなか会いに行ってあげられなくて、すまないね」

彼は皇帝であるジルヴェストを平気でぺりっとはがすと、数歩下がって少し屈み、エレスティアに両手を広げてみせる。

「ほら、バリウスおじさんだよー。こっちにおいでー」

父の友人で、幼い頃から相手をしてくれた素敵なおじ様だった。

エレスティアは、皇妃としてということも頭から飛んで、一人の公爵令嬢の気持ちに戻って彼に駆け寄った。

「バリウス様っ、会えて嬉しいですわ！」

抱きしめると、バリウス公爵も孫娘との再会を祝うみたいに抱きしめ返してくれる。その太く筋肉質な大きな腕は、ジルヴェストとは違っていた。

「お忙しいのに、お手紙もありがとうございます」

「かわいい姪みたいなものだ。会える距離にいるのだから手紙くらいは持たせないとねぇ。ザッカルの著書は読んでみたかな？」

「はい！　読みました！　カーター様もどうしても読みたいとおっしゃって、コレクションの古本と交換して。ああっ、そうですわバリウス様、オーヴィス国のドリッチェ詩集翻訳全集、もうお読みになられましたっ？」

「もちろんだとも。奥深い愛の詩がたくさんあったね。私としては、どの巻にもついている解説書も楽しかったな」

「私もですわ！　お時間があるのなら読書の感想を交換したいですっ。あ、お忙しいのなら引き続き手紙でも全然大丈夫ですっ」

「ふふふ、そうだね。明日にでも〝また〟感想交換の手紙を届けるよ」

バリウス公爵が「むっふふふ」と視線を移動する。

つられてそちらを見たエレスティアは、ジルヴェストが本棚に片手をついて下を向いていることに気づいた。

「ジルヴェスト様？　どうかなさいましたか？」

「………………いや、なんでもない」

かなり長い間だった。

不思議に思っていると、質問をかわすようにジルヴェストがやって来た。エレスティアの肩を抱いて優しく自分の方へ引き戻す。

「エレスティア、彼が時間を空けてくれた」

「まぁっ。そうでしたのね、バリウス様ありがとうございます」

「エレスティアも社交までがんばろうとしていると聞いて、私も見守っているんだ。休憩は必要さ。私なんかよりも、君には愛する人の言葉の方が癒やされると思ってね」

バリウス公爵がお茶目にウインクする。

エレスティアは、すっかり見透かされていることに頬を染めた。ハッとジルヴェストを見て、目が合って一瞬でぼふっと顔を赤くして慌ててうつむく。

「癒やされてくれているのか？　君が、俺に？」

放っておいて欲しいのに、ジルヴェストが横顔を覗き込んできた。

「……は、はい、当然ですわ」

改めて素晴らしいと実感したその人に、嘘なんてつけず蚊の鳴くような声で答える。

「愛する夫ですもの」

ジルヴェストが頬を染めた。唇をきゅっとして黙り込んでしまったが、心の声を想像して喜んでくれているのだろうとはエレスティアにもわかった。

「ふっふっふ。ほら、皇帝陛下。私はあなた様のためにならないことはしないでしょう？」

バリウス公爵が、両手を軽く広げてきらっきらの笑顔でそう言った。

ジルヴェストがうさん臭さでも思い出してみたいな顔を向ける。

「邪魔させるなと言って、人除けにアインスを置いてきたはずだが」

「ああ、彼に止められるのを見越して、令嬢集団をけしかけておきました」

「なんだって？」

「おっと、言葉のあやです。二番目のご予定が外務大臣でしたが、娘の令嬢と取り巻きも連れてきていまして。『かの有名な皇帝陛下の幼なじみにして、皇妃の専属護衛騎士もしており、なおかつ〝未婚〟』と私が紹介いたしましたところ、ご令嬢方は『ぜひ紹介して欲しい』と」

ジルヴェストの口元がひくっとする。

そんなふうに紹介をすれば、彼女たちの興味を引くのはエレスティアも想像できた。

「お前、アインスをどかすだけでそんな悪だくみを一瞬で考えるとは――」

「失礼な。まぁ、カーターが一番目の会談後に逃げ出したものですから、ちょうどいいと思ってアインス・バグズを配置しようと考えたのは認めます。ですが、一回だけです」

一回だけのお願いにしても護衛外なので、アインスも参っているのではないだろうか。

（女性の中にいるのは平気だとはおっしゃっていたけど、周りを取り囲まれたらさぞ大変な……）

そう考えたところで、エレスティアはきょとんとする。

「というかカーター様とおっしゃいまして？　あのお方が。どうかされたのですか？」

その時、ジルヴェストが肩を抱く手にぐっと力を入れた。引き留められて動けなくなってしまい、不思議に思って横顔を見上げる。

「ジルヴェスト様？」

「ぶっくくく、男の嫉妬は醜いですな――おっと」

バリウス公爵がジルヴェストから放たれた無詠唱の魔法を、同じく無詠唱の防御魔法を使って相殺した。

それは一瞬の出来事で、エレスティアはぽかんとする。

（というか、これが普通の魔法師だったらとっても危ない……）

すると、一人の女性の声が飛び込んで二人と一緒に彼女も止まった。

「図書館で魔法は禁止です！」

風魔法で飛んで現れたのは、女性の司書だった。

いきり立って覗き込んできた彼女が「え」と声を漏らし、皇帝、バリウス公爵、話題の皇妃の組み合わせを順を追って確認し――。

「……し、失礼いたしましたぁ」

先程の威勢はどこにいったのか、へらっと作り笑いをすると、妙な姿勢で後退したのちにすばやく引っ込んでいった。

直後、バリウス公爵が爆笑した。

「あっはっはっ、皇帝陛下あの司書面白いですな。引き抜いても？」

「やめろ」

ジルヴェストがげんなりとした顔で言った。

エレスティアは、バリウス公爵は優秀だと宮殿でたくさん聞いていたので、何かしら才能を察知したのかしらと思った。

第五章　皇妃、さらわれる

一人のゆとり時間ができたのは、それから二日後のことだった。

ジルヴェストが宮殿から不在となった午前中、皇妃としての執務を教えてもらいながらエレスティアは書類作業をこなした。

数字にも強いことを文官たちには驚かれた。ジルヴェストの助けになれていることが嬉しく、そして指導にあたってくれた側近とバリウス公爵とのやり取りも楽しくて充実していた。

そのあと、後宮でゆっくりできる時間が訪れた。

護衛騎士としてアインスがそばにつき、紅茶を淹れる侍女もいるので読書の姿勢を整えた。

本を眺めている間は、頭の中に集中できるから。

「どうされましたか？」

その声に思案が途切れたエレスティアは、ページをめくる手を止めてしまっていたと気づく。

「あ……いえ……」

窓の前の机には、開いた大きな本。そこにはピィちゃんが乗っていて、攻撃力ゼロの小さなくちばしで文字をつついては首をひねっている。

「アホですね。何度も言っていますが、食べられるものではありませんよ」

「ぴ？」

食べるのではなく――エレスティアを悩ませている〝もの〟だとピィちゃんは感じ取ったのではな

いだろうか。

エレスティアは、そう勘繰って密かに緊張した。

「何か、考え事ですか？」

アインスが小さな椅子を寄せ、そこに座った。

腰を落ち着けて話を聞くつもりらしい。彼はそうやって、いつも寄り添う姿勢を取った。

皇妃になって活動を始めたばかりのエレスティアに向き合い、緊張したことや、悩んだことや、心のもやもやを話してごらんなさいと言って――。

『私は専門家ではありません。しかしながら、話せば自然に自身の中で整理がつくこともあります』

『……もしかして、ジルヴェスト様もそうだった？』

『ふっ――本当に賢いお方ですね、鈍いのに、不思議と聡明さは失われない』

あの時、アインスは小さく微笑んで『仕えられて光栄です』と、どうしてか騎士の忠誠の姿勢を取り、小さく微笑んでいた。

『彼は〝皇帝〟ですからね。ご自身で決めなければならない。私からは、そして誰も導いて差し上げることはできないのです』

ですから、せめて、と彼は言った。

彼は優しい人だと思う。無表情ながら、たびたび親切と気遣いの柔らかな気配を感じ取れた。今もそうだ。

「たしか古代王ゾルジアの『絶対命令』は、彼が持っていた大魔法のうちの一つ、なんですよね？」

エレスティアはなんでもないような顔をして、本の上から優しくピィちゃんをどけ、アインスに尋ねた。

「そうです」

そのことかと納得した様子で、アインスが背もたれに体を預けて足を組む。

「てっきりそれが最も強い魔法であると思ってましたが、数ある大魔法のうちの一つだったようですね」

先日、エレスティアが訓練の際に魔法具研究局で尋ねたら、当然のような顔でカーターたちから、多くある魔法の一つなのだと返答があった。

資料がないため詳しくはわかっていないが、絵画にも描かれている無詠唱の超強力な風属性の浮遊魔法、土属性の魔法に関しては、発掘済みの文献の一部が国内なら情報提供され事実確認ができたらしい。

この皇国では、大魔法というのは生まれながら持った素質による最も強力な魔法を差した。

大規模に影響を与える必殺技級の魔法。

しかし古代王たちは、その常識を覆して〝それらをありふれた魔法のように〟使った――。

先週協力者の学者団に記述の提供を受け、そうカーターたちは推測を強めたそうだ。

「気になっていたんです。初めは気のせいかもしれないと思っていたのですが、その……カーター様たちが私に訓練を行っているのは、他の魔法が使えることを期待してなのでしょうか？」

大聖堂を出たあと、それについてもずっと考えていた。

謎のローブの男の話を聞いて、カーターたちは国益となるような他の大魔法を使えるかどうかを早急に調べたいのではないだろうか、と。

（でも私に、そんな魔法なんて使えるはずがない）

一つの強い魔法でも制御を持て余している。

最弱だと思い続けていたこの身に、他に可能性があると思うと——正直、怖いのだ。

ローブの彼が言っていた『他の国々も黙っていない』という脅し言葉も、じわじわとエレスティアの心を揺らしている。

（私の存在が、国を、そして愛する皇帝を困らせることになってしまったら？）

アインスが目を少し見開いた。

「エレスティア様にしては珍しく——」

そうつぶやいた彼が、間もなく珍しい感じで小さく噴き出した。

「そもそも『他の大魔法を使えたら』ということを、あの研究オタク方は考えていないと思いますよ」

「……そう、なのでしょうか？」

「実を言うと、そちらに関しては私が先に確認していました」

「えっ」

「あなた様は、政治に利用されていいお方ではない。聡明で、魔法や、心獣の有無に関係なく、真っすぐ物事や人まで見られる素晴らしいお方です」

アインスが静かに微笑む。

「お手を取っても？」

「え？」

「不安なことがある時、私の父がしてくれたことです」

「え、ええ、いいですわ」

戸惑いながら手を差し出すと、彼が優しく包み込む。

その柔らかな視線は、ゆっくりと再びエレスティアへと戻った。

「大丈夫ですよ、エレスティア様」

「え……？」

「新米の皇妃で、新米の心獣持ちの魔法師――みんなでお守りいたします」

手から伝わってくる温もりと同時に、彼の声が、心の奥深くまで優しく響いてくる気がした。

理由も聞かないのに、不安を感じ取ってほぐそうとしてくれているのだ。

もしかしたらその不安が、一つなのか、それとも皇妃になってからいろいろなことが重なってのことなのか、計りかねているかもしれない――。

でも、たった一人の騎士のごとく、真っすぐ支えようとしてくれているのは感じた。

（この感じは、知っているわ）

『姫――』

ローブの彼がした目と同じ眼差しをした、前世のエレスティアの記憶の中の〝騎士〟。

エレスティアは思い出して、ああ、と前世の頃の心が嗚咽《おえつ》を漏らすのを感じた。

幼い頃からの彼女の騎士だった。

敵国についてきてくれた彼に、避妊薬をちょうだいと泣きすがった。

当時は余裕がなかった十五歳の子供だったとはいえ、今になって考えると、なんてひどいことをしてしまったのだろうと思う。

頼れる、信頼できる、たった一人の〝姫の騎士〟だったから。

（せめて、彼の顔を思い出すのが私の誠意なのではないかしら）

それでも思い出せないのは、とても悲しい前世だったから――。

「皇帝陛下は、そもそも何があろうとあなた様を全身全霊かけてお守りするでしょう。幸せにすることに、全力を注ぐはずです。彼は最強の王ですので、ご安心ください」

茶化すように交えられた声を聞いて、エレスティアはようやく少し微笑めた。

「ふふ……皇帝陛下は国を支えるお方です。私に全力を注いでしまってはいけないでしょう？」

「王冠がなければ、彼は一人の男、あなたの夫ですよ」

アインスの手が、優しく離れる。

「私にとってあなた様は、皇妃であると同時に、幼なじみの大切なお方です。それを忘れないでいてください」

「アインス様……」

エレスティアは感動して鼻の奥がつんっとした。

互いを見ていたピィちゃんが、離れたアインスの手に飛びついてひしっとしがみついた。

「なんですか。気持ち悪い」

彼が、そちらを見る。

「ぴるるるるぅ」

うふふと頬ずりするピィちゃんの表情が、気のせいでなければ、すごく笑っている気がする。

突然の友好的な姿勢で、アインスは戸惑っているのだろうか。そんなピィちゃんに対して心底ウザそうな目をしていて、両者の温度差がすごい。

「ふふっ、アインス様ったら。照れなくともよろしいですのに」

「照れていません。調子がいいんですよ、この小鳥は。ほら、離れなさい」

アインスが少し手を振るが、ピィちゃんは両翼と二本の足でひっしとしがみついていた。

「カーター様たちは、これまで魔法とは無縁だったエレスティア様に、日頃見ていた兄上様たちのように魔法を使って感動していただきたい、と思っているみたいですよ」

彼はピィちゃんを離れさせようと、軽く手を振り続けながら言った。

「そのまま話すんですね……」

「魔法が使えないほどの魔力量しか持たない者にとって、簡単な魔法でも憧れるものです」

アインスが話を聞いた中だと、支部長のカーターと副支部長のビバリズがそうだったのだとか。

好きで、調べ始めた。

それが学生になった頃には本格的な研究へと変わっていき、今や専門家として、王宮支部を任されている。

それでいて彼らは、初めてのことにも関心が強い。

ピィちゃんをかわいがり、心獣なのに、というフィルターを外して接している。

（ああ、私のとんだ勘違いだわ）

それを思ってエレスティアは恥ずかしくなった。なんという見当違いな深読みをしてしまったのか。

「安心してくださいましたか？」

アインスがピィちゃんを落とそうと軽く振っていた手を止め、見つめてくる。

「は、はい……」

すっかり赤面した彼女は、顔を伏せたままぷしゅうっと小さくなった。

（兄たちのように――確かに、その通りだわ）

憧れを覚えたのは事実だ。けれど前世の記憶を思い出す前から大人びていたエレスティアは、現状を受け入れて前を向いていた。

『姫、これでいいのですか？』

『わたくしは国の姫です。国民のために、前を向かなければ』

震える声で、敵国から迎えに来た花嫁用の婚礼馬車を眺めながら、国民に手を振った。

そんな前世のその光景が、エレスティアの脳裏をよぎっていった。

国民のために、あろうとした。

戦争による被害を食い止めるために、父や、母や、みんなを助けてくれるのならと、父ほど年上の敵国の〝王〟に、たった十五歳で嫁いだ。

「エレスティア様？」

肩を少し揺らされ、ハッとする。

いつの間にか、アインスが身を寄せて覗き込んでいた。

「あっ、え、アインス様!?」

急に目の前に異性の、しかも整った顔があってエレスティアはびっくりした。距離をとろうと思ったが、彼が椅子の背を掴んでいた。

「ど、どうされたのですか？」

「いえ、一瞬とても神々しいご様子になられましたもので……」

「はい？」

きょとんとしたら、彼が「気のせいですかね」とつぶやいて離れていった。

彼の肩に止まっていたピィちゃんが、ひしっとエレスティアのドレスのリボンにしがみつく。

「あら、ピィちゃん。どうしたの？」

「ぴ、ぴっ」

何を言っているのかわからない。

椅子を片づけつつ、アインスが目ざとく振り返る。

「そこの小鳥、そのしがみつく姿勢は品がないのでおよしなさい」

「ぴーっ」

「反論は聞きません。心獣としての品性を忘れてはいけません」

話が通じていないのに、会話をしているみたいな様子がおかしい。

エレスティアは、前世の胸の痛みも遠のいてくすくす笑った。紅茶の追加のために待っていた侍女たちも、ほっとしていた。


それから間もなく、ジルヴェストが心獣で帰還したとの知らせが届いた。

まさかの本人がそのまま後宮に足を運んできてくれたのだ。向かってくる彼は、マントや軍仕様の装具などをまだ外していなかった。

「まぁ、何か火急の知らせが？」

「いや、そうではない。朝もゆっくりできなくてすまなかった。これを、君に」

ジルヴェストが差し出してきたのは、手土産の菓子だった。見たことがない別都市のものだ。後ろから黄金色の心獣がその様子を見送っている。

「立ち寄った軍の施設の近くには、これくらいしかなくてな。簡単なものですまない」

「いいえ、ありがとうございます。いらしてくださって嬉しいです」

エレスティアはそれを胸に抱き寄せ、微笑みかける。

彼が気をしっかりたもつみたいに顎を上げ「んんっ」となった。

「妻の様子を見に来るのは、夫として当然だ」

先日、エレスティアが『夫』と言ってから、彼はたびたび意識して幾度となく『夫』と使った。

というのも、その思考も心の声でダダ漏れになっている。

『俺が、彼女の夫。また口にしてしまったが、本当にいい響きだ』

彼は表情を引き締めているが、じーんっと感動しているのが心の声から伝わってきた。

エレスティアは笑顔をキープしながらも、やはりこらえきれずじわじわと顔が熱くなった。

ピィちゃんが抱えている菓子に乗った。控えているアインスが鋭い眼光を飛ばすと「ぴーぴゅー」と口笛を吹きながら、ジルヴェストの心獣の頭に乗った。

後宮の護衛たちが少しざわつく。

「今、ごまかした感じがしたぞ」

「というか心獣って、人みたいに口笛をやったりするのか……？」

「いや、あれは鳴き声だろう。鳥だぞ」

などと話されているが、エレスティアはそれどころではない。

その視線は、ジルヴェストから離せなくなっていた。

『仕事中に菓子のことをいろいろと考えていたんだが、ようやく最良の一品が見つかってよかった。喜んでくれるといいのだが』

そこに、しれっと立っている心獣から心の声がダダ漏れている。

仕事で立ち寄った場所で見繕ったと彼は話していたが、どうやら事前にどんな店があるのか調べて、検討してくれていたようだ。

とすると朝から、このサプライズを計画してくれていたのだろう。

(――嬉しいわ)

こんなに大切にしてくれる夫なんて、他にいない。

ジルヴェストは、たった一人のこの皇国の皇帝だ。最強の魔法師として軍まで見ているというのに、多忙な中、共に休憩ができなくても時間が空けばこうして顔を見に来てくれる。

それでいて、手間暇をかけてのこの贈り物だ。

その気持ちがエレスティアは、とても嬉しい。

いじらしく手土産に頬をそめている彼女を、アインスがじーっと見つめ、やがて息を吐いた。

「はぁ……皇帝陛下、お相手がエレスティア様でよかったですね。普通の女性なら、誤解されます」

「は？　誤解だとっ？」

「はい。私としては、エレスティア様がそういうことに弱いのも心配です」

それを聞いたジルヴェストが、ハッと深刻な顔になる。

エレスティアは、蝶に誘われてピィちゃんが飛んだのを見送った。

同じくその様子を目で追いかけた心獣が、尻尾を揺らしてあとをついて後宮の奥へと向かう。

（ふふっ。普段はピィちゃんが追い駆けているイメージが強いけれど、彼もピィちゃんを気に入っているわよね）

微笑ましい気持ちで見つめていた。

だが、夫の変な言葉が耳に入って視線を戻す。

「カーターがエレスティアに『菓子をやろう』とか言ったら、その時にはお前が受け取るんだぞっ」

なぜか、必死な様子でジルヴェストがアインスの肩を掴んで揺らしている。

護衛騎士たちが「ぶふっ」と言って、顔を後ろに背けた。侍女たちも口元をそっと隠す。

（いったい何をなさっているのかしら？）

もう心の声は聞こえないので、エレスティアは不思議に思って二人を眺めていた。

「皇帝陛下、あなた様はこんなに器が小さい男ではなかったでしょう。もう結婚して、正妻ではありませんか」

「俺の容姿はそんなんでもないのかな、とか感じ始めてだな……」

「は？　それを自分磨きに必死になっている思春期の令息たちに聞かせたら、怒らせますよ。激怒です、ご自分の顔を姿見で今一度見てきては？」

「辛辣だなっ、お前さては面倒臭くなったな⁉」

「面倒臭いのは〝ジルヴェスト様〟です」

幼なじみとしてアインスが言う。

「正直、揺らされ続けてちょっとうっとうしいな、とも感じています」

「それでも俺の騎士かっ」

「あなた様の騎士だからこそ、私は嘘を申し上げないようにしているでしょう」

何やらぎゃーぎゃーと二人の言葉が飛び交う。

（……もしかしてジルヴェスト様、ご自分の美醜を気にしておられるの？）

あの、完璧な皇帝陛下が？と疑問でいっぱいになる。

けれど——少し考えて、もしかしてと胸が高鳴った。

（私のため、なのかも……？）

うぬぼれみたいなことが脳裏に浮かんだと自覚して、彼女は恥ずかしさのあまりうつむいた。

恥ずかしい。けれどその可能性以外は浮かばなくて、にやけてしまいそうなほど嬉しい。

エレスティアも側室時代、彼が令嬢たちと歩いているのを見て自分の姿を気にした。ジルヴェストもそれとも同じような気持ちを感じてくれているのだ。

魔法具研究局に通いだした頃、わざわざ顔を出しに来ていたのも、もしかしてカーターを気にしてのことだったりするのだろうか。

カーターは年齢不詳の絶世の独身貴族男性として知られているらしいから。

（——だなんて、私少し自意識過剰かしら？）

嬉しくて、毎日ジルヴェストに胸がときめいてばかりいる。

この人の妻になれて、よかったと。娶《めと》られてとても幸せだ、と実感してばかりだ。

（ああ、アインス様ではなくてこっちを見て欲しいわ）

そして、話して欲しい。

一緒にいられる時間は少ない。できるだけ、一緒にいたい気持ちがあるから。

（ああっ、なんて乙女チックなことを考えているのかしら……！）

実に恥ずかしい。

いつの間にか、エレスティアも我儘になってしまっているようだ。――あくまで、ジルヴェスト限定だけれど。

二人のやり取りを見ているといても立ってもいられなくなり、彼女は歩み寄っていた。

「あのっ、ジルヴェスト様」

「ん？　なんだ？」

「お時間があるのなら、少しだけでも一緒に食べませんか？」

彼からの手土産を、両手でそっと持ち上げてみせる。

アインスの肩をジルヴェストがあっさり解放した。なぜかこらえるような妙な声を上げて、彼が体を屈めた。

「えっ、どうなさいましたの⁉」

アインスが、嘘だろという言葉を表情に出してジルヴェストを見下ろしている。

それは〝皇帝陛下〟に向けるにしては辛辣なものだった。

エレスティアは彼に手土産を預かってもらうと、慌ててジルヴェストの背を撫でた。だが次の瞬間、すばやく頭を起こした彼と立場が逆転した。

「ひゃっ？」

手を強く握られ、腰を引き寄せられてジルヴェストに目を覗き込まれた。

「ジ、ジルヴェスト様――」

「君は、俺の癒やしだ」

「えっ？」

突然の告白に、頬を染めて目を見開く。いつもは心の中で思っているようなことを、彼は熱い眼差しでエレスティアを真っすぐ見つめたまま言ったのだ。

「いつも思っている。改めて、強くそう感じた」

彼が、結婚指輪がされた手を二人の間に持ち上げ、言葉を続ける。

「何があっても、俺は君を守る。この幸せな時間を長く続けるためにも、いい夫として君のそばにあり続けよう」

そう熱い愛の誓いのようなことを告げて、彼はエレスティアの手の甲に唇を強く押しつけた。

愛おしいと、そして強く想っていると、証明するみたいに。

（ああ、皇妃である不安なんて、吹き飛んでいってしまうわ）

彼となら――そんな想いで、エレスティアは赤面したまま「はい」と恥じらいの声で答えた。


翌日は、皇妃として慈善活動の内容について側近たちから説明を受けた。

他にも今後皇妃として行うべき公務の全容についても教えて欲しいとエレスティアが要望すると、彼らは嬉しそうに時間をかけて提示してもくれた。

最も重要な予定だとすると、外国への出張も視野に入れて欲しいらしい。ただし、魔力関係が落ち着いていれば――ということらしい。

今は不明な魔力の件、謎のままの心獣ピィちゃんのこともあり、皇帝であるジルヴェストだけでなく事情を知る臣下たちも心配して、エレスティアが国から出ることは反対しているという。

「長距離の移動も、今のところはお控えいただきたいと考えています」

遠出する場合には、厳重に護衛部隊がつけられることになる。

皇帝の移動と同じく、道を確保し、人払いをして関係者以外を寄せつけないルートのもとで行進していく。

（大がかりね……その分、費用もきっと想像できないくらいかかってしまうわ……）

現在のエレスティアの状況であると、魔力関係で何かあった場合に備えての対策も同時にとられるという。

皇国のランキングに入っている心獣つきの魔法師たちによる特別編成部隊、専門家としてカーターたち魔法具研究局の誰かが同行する。

そう側近たちは、細かい部分まで教えてくれた。

（皇妃なら当然のこと――なのだけれど）

エレスティアは、謎のローブの彼のことが脳裏にちらついた。

（……私が思っている以上に、存在が重要視されているのかしら？）

説明を受けたあとも、執務をこなしながら気になった。

残念ながら今、バリウス公爵は居合わせていないが、エレスティアは家族のように思って信頼を寄せている彼に尋ねることにした。

ジルヴェストが不在の執務室で文官の一人に尋ねてみると、バリウス公爵は宮殿内にいるという。

そこで、エレスティアは早速バリウス公爵に知らせを出した。

「こういう時は行動力がありますよね。決断も、皇妃にふさわしいかと」

「アインス様〝皇妃〟に失礼ですわよ」

執務を手伝っていたアイリーシャがたしなめた。

彼女も多忙ながら、とくにジルヴェストが不在の時には短いながらも宮殿に顔を出し、エレスティアを助けていた。

ピィちゃんは好きなところにとまってはのんきに歌を歌い、執務室で働いている者たちや出入りしている者たちが、時々多忙さを忘れたみたいにほっこりしていた。

そんなことをしている間にも、バリウス公爵から返事が届いた。

いつでも好きなタイミングで会いに来てもいいという、ありがたい彼の走り書きに胸が温かくなる。

けれどアイリーシャは、納得いかない様子で顔をしかめていた。

「少し前まで知りませんでしたが、かなりお慕いしているみたいですわね……でもバリウス公爵閣下って、あの食えない――もごっ」

アインスが、すばやく彼女の口を手で塞いだ。

その近い距離にエレスティアはどきっとしたが、次の瞬間、アイリーシャが彼の足を思いっきり踏みつけた。

「えっ」

それは、エレスティアが知っている恥じらいの反応などではなかった。

彼がぱっと手を離すと同時に、アイリーシャの振り返りざまの強烈なビンタが飛んだ。

アインスは見事によけたものの、室内の者たちが「ひぇぇっ」とざわついた。

「淑女の背後に立つとは何事です？　心獣に噛み砕かせますわよ」

アイリーシャが、ハニーブラウンの髪を手で払う。

「あなたのそういうところですよ。だから宮殿の騎士さえ怖がる――」

「なんですって？　ちょっと表に出なさいな、体に言い聞かせてやるわ」

なんと好戦的な令嬢なのだろう。第一印象の気高い令嬢とは違っていて、エレスティアは驚く。さすがは女性の身で軍人たちの中でやっている女性だ。

「ア、アイリーシャ様っ、その、こちらが終わりましたら少しピィちゃんをお願いできます？」

「ええ、もちろんですわ」

アイリーシャが握っていた拳を解き、にっこりと淑女の対応で振り返る。

エレスティアは、その後ろでアインスが静かに屈んだのが見えた。意地を張っていただけで、足を踏まれたのは相当に痛かったようだ。

（そういえばアインス様も、アイリーシャ様が少し苦手そうだったけれど……）

なるほど、とエレスティアはその理由を察した。


近くのサロンに、ピィちゃんとアイリーシャを待たせている間に、エレスティアはバリウス公爵の執務室で彼と会った。

「まずは気になっているその答えから言おうか。重要ではある」

応接席で向かい合ってくれた彼は、ごまかしもなくそう口にした。

「君はとんでもない魔法で、我が皇国の魔獣対戦において歴史的な勝利を収めた。御身に何かあってはいけないと、上層部の意見は全員が一致している。そこで、外国への公務の禁止、長距離の移動も許可を出すなと再三念押しをしてきているよ」

「そう、でしたの……」

それほどまで重要視されているとは思っていなかっただけに、大袈裟な対応に感じて戸惑う。

「賢い君もわかっていることだと思う。国のパワーバランス、というものがある。強い魔法を使う者は、貴重な財源としてどの国も欲しがり、抑止力のためにも魔法力を確保しておこうと考える。魔法は人間が生み出す経済力と政治力と、発展力だ」

バリウス公爵は、隠さず諭すようにつらつらと語った。

「もしものことがあって他国に奪われでもしたら大変だと、すべての貴族が署名をするという異例の事態になっているほどさ。誰もがそれを心配している」

「え？　すべての貴族？」

エレスティアは、いまだ聞こえる冷ややかな声を思い返す。

「ですが、私は引きこもりの令嬢で、皇妃にはふさわしくないと思う者もいらっしゃるのでは……」

「それは個人的な見解さ」

わははとバリウス公爵が勝気に笑った。だが、不意に雰囲気を変え、テーブルに片手をついて勝ち気に覗き込んでくる。

「優秀だったと示しを見せつけられ、嫉妬し、妬み、そして賢さにもうらやんでいる。この私が〝最も気高い女性である〟と見いだしても、当時は誰も耳を貸さなかった。元々の君の人間性の価値を実感して、いまさら何を動揺しているのかと私は愉快でたまらない」

彼の目はとても好戦的だった。存在の偉大さのようなものにエレスティアは飲み込まれるのを感じた。こんな『おじ様』の表情を見るのは、初めてだ。

「魔法でもどうにもならないことがある。それは、その人間性、素質だ。魂からの気品。私は、それを君に感じた」

「私に……？」

「私は人を見る目には自信がある。不思議と、幼い君を見て品性を感じた。生まれながらにして、高貴だと」

エレスティアは、どきりとした。

（もしかして、前世が姫だったことを感じ取って……？）

まさか、と思う。

だって当時、エレスティアには前世の記憶なんて戻っていなかった。

「まぁ、私も不思議ではある」

そう言ってバリウス公爵が覇気のようなものをあっさりと収め、ソファに座り直した。

（それが本当だとしたら……確かにバリウス様は、とても人を見る目があるのだわ）

皇帝が絶大な信頼を寄せるアドバイザー。

それだけの実力を持った素晴らしい人なのだ。

「私は君の母君を尊敬し、慕っていた。その贔屓目も少しはあるのかもしれない。――私は、君が素晴らしい女性であると皆にわかって欲しい気持ちがあった」

彼は手を組み、一度ゆっくりと目を閉じた。

「バリウス様……」

弱い魔法師の世間への差別的な対応は、根強い。

それが最強の魔法師といわれている名門一家であれば、なおさら笑い者のように後ろ指を差される。

母はそれを幼少期に感じさせないようにした。

世間を憎まず、生まれを嘆かず、魔法師ではなく一般貴族令嬢としての自分なりの人生を真っすぐ歩ける子になって欲しいという思いを込めて、自らの手で愛情深く育てた。

エレスティアは自分に生きづらい世の中であることには薄々気づいていた。

——前世の記憶を持っていた大人の部分のせい、だったのかもしれない。

それと同時に、記憶が戻っていなかったからこそ悲観はしなかった。

たくさんのものや思い出を屋敷に残した母や、よき親として愛情を惜しみなく注いだ父。大切にしてくれた兄たちのおかげで自分がいられる場所を見いだし、社交界に出なければ大丈夫だと割り切り、家族との時間を楽しく過ごした。

バリウス公爵は、そんなエレスティアをよく外に誘った。

最弱の、だなんて共に歩いていると嫌な思いをすることだってある。

けれど彼は、幼いエレスティアがそう告げると、少し悲しそうな顔をした。

『そんなことは気にしないよ。勝手に言わせておけばいい』

バリウス公爵は、幼いエレスティアの前でしゃがみ込み、目線を合わせて手を取って——望むのなら観劇でも音楽鑑賞でもどこへでも連れていこう、と言った。

（バリウス様は……私を、立派な淑女として見てくれていたんだわ）

母がいなくなってから、オヴェール公爵家を訪問した彼に〝ホストとしてお茶〟をしたのはエレスティアだった。

外ですることになっても恥ずかしくないよう、練習したいのだと言って父や兄たちだけでなくバリウス公爵にも付き合わせた。

『お茶をどうぞ、お客様』

『ふふふ、なんて天才的な子だろうねぇ。いつ外に出ても恥ずかしくない完璧な作法だ』

『まぁ、おじ様ったら。大袈裟に褒めすぎです』

『んっふふふ、言葉遣いも素敵だね。どれ――おぉ、とてもおいしく淹れられているじゃないか』

とても優しい目で見守っていたのは覚えている。

あれは茶化しではなく、本気でそう思ってバリウス公爵は口にしていたのだ。

（思えば、社交界とは関係がない買い物や図書館にも付き合ってもらったわ）

外出の際の作法を、遊ぶみたいに『してみようじゃないか』と言って彼はエレスティアに楽しい時間を過ごさせた。

それは、社交界で付き合いが始まったことを考えてしてくれていたのだろう。

「さっ、おじさんの個人的な話は終わりにしよう」

彼が雰囲気を変え、にっこりと笑いかけてきた。

「君の存在価値は重要視されている。いくら口頭上で妬もうと、君に何かあって困るのは〝彼女たち〟の方だよ」

しんみりとした空気も、ハタと吹き飛ぶ。

「あら？　バリウス様、どうして女性だと知っているのです？」

「むっふふふ、かわいい君のことは見守っているのだよ。この前は社交界でドーランと――おっと、この話はやめにしよう」

エレスティアは、社交界と聞いて「ん？」と思った。

（たしかアインス様が、お父様が『社交界でボッコボコ』とか……？）

まさか、バリウス公爵もタッグを組んだ時があったのだろうか。

その場合、身分的にいっても政治と軍の最強の組み合わせだ。

（相手が大変困るのでは）

などと、エレスティアは相手を心配してしまう。

「とまぁ、最高警戒レベルの貴重人材だと、すでに意見は一転してしまっているわけだよ」

最高警戒レベルだなんて大業な枠づけに、エレスティアはおののく。

それは――気づかなかった。けれど、少し考えてそうかと思い至る。

魔力と魔法が重視されている世界なのだから、そこが政治面に反映されるのも当然だ。

（ローブの彼や、カーター様たちが新しく発見した古代王ゾルジアの記述……別の大魔法も使える可能性を考えるとあるのかないのか明確になるまでは、貴族たちも慎重に……？）

その時、エレスティアはバリウス公爵に頭を撫でられた。

「あまり緊張して欲しくないから言わなかった。聡い君のことだから、いろいろと考えを巡らせてもしまうだろう？」

「えぇと……はい、まさにその通りですわ」

何もかもお見通しの彼に、恥ずかしくなりつつもうなずく。

「大丈夫さ。君はまだ魔法を使いこなせていないから、他国の者が感知するおそれだって今のところはない。不思議なくらい、君の魔力は君の中に潜んで隠れてしまっている」

「あっ、だから『最弱の魔法師』とまだ呼ばれている……？」

「そ。驚くよね、君の父上でさえいまだ君の中の魔力を感知できない。あの皇帝陛下もだ」

バリウス公爵がなだめるような柔らかい口調で言って、満足げにソファへゆったりと背をもたれかけた。腹の前で優雅に手を組み合わせる。

「けれどそうすると、かえって一つの可能性も生まれるわけだ」

「可能性、ですか……？」

「この国の誰にも感じさせないくらい魔力を隠せる力がある。君は常識を覆す最強の魔法師として君臨する可能性がある、とね」

「えっ」

エレスティアは目を丸くする。

「まさか、さすがにそんなことはないのでは……」

「あははは、すごく驚かせたみたいだな。何、一部で言われているただの仮説さ。安心おし」

「もう、バリウス様ったら……私を驚かせようとしたのですね？」

頬を少し膨らませたら、バリウス公爵はそれについては是非を口にしなかった。

読めない微笑みを浮かべ、顎を撫でながら視線を横に逃がす。

「普通に考えると、使いきれなくて体が無意識に魔力を抑えている、という可能性の方が一般的だ。普通はね」

彼は二回『普通』と言った。

けれど、エレスティアはほっと胸を撫で下ろしていて気にできなかった。

（そうよね、その方が自然かも）

たとえば、自分が攻撃魔法を使うなんてとくに想像できないことだ。他の魔法なんて使える可能性もほぼないのかもしれないと思えて、エレスティアはようやく魔法うんぬんに関しての悩みが解消されていくのを感じた。


ジルヴェストが後宮に手土産を持ってきてくれた翌々日には、彼と共に皇妃としての公務が入った。外国から、結婚祝いに来た王族と談笑した。

それがつつがなく済むと、がんばりたいと言ったエレスティアの希望に添うようにして、ジルヴェストが彼女をともない移動。大貴族たちと合流し、しばし宮殿の大庭園を歩いての優雅な社交が設けられた。

そのあと、エレスティアはいったん彼とは別れた。

ジルヴェストはそのまま軍事都市と言われている魔法師たちの都へと心獣で行き、彼らと合流したら昼食会、そのあと軍の会議へという運びとなる。

後宮に戻ったエレスティアは、午後に宮殿で予定されている執務までゆとりがある。

昼食、そして一度休憩を挟める予定だ。

着飾ったドレスを後宮でようやく脱げて、軽めのドレスに着替えると気も少しだけ抜くことができる。

「ふぅ」

（でも、まだだめ。顔に出さないためにもっ、今は緊張感を保つの……！）

彼女はアインスが同行する中、後宮内を移動しながらそう自分に言い聞かせていた。

間もなく、軽めの昼食も無事に終える。

「気を張っておいでだからでしょう。食事の量は少ないので、あとで菓子を運ばせます」

「ありがとうございます、アインス様」

「――いえ」

一階の中庭がよく見える私室まで案内したアインスが、何やら察したように少し眉を動かす。

エレスティアは、愛想笑いをぎくんっとこわばらせた。

だが、彼はエレスティアの周りを「ぴ～」「ぴゅ～」と鳴きながら、のんきに飛んでいるピィちゃんへ視線を移動した。

「しばし一人になられる時間が必要なようですので、何かあるまで扉の外にいます」

（ああ、これはバレている）

おそらく、彼がピィちゃんを見たのは〝一応〟心獣として感情を受信しているからだ。

エレスティアが笑顔の下で隠そうとしているモノが、問題がないものなのか、彼は確認した。

そして推測していたのが事実であると確信に至った、と――。

（うぅ、恥ずかしいけれど今からする感情整理を見られるよりも、まし……！）

ここまで耐えられたのは、淑女教育のたまものだと自分を褒めたいくらいだ。

「それでは、失礼をいたします」

アインスが頭を下げ、外から丁寧に扉を閉めた。

その途端、エレスティアは口にむぐっと力を入れ、回れ右をして走る。

何か遊びだと思ったのか、ピィちゃんが楽しそうな鳴き声を上げて飛んでついてくる。

エレスティアは寝椅子に飛び込むと、そこにあったクッションをぎゅぅっと抱きしめて、顔面を埋めた。

「私の夫が素敵すぎるのですけれど……！」

先々日の、手土産の余韻が実のところまだ残っていた。

就寝の際には皇妃としての活動に苦労していないかとジルヴェストは確認し、朝にはエレスティアが目覚めるまでわざわざじっと待っていてくれている。

先に起床できなくて、申し訳なさでいっぱいだ。

今朝は、腕枕をしてくれているので動けないせいで待っていたのだろうと思って、また詫びたら。

『君がこうしてゆっくりした時間をくれるおかげで、俺は英気を養える。感謝している』

ジルヴェストは、きらきらと輝きまで見えそうな優しい顔でそう言ったのだ。

心獣がいなかったので心の声は聞こえなかったが、エレスティアが気を使わないようにそう告げてくれたのだろう。

私利私欲もなく、妻を優先して大切にしてくれている。

体の奥に甘い疼きを覚えたあとだったせいか、もう、とにかくきゅんきゅんしてしまって――。

「――はぁっ」

こんなに幸せな政略結婚なんて、あっていいのだろうか。

エレスティアは、ジルヴェストを想ってうっとりとしたため息を漏らしてしまう。

午前中、一緒の公務に胸をときめかせつつ緊張していたら、彼は共に歩きながら優しく手をつないでくれた。

わずかにそっと、彼の方へと引き寄せられた。

人知れず二人の間でなされたその恋人つなぎは、まるで『大丈夫だ』と伝えてきているみたいだった。

（いちいち甘くて、頭が沸騰してしまいそうだわ）

彼を、意識しすぎている。

エレスティアは自覚していた。バリウス公爵のおかげで訓練や魔法の件もいったんは落ち着いたせいで、いよいよそうなっているようだ。

（だめよ、冷静にならなくては）

自分は皇妃だ。こんな姿見せていいはずがないと自分に言い聞かせ、ソファに座って、クッションを膝の上に置き姿勢を整える。

――治安もよく平和だと聞いたのに、その隣国を『危ない』と告げたローブの彼。

そう告げた目的がどこにあるのかなど、考えた方がいい案件だって他にもあるのだ。

（うぅ、こらえていたせいか、胸がまだどきどきしてるっ）

それなのに手土産が嬉しすぎて、エレスティアの胸はジルヴェストのことでいっぱいになっていて騒がしい。

午前中、皇帝衣装に身を包んだ彼を、つい何度も見つめてしまった。

談笑ののち、心獣がついて移動となったのだが、歩きながらもやはり目を引かれた。すると、彼に気づかれてしまった。

何度目か自分に『いけない』と言い聞かせていたところだったのに、彼は、気づいたうえで心の声を漏らす。

『エレスティアが俺のことを見てくれている——嬉しい』

「ぴ？」

ピィちゃんが、動かなくなったエレスティアを不思議そうに見下ろした。

「嬉しいのは私の方よーっ！」

エレスティアが膝の上のクッションに顔を押しつけてくぐもった悲鳴を鈍く響かせると、ピィちゃんがびっくりしたのか「ぴ!?」と声を上げるのが聞こえた。

（普通、ちゃんとしていない皇妃を叱るのではなくって？）

ときめいてはいけない、集中、冷静に——そう思って積極的に務めたが、口元のにやけをもう抑えられない。

（いけないわ、仕事に集中しないといけないのに）

このあと、アインスが入るまでに表情の緩みをどうにかしよう。

少し時間を置いたら、エレスティアは執務で宮殿にも行かなければならないのだ。

（あのお方は――少々、過剰なくらい私を大切にしすぎなのではないの？）

好いてくれていることは嬉しい。

ジルヴェストにとって、エレスティアの顔を『かわいい』と評価してくれるくらいには、気に入ってくれていることも――。

でも、異性にそんなふうに熱いほど想われたことがないので、戸惑うのだ。

（まるで長らく片想いでもしてくれていたみたいに……見つめる彼の目は熱を帯びて、美しくて……）

恋煩《こいわずら》いのような甘い吐息が、再びエレスティアの口からこぼれた。

第一側室として上がってからでいうと、結婚して間もないというわけでもない。

それなのに、いまさら胸をときめかせまくってどうするのか。

「ふぅ……　〝初夜〟もなかったからだわ」

思いあたるのは、それしかない。

こう見えて前世では結婚経験があった。まだ彼のものになっていないから、恋人と同棲しているみたいな感覚になる、のかもしれない――。

ソファに今一度しゃんと背を伸ばして座り、肘置きに座ってエレスティアの様子をうかがっているピィちゃんと目を合わせる。

「ねぇ、ピィちゃん」

「ぴ？」

指を差し向けると、そこにピィちゃんがちょんっと乗ってきた。

「私の魔力のことを安心して、彼が初夜を行ってくださる日はきちんときてくれるのかしら？」

ピィちゃんは、きょとんと小首をかしげる。

ジルヴェストが不安だと思うのなら、エレスティアとしてはなんとかしてあげたい。

（そうよ、もっと努力しなければならないわ）

エレスティアは、ジルヴェストを愛しているから。

心だけではなくこの身も、きちんと彼のものであるとジルヴェストに確信して欲しい――。

その時、ピィちゃんがぴくっとして扉の方を見た。

廊下にいた侍女たちの小さな悲鳴が聞こえ、エレスティアはハッと固まった。

「えっ？　何？」

何か起こっているのだろうか。そう思い、咄嗟にピィちゃんに隠れているように言い聞かせ、ドレスの胸元へと収める。

こんなところ、アインスに見られたら目をむかれそうだが仕方がない。

エレスティアは咄嗟に『守らなくては』と意識が働いていた。

ドレスの裾を翻して扉へと駆ける。急ぎ扉を開けたところで――彼女は若草色の瞳を見開いた。

廊下には、吹き飛ばされたように尻もちをついている侍女たちの姿があった。

廊下の向こうに見える美しい中庭に、黒い覆面で顔を隠した複数の男たちの姿。そして初めて見る転移魔法の装置のゲートが開いている。

「皇妃っ、お逃げください！」

「アインス様がお菓子を取りに行かれたタイミングで、突然見たこともない結界にはじかれて」

「制御がかかっているはずの後宮内に転移魔法の装置がっ」

侍女たちもパニック状態だったが、なんとなく状況は飲み込めた。

（狙いは――私）

心獣もいない侍女たちはエレスティアを守ろうとして立ち向かい、払いのけられたのだ。

男たちの目が『皇妃』に反応して、一斉にエレスティアへと向けられる。

その時、中庭に大きな影が走った。

ハッと見上げると、巨大な鳥が真っすぐ突っ込んでくるのが見えた。

「あっ、あの鳥は――」

先日、宮殿から見上げた際によぎっていったものだ。

それは焦げ茶色の大型鳥だった。長い首の先には、特徴的な細く長いくちばしがついている。

「くそっ」

刺客たちが、その大型鳥めがけて一斉に攻撃魔法を放った。

「きゃあっ」

後宮で使えるはずがない通常の攻撃魔法の風圧に煽られ、侍女たちと同じくエレスティアも身をかばう。

（どうして、鳥を狙っているの？）

わけがわからない。

荒ぶる風に抵抗して向こうを見る。すると、その大型鳥は見事な旋回で、すべての攻撃魔法をかわしていた。

まるで意思を持っているみたいだ。動きに無駄がない。

そんなことを考えていたエレスティアは、ぐんぐん自分の方へ近づいていると今になって気づく。

「――え」

まさか、と思った次の瞬間には、大型鳥が翼で刺客たちを吹き飛ばしてエレスティアのすぐ目の前で羽ばたいていた。

硬直したのも束《つか》の間だった。エレスティアは正面から大型鳥の大きな両足に胴をガシリと掴まれ、そのまま一気に上空へと舞い上げられてしまっていた。

「え、えぇぇえぇぇ!?」

生まれて初めて、と思うくらい大きな声が自分の口から出た。

胸元から顔を出したピィちゃんが「ぴ、ぴぃぴぃぃーっ!?」と、主人の真似みたいに驚いた悲鳴の放物線を空に投げていた。

あっという間にエレスティアの体は空高くまで浮き、侍女たちの「皇妃様がっ!」という悲鳴も遠くなった。


それは、アインスが離れていた一瞬のことだった。

まさか後宮にいて動物にさらわれてしまうとは予想外のことだ。

驚きと混乱の中にあった鈍いエレスティアも、間もなく『誘拐』されたのだと、正しく理解に至る。

「え。え、嘘でしょ?」

わけがわからない。

そもそも魔法師なのに鳥にさらわれてしまうなんて、最弱すぎる。

このまま大型鳥に山まで運ばれて、おいしいメインデッシュになってしまったら大変だ。

小さなピィちゃんは見逃してもらえるかもしれないが、心獣は、主人が死んだら同時に死ぬ存在なのだ。

（私が、守らないと）

そう考えると力が湧いて、ガシリと大型鳥の足を掴んだ。

「離してっ」

エレスティアは、彼女なりに渾身の力で、体に巻きついている大型鳥の足指を開かせようとする。

それはあまりにも大きくて、太い幹みたいだった。

その時、あきれたような声が落ちてきた。

「おいおい、暴れるなよ。この高さだぞ、落ちたら大変だろう？」

エレスティアはハタとして止まる。

（――ん？）

大型鳥の頭から、その大きさに似合わない青年の声がする。

「あーくそっ、転移魔法で追ってくるな。かわすので少し我慢していてくれ」

「へっ？」

先程の光景が浮かんで、まさかと固まった。

直後、その大型鳥がすばやく軌道を変えた。旋回しながら、猛スピードで大空を飛んでいく。

エレスティアはたまらず悲鳴を響かせた。咄嗟に、落っこちないようピィちゃんを胸にかき抱いて身を固くする。

怖すぎて、きちんと悲鳴になっていたのかもわからない。

ピィちゃんが抱きしめさせてくれているのが、孤独感をなくしてくれて唯一の心の救いだった。

間もなく、大型鳥はスピードを上げ地上へと一気に向かった。

（あ、もうだめかも）

落下の浮遊感にエレスティアは声を失った。

だが、入り組んだ建物の間にすべり降りて着地する直前——ふわりと体が浮くのを感じた。

大型鳥の姿が変化し、地面についた時には、青年が彼女を横抱きにしていた。

「怖いのに、よく目も閉じずにがんばったな。偉いぞ。意外と勇気もあるじゃないか」

それは、フードをかぶったあの青年だった。

見下ろす赤い瞳に覚えがあって、エレスティアは「あ」と口を開ける。

「い、今の……変身魔法？」

「そう。このローブがその魔法具になってる。全身にかぶれば、いつだって好きなタイミングで変身魔法が使える品だ」

「待って、無詠唱で、人や、動物に⁉」

「そうだ。ちょっとした仕掛けがあって、なぞると変身魔法が無詠唱で発動する。その時に着ているローブと同じ色の動物に変身できるんだ。とはいっても得意な動物に限るがな。俺が得意な変身は、鳥だ」

「そ、そんなの聞いたことないわ。ローブだけで動物に変身するだなんて……」

「この国ではないだろうな。俺は〝魔法使い〟だから」

　エレスティアは追っての質問をのみ込んでしまう。

（魔法、使い……）

　魔法師ではないとすると、彼はやはり他国の人間なのだ。

「あなた、何者なの？」

「前にも言ったが、それは明かせない」

　彼が敵とは思えないにこやかな顔ながら、スパッと即答してきた。どうやら素性に関しては『魔法使い』ということ以外明かす気はないようだ。

　その時、ピィちゃんが胸元から顔を出して彼を睨んだ。小さな翼を持ち上げて抗議する。

「ぴぃっ！」

「はいはい、主人を離せと言っているんだな？」

　エレスティアもハッとする。

「は、離してっ」

「わかってる、淑女を許可なく抱き上げたのは詫びる。だから暴れないでくれ」

　そう告げたのに、彼の顔が近づいてエレスティアは首をすくめた。

「エル、ヴァラ――」

　聞き覚えのない異国の呪文だった。

　彼が短く口にし終えると、エレスティアの体が一瞬だけほんのり水色の光に包まれた。

「い、今のは何？」

「そっか、最弱で魔力を感じられないんだな」

青年が今度こそ離してくれるようで、エレスティアを足から丁寧に地面へと下ろしてくれる。

（案外悪い人ではないのかしら……？）

誘拐犯の仲間の可能性も浮かんだが、そもそも彼は〝攻撃されていた側〟だ。

あの刺客たちとは対立している感じが――。

「少しの間、俺と腕一本以上の距離は離れられないようにした」

「え、えぇぇぇ！」

なんてことを、とエレスティアは思う。

（後宮にいるアインス様に、無事だと伝えなければならないのに）

私室でゆっくりすると言って別れて、護衛の彼が目を離していた間に起こったのだ。

侍女たちは『クッキーを用意しなければ――』と言っていたから、エレスティアのことを考えて、アインスは自分で取りに行ってくれたのだ。ショックを受けるだろう。

侍女たちの『皇妃様がっ！』という悲痛な叫び声を思い出すと、胸が痛い。

今頃、大変な騒ぎになっているだろう。不在のジルヴェストにも、大変申し訳なく――。

その時だった。ピィちゃんが胸元から飛び出して、彼の頭上をくるくると回りながら怒った鳴き声を上げた。

それを、彼が興味深そうにじーっと観察する。

「……皇妃様、君はちゃんと教育しているのか？　心獣なのに敵と見なしてもおかしくない俺を攻撃してくる気配もないし、とても珍しいな」

「あ……」

――その牙は、主人以外の者を容赦なく八つ裂きにする。

それが、この皇国と戦うことになった際に他国が最も恐れる〝脅威〟だった。

「えっと……ピィちゃんは小さい、から……？」

「コレは心獣だろう？」

彼が『コレ』と顔面の高さに下りてきたピィちゃんを指差し、疑問いっぱいの表情を向ける。エレスティアも困惑の表情を返した。

（三段ケーキに心が躍って、飛び込んでしまうくらいだから……）

ピィちゃんは実際幼い感じだったので、その件に関してははぐらかすことにした。

「えぇと、そんなことより、どうして離れなくしたのですか？」

「君は、何か知っているんだろう？」

ずいっと歩み寄られて、エレスティアはびくっと一歩後退する。

「な、何かって」

「国境で使われた、例の大魔法についてだ。複合型の最新魔法だという噂が広く出回っているようだが、俺は情報操作されて〝そう噂されている〟と見て取った――それに古代王ゾルジアの『絶対命令』と俺が口にした時、君は俺の前で〝反応〟したからね」

それで間違いないと確信したようだ。

そういえば宮殿の者たちも、エレスティアが初めて『絶対命令』という魔法呪文を唱えた時も、何か、まではわかっていなかった。

とすると、その魔法呪文自体が、数少ない文献の中の希少な情報だったのだろう。

「誰がメインでその魔法を使ったのか、皇妃として同行した君は知っているんだろう？」

「ど、どうしてそんなに知りたがるの」

「言っただろう。無用な戦争を食い止めるためだ」

彼が悩ましげに一度視線を落とす。

「ファウグスト王国の第二王子の陰謀は、国内だけでなく他国にも悪影響を及ぼす。彼は……こんなこと言いたくはないが、王になれる人間ではない。数々の戦争の火種を起こし、国民を考えもしない政治を次々に起こすだろう」

「そんな……」

「それに俺が君を連れ出したのは、彼の部下たちにさらわれようとしていたからだぞ。おそらく第二王子は調べを進める中で、君が何か知っていると目論んだんじゃないか？」

最高警戒レベルの貴重人材のようになっているとは、バリウス公爵に聞かされたばかりだ。

（もし私なら……国境の件と時期が重なった人物を疑う、かも……）

とすると、すぐには宮殿に戻れないのか。

その時、彼が安堵の息を細く漏らしながらフードに手をかけた。

「ギリギリで気づいてよかったよ。第二王子は、容赦がない」

彼がフードを後ろにずらして外した。エレスティアは、彼の髪も目と同じでルビー色をしていることに驚いた。初めて見たその顔は端正な顔立ちだ。

「ど、どうして顔を……？」

「君に隠すつもりはない。俺は君を助けた。味方だと伝えたい。害意はない」

エレスティアは手を広げた彼を警戒し、ピィちゃんを呼んで胸に抱く。

「協力して欲しい」

「あ、あなたは他国を巻き込みたくないと言ったでしょう？　それなのに、皇妃の私に頼むのですか？」

「皇帝からも一番情報を得られそうな人物だし、俺からすると、ようやく見つけた手がかりだ」

エレスティアは、彼が皇妃と知った上でこの態度なのも密かに驚いた。

（普通、極刑の可能性もあるから恐れるのだけれど……）

対応一つ間違えば、罪は重くなる。

それとも、慣れているのだろうかとエレスティアは思った。彼が『淑女の』と非礼を詫びた際も、教育を受けた者の口調だった。

その時、彼が突然大きくため息をこぼした。

「はぁ……とは言ったものの勢いとノリが決め手になったのは認める」

「え？」

「できるだけこの国の皇帝をわずらわせたくなくて、独断でここまで第二王子を追ってきたが……はぁ……まさか後宮に刺客を送り込んで、あんな強硬手段に出るとは思わなかった」

二回目もため息を漏らし、彼がしゃがみ込む。なんだか参った様子だ。

「あの、大丈夫ですか……？」

「大丈夫じゃない。俺も想定外だった。咄嗟に助け出してしまったが……皇帝の逆鱗に触れると思うともう取り返しがつかない気がしてきた」

彼が最後は呻くように言って、頭を抱えた。

誘拐した実行犯なのだが、エレスティアは悪く思えなくて心配した。

「まだ第二王子の刺客が捜しているだろうし、奴らの感知魔法を抜けられるのは俺の特殊防衛魔法以外無理……とすると、君をこのまま帰せないし、だとすると少しでも協力してもらうという選択肢しかなくなってしまったというわけで……」

彼が、うんうんうなりながらつぶやいている。

もとより計画していたことではなかったようだ。やはりエレスティアには悪い人には感じなかった。

エレスティアは、腕の中を見下ろしてピィちゃんを肩へと移動させた。

（ピィちゃんも警戒していないものね）

ドレスの裾を押さえてしゃがむと、彼と目線を合わせる。

「おい、淑女がしゃがむものではないぞ」

質問しようとしたのに、その前に手を取られて立ち上がらされた。

「エスコートに慣れているみたい……」

つい、彼の手を見てぽろっと口にした。

彼は何も言わず古びたローブに手を引っ込めた。よく見れば、それは旅用のものだった。

「私をここに引き留めているのは、先程の刺客たちから守るためなんですよね？」

「そうだ。俺の近くにいれば特殊防衛魔法の影響を受ける。今、君はどの感知魔法にもかからない透明人間状態だ。国家機密で結界を無効にして特殊転移魔法の装置のゲートを開けたバカどもだ、彼らは何があろうと命令通り君をとらえて、第二王子のもとに連れていくつもりだろう」

隣国の第二王子が来ているのは確かだ。

それに、目の前の彼はかなり詳しい。皇国に関わることというのなら――ここは、エレスティアががんばるところではないだろうか。

「あの、事情を話してもらえませんか？」

ひとまず、刺客を撒《ま》くまで時間がいる。

それから、離れられない魔法がかけられた状態だ。たとえジルヴェストが公務を済ませて戻ってきたとしても――会いにも行けない。

彼が、エレスティアを意外そうに見つめ返してきた。不意に小さな苦笑を漏らした。

「君は、やっぱり皇妃って感じではないなぁ。魔力も最弱で、優しくて……国のトップに立つ女性としては、心配になるくらいだ」

引きこもり令嬢だったことはすぐには変えられない。

その気配を感じ取られているのだろうかと思うと、エレスティアは少し切なくなった。

ジルヴェストの隣で、がんばりたいとこんなにも望んでいるから。

「……そう、ですね。私ではいけませんか？」

ピィちゃんが、肩から心配そうにエレスティアを覗き込む。

微笑んだ彼女を真向から見つめ返すと、意外にも彼は「いや？」と即答してきた。

「世間知らずかと思ったらそうでもない。短い時間で利害を考えて動きを決めたその勇気は、素質だ」

勇気、なんて言われると思っていなかったから驚く。

「事情説明か、いいな。それで君が俺を信用してくれるかもしれないのなら、接待作戦も悪くない」

そういうのは口にしないものではないだろうか。

やはり悪い人には思えなくて、エレスティアは肩の力を少し抜いて笑みをこぼした。


彼から紺色のローブを渡され、それを上から羽織って二人で町中へと出た。

それは特殊な魔法がかかっている魔法具の一つのようだ。フードをかぶると、素性を認識されないらしく、エレスティアの綺麗なドレスの裾さえ誰も気にしない。

「まぁ、ほんとだわ。誰も見てこないですね」

「心獣には効かないから、そのひよこはローブから出すなよ」

「ぴーっ」

ピィちゃんが、まるで『ひよこじゃない』と言わんばかりにエレスティアの胸元から抗議した。

だが、その声に振り返る人はいなかった。

「すごいですね。他国ではよく使われているのですか?」

「これも国家機密。隣国、ファウグスト王国の軍事道具になる」

「えっ!」

思わず立ち止まったら、くんっと引っ張られる感じがあって、彼の方へぐいっと足が進んだ。

例の、離れられない魔法だろう。

まるで物理的に体の正面全体を引っ張られるみたいだった。足元がふらついて、バランスを崩しかける。

気づいた彼が「おっと」と言って、エレスティアの手を取った。

「君は魔法師としては鍛えていないみたいだな。体幹が弱い。軍事ということでも驚いていたし、よく国境の魔獣との戦争地帯に行けたものだ」

「あ、あははは……」

「よし、このまま手をつないでおこう。そうすれば腕一本以上離れることもないしな」

ごまかすことに意識が向いていたら、そう決まってしまった。

「俺は君の警戒を解きたい。知りたいことがあれば質問していい」

そういえば、その目的もあって彼は町を歩いているのだ。

エレスティアとしては彼に手をつながれ、引かれているのが慣れなかった。ピィちゃんはローブの胸元から目を輝かせて庶民の町中の風景を眺めている。

「第二王子殿下につきましても、ファウグスト王国の、で間違いないでしょうか？」

気を紛らわせるように確認した。

「ああ、そうだ。正式なるアズバルド・セグ・ファウグスト国王の正統になる血縁にして、正妻の二番目の子——だが、王位継承権は国王陛下が設けた六人の王子たちの中で、最下位の六番目になる」

彼の声が沈むのを感じた。

（よほどのご事情があったのかしら）

母親が側妃でもないのに、二番から六番まで公式的に下げられるのは滅多にないことだった。

周囲に『国王になることはほぼない』と示す必要性があったのか、何かよほどのことが続いて本人に自制の意味でも、早々に言い渡すためのものだったのか——。

治安もいいと聞いていたので、王族内で問題を抱えているとは思いもしていなかったことだ。

（あの刺客を、宮殿の後宮内に突入させたのが第二王子殿下……）

それほどまでして『絶対命令』を手に入れて、どんな手柄を立てて王位継承権の地位を上げるつもりなのか。

素性も知らない他国の人間を利用するなんて恐ろしい話だ。

でも——エレスティアは、納得もしてしまう。

（前世でも、そういう人たちはいたわ）

記憶の断片のような風景が所々戻っている。皇妃という立ち位置が影響したのか、時間をかけて徐々に当時の状況も思い出していた。

たくさんのところで戦争が起こっていた。

パーティー会場で何度も見かけたことのあった王子、まさか彼が国を分裂させる内乱を起こすとは思わなかった。

たった十七歳で軍を率いて、自分の国名を発表して国土拡充をはかった。

それを当時『姫』だった彼女は、恐ろしいという思いで見ていた。

「考えることが多すぎて頭が痛いな……」

その時、手をつないでいる彼がため息と共にうなだれて、エレスティアは現実へと引き戻された。

（嫌だわ私、前世の記憶が徐々に増えると共に考えふけることが多くなってきた）

今は関係がない記憶だ。目の前に、集中しなくてはとエレスティアは思う。

「増えた考え事……皇帝陛下のことですね？」

「聡いな。ああ、そうだよ、冷酷無情なんだろう？」

また、彼がわかりやすいため息をこぼした。

「俺は戦争を止めたくて来たのに、俺がきっかけで『皇妃をさらった』という理由で戦争を始められたら、身も蓋もない……」

「戦争は、したくない？」

「あたり前だ。国のせいで否応なしに戦いに出されて命を落とすのは、大半は国の血である国民なんだぞ」

それを聞いて――エレスティアは安心して微笑んだ。

「私もですわ」

同じことを考えていた。前世も、今も。

彼は悪い人ではない――。そんな確信が芽生えた。ピィちゃんがおとなしいということは、それを証明しているのだろう。

（でも、不思議。彼から感じたのは上に立つ者の覚悟と誠意だったわ……）

エレスティアは、民を想い『国の血』と口にした彼を見る。

「ご存じかとは思いますが、私は皇妃エレスティア・ガイザーですわ。あなたは？　名前は教えてくださらないの？」

「……偽名は用意していない。そんな不当なことはできない」

誠意どころか、真面目な人でもあるようだ。

（軍のことにも詳しいから、軍関係であるのかしら）

とはいえ、今は詳細を探るどころではない。危険を冒してまで彼が第二王子を単身で追いかけ、そして今回エレスティアを助けたのは事実だ。

「事情を話せば大丈夫ですわ。ジルヴェスト様はお優しいですから」

するると途端に彼が「えぇぇ……」と低テンションなぼやきをこぼし、顔を向けてきた。

「嘘だろ？　夫だからジルヴェスト・ガイザー皇帝陛下にその感想なのか？」

「違いますわ、事実です」

エレスティアは、そこは即きっぱりと返事をした。

「そう言われてもなぁ。十九歳で即位してから、ずっと王だろう？　すごいよ、この大陸でも例を見ない若き王だ。……うん、恐ろしい……」

「話を聞かない暴君などではございませんわ」

エレスティアは、彼を安心させるべく説明した。

クールで（心の声が聞こえないと）怖い顔に見える時も多いが、気遣いがちょっと不器用なだけで根は優しい。

国民のこともよく考え、自身も魔獣討伐で出陣されていたお方だ。

理由なく軍力をふるったりはしない――そうエレスティアは語った。

「……一ついいかな？　『気遣いがちょっとだけ不器用』って、のろけかな？」

しばし聞いていた彼が、ちょっと首をかしげる。

「え？　ち、違いますっ」

「そうかな？　話していた時、好きでたまらないって顔に書いてあった」

からかうような笑みと共に指を向けられて、エレスティアは頬を染め「んなっ」と小さな声を上げた。皇妃にこのような態度を取れるというのも珍しい。

するとと同意せんばかりに、胸元でリラックスしていたピィちゃんがもふもふボディを揺らした。

「ぴぃ～ぴぴぴ」

「ピィちゃんっ、笑わないのっ」

「えっ、鳥って笑うんだ……」

彼がドン引きしてピィちゃんを見る。

「というかコレって鳥……？　俺、どの鳥も大丈夫だけどコレは新種の何かにしか見えなくて、ちょっと……」

彼が口ごもる。

「かわいいもふもふ？」

「いや、すまん、男としてのプライドを張ったけど逆だ、苦手だ。ひよこと言い聞かせても全然鳥に見えない……」

「ぴぃ！」

ピィちゃんが怒ったみたいに鳴いた。

「まぁ君の言うことを、少しは信じてみるかな」

彼が気を取り直すようにそう言った。

「皇帝陛下が話を聞いてくださるお相手だと考えて、このあとのことを少し検討する。それしか今の状況だと手がない気がしてきた。俺の魔法だけでは第二王子と、そのお抱えの暗殺部隊を退けるのは無理だ」

「えっ、暗殺部隊⁉」

「え、皇妃なのにわからなかったのか？」

そんなことを言われても……とエレスティアは困る。皇妃になって、ようやくちょくちょく政治のことや軍のことを耳にしていっている状態だ。

「そうか、暗殺部隊も知らない中で、皇妃としてがんばろうとしているんだなぁ」

彼がどこかあきれたような、そして感心するような吐息を漏らした。

「俺が話すと言ったのに、君が皇帝陛下のことを話してくれたし――信用してくれるのなら、俺も腹を割るか」

「え？　それではお名前を？」

「君も名乗ってくれたから明かすのが礼節だ。所属も気になるところだろうし、全部話すよ。実は俺は、その隣国のファウグスト王国の四番目の王子なんだ」

「えぇっ！」

「名前はエルヴィオ・ファウグスト。王位を持った者だけが『セグ・ファウグスト』を名乗り、次期後継者、つまり王位第一継承者は『トファ・ファウグスト』となるのがしきたりだ」

第二王子は、自分の二番目の兄なのだとエルヴィオは打ち明けた。

（だから、ところどころ所作に品があったのね……）

エレスティアが驚いている間にも、彼は続ける。

「二番目の兄の名前は、アレスクロフト・ファウグスト。俺と彼は〝魔法剣士〟じゃなくて〝魔法使い〟の方になる。基本的に魔法使いは、魔力によって最初に使わされた魔法が得意系統になる。俺が得意なのは変身魔法だ」

自分の体よりも何倍も大きな質量に変身できるのは、魔力量が多い強い魔法使いだと認められることだとか。

彼が変身しやすいのは先程の戦闘鳥で、その変身姿は国民なら誰もが知っているという。

(だから刺客たちは――うぅん、暗殺部隊たちは真っ先に狙いを定めて攻撃したんだわ)

追っていることを第二王子が知っていて、それを指示したのだとしたら……と考えて、エレスティアは残酷さにゾッとした。

「あの、あなたのお兄様は、つまりあなたを殺そうと――」

「だから俺を狙ってきたんだろうな」

そう答えたエルヴィオの口調は、あくまで説明の一つでしかないとでもいうように落ち着いていた。

事実としてありのまま受け止めようと努めているのが伝わってきた。もしかしたら、追えばそうなると予感と覚悟はあったのかもしれない――そうエレスティアは感じた。

隣国のファウグスト王国は、王族は魔力重視の政略結婚が主だ。

ファウグスト国王は、正妻も側室たちも分け隔てなく愛した。妃たちの仲はかなり良好で、王子は六人、姫は八人生まれた。

王位継承権は男児だけが持ち、初めは魔力量や魔法の才能で順位を振り分けられる。

第二王子は正妻が設けた二人の子のうちの一人で、六人いる兄弟の中で魔法使いの強さのランクは五番目だった。そのランクとは別に、国民の支持などを踏まえて次期国王が決定されていくわけだが、王の判断で彼は王位継承権が六番目となった。

「ちなみに、魔法使いとしての強さランキングは、王子の中で俺が最下位の六番目だ。変身した姿での接近戦闘力は高いけど、重視されるのは魔法力だからな」

エルヴィオは第二側室の子だ。

エルヴィオの姉が母にそっくりで魔法の力も強く、おじとの縁談が成立したとか。

第二王子アレスクロフトは彼女ほど魔法も使えないが、エルヴィオと比べると魔法で刺客と対峙できるくらいには使い手ではある。

今回、エルヴィオが王宮を出てこられたのは、第三側室の三番目の王子の手助けがあったからだという。

もしかしたら重大な事件に発展してしまうことを考え、王政を担っている彼が協力に応じた。

「俺より変身魔法も得意でさ。嫌なくらい力の差を見せつけられるけど、俺はみんな大好きだよ。尊敬してるし、今回迷いがなくなったのも、兄上に相談できたからだ。後宮の母たちに何も言わずに出てきたのは心苦しいけど――そうするしかなかった」

アレスクロフトの〝計画〟を聞いたのは、彼が自分の暗殺部隊と王宮を飛び立った夜だったという。

時間が、なかった。

「王が子を多く設けるのは、家族一緒になって助け合い、広い国土と国民を守るためだ。俺は軍人としての才能もなかったから、政治面の助言者として兄上たちを支えていきたいと努力している――けど、アレスクロフト兄上は、違った」

欲望が強かった。強欲、ともいえる。

国内で何度も問題を起こし、牢での謹慎処分をどれくらい受けたかわからない。

——悪い魔法使い。

魔力が悪意と欲望に満ちているとして、貴族委員会は第二王子を十五歳の時にそう認定した。

国王は国民の不安を払拭するためにも実質的に王になる権限を剥奪《はくだつ》。そこで第二王子アレスクロフトは『王子の中で王位継承権が最下位』となった。

しかし四年、彼は王位継承の可能性を取り戻すためいっそう躍起になっている。

実の母である優しい王妃が説得しても耳を貸さず、問題を起こそうとするたび他の兄弟たちが食い止め、王妃は泣き——国王も対応に窮しているところだ。

「この国の、当時若王として華々しく世界に名を広めた皇帝、ジルヴェスト・ガイザーが十九歳でご即位されただろう？　せめて二十歳までにはと今回の話に飛びついたようだ」

「この皇国であった魔獣の国土追放成功の件、ですね……？」

「そうだ。国境に見えたという巨大な魔法の光の話が王宮に到達するなり、騒ぎになったよ。俺たちの国は古代王ゾルジアの出身地であり、そこで発見された貴重な文献は、何重にも結界が張られた王宮の最奥で厳重に保管されている。『絶対命令』の大魔法が使われると——天候異常が複数重なることは俺たちの中では常識みたいになっていて、それが国境の方角に確認された」

そこで魔獣の国外追放という異常事態は『絶対命令』が使われたのだと確信したのだとか。

しかし、魔力で探っても皇帝以上の莫大な魔力など感知できない。

そこで複数の魔法師による大魔法再現が行われたのではないか、という話にいったん落ち着いた。

「ほら、この皇国にはバケモノ並みに魔力量を持った〝魔法師〟が、ごろごろいるだろう？」

他国にはそういうふうに見えているようだ。

（でも――仕方ないかも）

魔力は、使わない状態だと呼吸と同じく自然生成されていく。

通常は体に収まらない分は大地に流れていくので、魔法具に吸わせたりする。

だが、皇国の魔法師たちは心獣が外部貯蔵庫になっている。自然にたまる分も、全部心獣が預かるのだ。

「それでは第二王子殿下が今回動いているのは、王位継承に関わることなのですね」

「ああ、天候に兆候が出た話を聞いてすぐ、スパイを送ったらしい」

感知魔法を逃れる特殊なこのローブを着れば、国内への侵入はたやすい。

そこで『絶対命令』のことを確信し、アレスクロフトは計画を立てて自らも赴いた。

そして――間もなく、エレスティアが何か知っていると的を絞った。

もし、自分がその魔法を持っていると知られたら、どうなるのだろう？

緊張でエレスティアの心臓がどっどっと音を立て始めた。すぐに『落ち着くのよ』と情報整理に意識を置く。

（相手は無謀な行動に出られる王子……もし私だと特定できていたとしたらタイミングをはかることなく確実に狙ってきていたはず。兄弟たちが騒ぎの火消しに回るくらい行動力があるのだから、おそらくは――彼自身が動く）

王宮への無申告の不在、暗殺部隊を勝手に出動させて他国に無断侵入――。

エレスティアから話を聞き出すためすぐ彼女を誘拐する指示を出した――などなど、頭が痛いことばかりだ。

「なんて、子供っぽい人なの」

自分で考察しておきながら、思わず苦渋の声が漏れる。感情を察知したのかピィちゃんが「ぴ、ぴぴっ」とぷりぷりする。

「返す言葉がないな。まさにアレスクロフト兄上はそういうお人なんだ。兄弟みんなが苦労してどうにかしようとしたけど……」

「兄弟は仲がいいのね」

「いいよ。とてもね」

彼は短くしか答えなかった。どうにかよくなってくれるのではないか、理解してくれるのではないかと期待を抱いて、アレスクロフトを見放せなかったのだと察して、エレスティアは弱々しく微笑む。

「ところで、これももう話してくださるのでしょう？　第二王子殿下は、いったい『絶対命令』の力を利用して何をしようとしているのですか？」

「それは……」

――ずんっ。

不意に、空気が重く両肩にのしかかった。

「な、何これ」

息が苦しくなるような怖い感じがする。エレスティアは息をのんだ。

エルヴィオが「くそっ」と言って、ローブをくぃっと押し上げて空を仰ぐ。

「皇帝だ！　なんという力業だっ、王都全部を魔力で押さえつけたぞ……！」

とすると、彼は王都に戻ってきたのか。

「な、なんのために？」

「君を捜すためだろう」

「えっ、私？」

「しらみつぶしで王都全部に魔力を落として、察知したことがない感知遮断魔法具を捜そうとしているかもしれない」

王都民たちが空を見上げてざわめいている。

「おい、とんでもない怒りを練られた〝魔力落とし〟だぞ。最弱の君でも感じるだろう？」

「え、ええ、そうだけど」

「これでも彼が冷酷無情な皇帝ではないと言いきれるのか？　本当に話を聞いてくださる王なんだろうな⁉」

言いきれる。

だって、エレスティアの知っている〝王〟である夫は、心優しい人だ。

愛を伝えるのも初めはもどかしいくらいに不器用だったのに、一人の男性として、努力して、そして愛情表現までできるようになってきた。

独裁者ではなく、妻を愛せる一人の王様だった。

大丈夫よ、彼は、ただ、心配しているだけ――そう言おうとしたが、エレスティアはできなくなった。

「ぴぃ！」

ピィちゃんが警告の音を鋭く上げ、ローブから飛び出した。

次の瞬間、エルヴィオがエレスティアを強く引き寄せ、片腕に抱いて防御魔法を放った。すぐそこで魔法がぶつかる爆音が上がった。

「きゃあ！」

すると、人混みを「どけっ」と言って向かってくる人影が複数あった。それは後宮で見た、あの黒い覆面の男たちだ。

――第二王子アレスクロフトが持つ、暗殺部隊。

人々がピィちゃんをハッと見て、ざわめく。

「あれは皇妃様の心獣では……？」

「しかし皇妃様の姿はないぞ」

「何か焦っているようだが、この魔力、皇帝陛下の方で何かが起こっているのか……？」

ざわめき、立ち止まって空を見上げる人々もおかまいなしのようだ。暗殺部隊は駆けて向かいながら、次の魔法を放とうとする。

「ちっ、こんな時に！」

エルヴィオがローブの内側から小ぶりな道具を出し、それを彼らに放った。

「ひよこっ、危ないからこっちへ！」

「ぴ、ぴぃ……」

自分では何もできないと判断したのか、ピィちゃんがぴゅんっと戻ってくる。

エレスティアは手を伸ばし、帰ってきてくれたピィちゃんを包み込むと、すぐ胸に抱き寄せた。

そうしながらも、放物線を描いていく丸い道具が気になった。

だが目で追いかけていると、エルヴィオが手をつなぎ直して、エレスティアを引っ張って走り出した。

「ど、どこへ行くの」

「人の少ないところだ。あいつら平気で民間人を巻き込むつもりだぞっ」

振り返ると、空中で間もなく、その道具が放物線の頂点に達するのが見えた。

――かちっ。

そんな音を立てた直後、暗殺部隊がちょうど真下に差しかかったところで、それが魔法の光を発して煙を放った。

「きゃあっ、何？　煙幕？」

「おい誰だ、悪戯《いたずら》をしたのは⁉　商品が並べられないだろうが！」

「何か騒ぎが起こっているみたいだぜっ」

「ふんわりいい匂いで怒りも半減していく～、なんなのこれ～⁉」

突然の大量の煙を受けて、人々のげっほごっほと咳き込む声が聞こえてくる。

先にその中を抜け出たエレスティアは、振り返り、もくもくとしたピンクの煙の壁を見て驚く。

「まぁっ、入道雲みたいだわ。これも軍の道具なの？」

「いや、悪戯兼護身用で俺が作らせたやつ――って、おい！」

エレスティアを引っ張って走るエルヴィオが、突然大きな声を上げた。

なんだろうと思って見てみると、ピィちゃんがその頬にすりーっとしている。

「褒めているみたい」

「う、うわぁあぁ翼までやたらもふもふ……もふもふしか感じないボディって、いったいどうなっているんだ……頼む取ってくれないか……」

「えぇぇ」

かなり苦手意識でもあるみたいだ。半ばパニックになっている。

ひとまずエレスティアは、ピィちゃんを呼び戻した。

「と、とにかく今のうちに奴らを撒く。路地へ」

視界がきいていないうちに路地に入る予定だったようだ。エルヴィオが気を取り直すように言って、エレスティアと共にそちらへと進む。

「君、王都の地理は頭にあるか？」

「えぇと、引きこもっていたので……ほとんどなくて……」

「そうか、すまない、適当に進んで知っている場所に出ようと思う！」

知っている場所に出られれば、なんとかなるというのは彼女も同じだった。

（バリウス様には、王都の騎馬警備所をいくつか教えてもらっていたわ）

応援を頼めれば、暗殺部隊もいったんは身を引いてくれるかもしれない。

エルヴィオが路地を使い、通りを跨ぎながらどんどん進んでいった。

突き進むと大きな建物が多い場所まで来た。路地も広くなって、見通しがよくなってしまった時だった。

「ぴぃ！　ぴ！」

ピィちゃんの一声で、エルヴィオが何かを察知してエレスティアの頭を下げさせる。

同じく下げた彼の頭上を、赤黒い電光のような攻撃魔法が通過していった。

フードをわずかにかすり、彼のルビー色の髪があらわになる。エルヴィオはよけたことを確認するなり、無謀な体勢のまま歯を食いしばって、どこか必死に後ろへと手を伸ばした。

「〝防御魔法展開！　打ち消せエル・ド・パルドゥラータ〟！」

魔法呪文と共に、空中に初めて見る魔法陣が現れて攻撃魔法を包み込み、圧縮して破裂させた。

すぐそこには大通りの人波があった。

爆風を少し受けた通行人たちが、なんだと言って悲鳴を上げる。

「い、今、人がいるのに攻撃魔法を放ったわ……」

エレスティアは愕然とした。若草色の目を見開き、小さく震える。

「言っただろう、奴らは容赦しないんだ」

エルヴィオが振り返り、指を鳴らしてその手に魔法の杖を召喚し、身構えた。

顔を隠した男たちは、同じく手に魔法の杖を持っていた。赤黒い光を杖の先にまとい、じりじりと近づいてくる。

「エルヴィオ殿下、そこの皇妃を渡していただこう」

「断る。お前らは何をしているのかわかっているのか？」

「我らの偉大なる未来の王、アレスクロフト様のご威光の輝きをさらに増すための貢献である」

「まったく、頭がどうかしている」

魔法師の魔法の光では見たことがない、禍々しい赤黒い光だ。

走り抜けていったそれが雷のような攻撃性を持ち、エルヴィオが必死な形相で打ち消した――そこからもエレスティアは、魔力が赤黒いのはただ事ではないのだと察した。

「……エルヴィオ様、先程の魔法はなんなのです？」

初めて名前を呼ばれた彼が、わずかに動揺し、ちらりとエレスティアを見やる。

「致死の魔法だ。受けた者の周囲には、気絶するほどのダメージも与える」

「そう、それをわかって放ったのですね」

「怖いだろう、怖がらせてごめんな――」

「いいえ、怒っています」

「は？」

エレスティアは、初めて強い怒りが胸に渦を巻いているのを感じた。

それはとてつもなく強いエネルギーで、体が小さく震えてしまうほどだった。

前世の『姫』だった頃の意識が、重なる。

後ろにも、そして向こうにも見えるのは大切な国民。それを意識した瞬間、彼女の中に起こった強い感情はさらに強まった。

エレスティアは魔力に意識を集中し、練り上げる。

発せられた魔力にずんっと空気が重くなり、誰もが感じ取って動きを止めた。

魔力だけで彼女から風が起こり、フードが後ろへと外れる。すると人々が「あっ、皇妃だ！」と気づき始めた。

「〝わたくし〟の目の前で、我が国の人々を傷つけることは許しません」

あの頃、非力な自分は、何もできず嫁ぐことで国民を守った。

でも、今は、違う。

エレスティアは高濃度の魔力の輝きをその若草色の瞳に宿し、煌々《こうこう》と輝くエメラルドで暗殺部隊を見据えた。

体から、力が湧き上がるのを感じていた。それは怒りが沸点を迎え激昂するような感覚。その一方で、心は不思議と落ち着いている。

――凪いだ、水。そこに集中していた時のような静寂を内側に感じた。

それでいて溢れてくるような、感覚。

怒りのようなものが体の中でうねり、上昇し、内側からとてつもなく大きな波がせり上がる。

そこに静寂を保ったようにただ集中して魔力をさらに練り上げ、エレスティアは指を差し向けた。

「〝絶対命令〟――動くな」

ずんっとさらなる重さが空気に加わった。

覆面の男たちが体をびくんっと震わせて、停止する。

「ひっ」

彼らの喉の奥から言葉が漏れるが、それは彼女の中の初めての〝怒り〟を煽るだけだった。

「声を上げてよいと命じていません」

「――っ」

男たちが声も出なくなったのか、驚愕の表情を浮かべた。

否、それは恐怖である。

（ああ、これが、怒り）

幼い頃からエレスティアは、愛され、同じくらい自分も優しくあろうと務めた。

しかし、前世の記憶が今の彼女に足りなかった感情を呼び戻した。

負の感情だ。

怒りは強い感情のうねりとなって、彼女の魔力をいとも簡単に操った。

「ま、待てっ、君が使い手だったのか……!?」

気圧されていたエルヴィオが、ハッと気づいて息をのむ。

ピィちゃんが焦ったように飛び回った。それが視界に入ったエレスティアは、その向こうの風景がようやく目に入った。

「あっ……」

覆面の男たちだけでなく、路地の先から見えた人たちも動けなくなっていた。

この光景は、以前宮殿内で見たことがある。

――魔力を調整できていない。

我に返って怒りが引く。途端に後悔と、罪悪感がエレスティアを苦しめた。

「ど、どうしたらいいの。わ、私、向こうのみんなまで止めるつもりは」

「は？　ま、まさか制御できてないのかっ！」

手を差し伸ばしたままおろおろと振り返ったエレスティアに、エルヴィオが駆け寄って「魔法を解除するんだっ」と言った。

「わ、わからないのよっ、集中を解いたのに何も、変わらなくて……！」

「なら、今、魔力を制限するんだ！」

エルヴィオが、エレスティアの上げられたままの手を握った。

「ほらっ、君の魔力が発動し続けてるから動かない状態なんだよっ」

「そ、そんなこと言われましてもっ、その魔力を動かすのが無理なんですぅううう！」

「何ぃいいいい⁉」

ピィちゃんが、焦ったみたいに二人の周りをびゅんびゅん飛び続けている。

路地が交差する大通りから覗き込む人々が、皇妃と見知らぬ赤髪に、とにかく魔力暴走もなく無事でありますようにと祈る。

「それなら命令を絞れ！」

「め、命令？」

「俺たち魔法使いと違って、魔法師の魔法呪文はあくまで発動が役割――だったはずだっ。魔力は言葉の指令にも反応する性質があるから、もしかしたら形を変えてくれるはずだ」

「はいっ、わかりましたっ」

まだ、胸の奥に魔力がうねっているのを感じる。

たぶん魔法呪文は効くはず――エレスティアは、緊張気味に息を吸い込んだ。

「〝絶対命令〟」

きんっ、と魔力が空気を緊迫感で張りつかせるのを感じた。

（よし、大丈夫、このまま、するのよ……）

慎重に、彼女は言葉を続ける。

「……目の前の敵限定で〝動きを止めて〟」

昼から紡がれた言葉自体に、魔力が乗ったのを感じた。

覆面の男たちの後ろにいた人々が、時間が再び動き出したみたいに息を漏らして体を楽にした。

「よかったっ」

ホッとする。だが、下げようとした手をエルヴィオが止めた。

「まだ、魔法はやめるな」

「ど、どうして――」

「制御ができていないのだったら、その手を下げた途端に無意識に魔力が暴走する可能性が高い。このままだ。君の魔力がどんどん小さくなってくれているのを感じる――そもそもなぜ体内の魔力の数値が変わる？　君は、いったいどうなっているんだ？」

「えぇと……それが、私にもまだわからなくて」

ちらりと視線を移動すると、彼も気づいてピィちゃんの方を見た。

ホッとしたのはピィちゃんも同じだったようで『喜びの舞！』と言わんばかりに、元気よくぐるぐると飛び回っていた。

「あー……なんとなくわかってきたな。君のことは、この国でも謎だらけなんだな。だから動きを把握しようにもスケジュール管理さえ厳重だったのか」

「うっ、そ、その、ごめんなさい」

素直に詫びると、エルヴィオが小さく息を漏らした。

「仕方がないさ。使い方さえわからない、知らないままだと――怖いものだよなぁ」

（怖い？）

人を傷つけてしまうかもしれないことを恐ろしいとは感じたが、自分自身にそう感じたことはなかった。

でも――なんとなく、エレスティアも腑に落ちてしまった。

（そう、ね。怖いから距離を置いてしまっていたのかも）

使えないままならそれでいい、というのは逃げなのではないだろうか。そんな思いが、ちらりと脳裏をよぎる。

「誰か警備隊でも連れてきてもらおう。それから、宮殿への知らせだ」

エルヴィオが振り返る。

すると町の人々が、すでに心獣持ちの人たちにお願いしてあると言ってきた。かなりの人たちが今や大注目していた。誰もが無事でよかったと言ってくる。

「大事に、なってしまいましたわね……」

エレスティアは、下げられないままの手を支えたままたじたじになる。

「よほど人気者なんだなぁ。普通、こうは直接声援を送らない」

「魔法のことは申し訳ございませんでした。その、突然……どうして出てしまったのかしら」

これまでまったく出てくる気配がなかった。

それなのに、いきなりだ。エレスティアは改めて考え、困惑する。

「魔法使いの本能だ。これもまた仕方がない」

「本能……？」

「魔法というのは、本人を守るためにあると俺の国では教わる。そのために出現するのだ、と――最も使い慣れたのが〝それ〟だったから、身の危険を感じて、魔力が操った可能性もある」

人前ということもあってか、エルヴィオは『絶対命令』という言葉を伏せた。

（あ、そういえば……）

最近は、『仲よくしましょう』のオリジナルの魔法呪文は使っていなかった。

皇妃として、どこへ移動するのにも警備が厳重でよその心獣が近づけるタイミングはほとんどない。

（それも関係しているのかしら）

あれは、主人以外には牙をむく心獣に『噛ませないようにするため』のエレスティアのオリジナルの魔法呪文だ。

最も口になじんでいたものだが、思い返せば心獣たちと宮殿内で遭遇して驚く、ということが皇妃になってからゼロだった。

（まさか心獣に避けられている、ということはないだろうし）

そばに、ジルヴェストの大きな心獣がいることが多いせいかもしれない。

同じ心獣でも、やはり魔力量の差がありすぎると畏怖するものなのかも――そうエレスティアは勘ぐる。

「しっかし、まさか本当に古代王の大魔法が再来していたとはなぁ」

エルヴィオの言葉にハッと緊張が戻る。

（そうだったわ、このあとのことを考えないと）

隣国のファウグスト王国の四番目の王子、彼に『絶対命令』のことがバレてしまった。

それだけでなく、制御ができない件や魔力の件など、エレスティアが抱えている諸々の問題――。

その時、魔法による拘束を受けている男たちを見守っていたピィちゃんが、不意に産毛を逆立てた。

ぶわっと毛玉みたいにまん丸になる。

「うわっ、黄金色のまりも！」

「毛玉だわっ」

「翼が余計ちっこく見えるな――」

人々のそんなざわめきは、次の瞬間に揃ってのみ込まれることになる。

「俺のエレスティアに何をしているのかっ！」

空から振ってきた怒号が空気を震わせ、突如現れた威圧感が場の者たちを怯えさせた。

驚きで、エレスティアは手がびくんっと上下した。

その拍子にエレスティアの魔法は、ふっと消えてしまう。

（――この、お声は）

耳から全身へと歓喜が広がり、安堵を引きずり出すような感覚。

怖いなんて思わなかった。エレスティアは魔法の拘束がなくなってしまったことへの心配も覚えないまま、反射的に空を見上げる。

そして、その人の姿を目に留めた瞬間には叫んでいた。

「ジルヴェスト様！」

そこにいたのは、浮遊魔法をかけた黄金色の心獣に騎獣したジルヴェストだった。

「無事かっ、エレスティア！」

彼は向こうに白い心獣たちを引き連れ、真っすぐ向かってくる。

「は、はいっ、私は無事ですわっ」

どうにか彼に聞こえるようにと努力して、不慣れながらできるだけ大きく声を張り上げた。

ジルヴェストは服装からしても刺客だとわかったらしい。

すぐに再び敵を恐ろしい顔で睨みつけた。

「動くな！　我が妻をさらった罪は重いぞ！」

暗殺部隊は逃げ出そうとしていたようだ。エレスティアが思い出して振り返った時、背を向けた彼らにジルヴェストが手をかざし――下げた。

その瞬間、男たちが重力を受けたかのように地面へ叩きつけられた。

――無詠唱による重力魔法だ。

しかしながら、ずんっと感じた空気の揺れから、エレスティアは〝ただの応用だ〟と察した。

（これは……魔力そのものだわ）

エルヴィオが口にしていた『魔力を落として』の意味が理解できた。

魔力が引っ込んでしまったので感じられないが、この空気が震える感覚は、先程自身の魔法で実感したばかりだ。

「よ、容赦がない……！」

エルヴィオがおののく。

自身が持つ魔力でいとも簡単に男たちを圧迫したジルヴェストが、続いて彼へすばやく視線を移した。

エルヴィオに向かいながら心獣の背を掴み、飛び降りる準備をして剣の柄を握る。

「ち、違うのですっ。彼は私を助けてくれたのです！」

エレスティアは、慌ててエルヴィオの前に出た。

その時、物陰から同じ覆面の男たちが襲いかかってきた。

「くそっ、まだいたか！」

エルヴィオが一瞬の判断でエレスティアを自分の後ろへ下がらせた。魔法の杖を構え、放たれた攻撃魔法を防御魔法で打ち払う。

「この状況で出てくるとは愚か者め！　仲間の情報を渡したくないにしてもだな――おい！」

別の一人が剣を振り、彼が魔法の杖で受け止めた。

「連れ帰れば尋問など受けずに済む！」

エレスティアは悲鳴を上げた。ピィちゃんが、エルヴィオと彼女の間にすばやく飛び込む。

動きを封じるのが目的だったのが、魔法の杖で剣を押さえているエルヴィオの向かいで、男が魔法の杖を取り出してその先を赤黒く光らせた。

赤黒い光を放つ魔法の意味を思い出し、エレスティアは背筋が凍った。

「やめて！」

左右から、他の暗殺部隊たちも飛びかかってくる。

（――このままでは、彼が死んでしまう）

胸で強い感情がうねるのを感じた。エレスティアの若草色の瞳が輝きを宿す。

（ああ、だめ、殺させないで）

兄弟なのに殺しを命じるなんて、あり得ない。

彼女が握った拳のそばで、ぼぼっと炎がちらついたのに気づいてピィちゃんが驚いたように見る。

うねる感情で胸が熱い。燃えるみたいだ。

ふっと頭に浮かんだのは、見慣れた父の炎で、最後に目にした激しい攻撃が思い出された。

チリッ、とエレスティアの髪の横に火の粉がはじける。

「〝地獄の炎ちょ――」

父の言葉を、無意識に口が紡ごうとした時だった。

「ぎゃあああああ！」

目前まで迫っていた二人の男たちと、魔法の杖を構えた男が悲鳴を上げて崩れ落ちた。

その後ろには、互いに大剣を構えている二人の兄がいた。

「その剣の紋章は隣国のものだな」

「我ら最強の守護騎士の一人、逃げられると思わないことだ」

エレスティアは安心した拍子に我に返った。

「リックスお兄様っ、ギルスタンお兄様！」

どうやら心獣で飛んできた騎士たちの中にいたようだ。心獣から飛び降り、一瞬で抜刀したのだろう。

一番上の兄のリックスが、その冷静な美貌に鬼の形相を浮かべた。

「しかも貴様ら、そこの男はどうでもいいが、すぐ後ろにいるエレスティアが怪我をしたらどうしてくれる」

「えっ、初対面なのに扱いがすでにひどいっ！」

「兄上、そんなこと言ってる場合かよ～」

ギルスタンが、飛びかかる他の男たちを浅く斬った。

その時、ピィちゃんがエルヴィオの眼前へとすばやく回り、びたんっと顔にへばりついた。

「うわっ、うわぁあああぁぁ毛玉ボールが顔に……！」

エルヴィオが悲鳴を上げて、そのままひっくり返る。

ピィちゃんはかまわず『いやいや』というように、顔をすりすりと彼にこすりつけていた。

「ピィちゃんさすがだわっ」

エレスティアは、思いっきり褒めてあげた。

兄たちがうっかり斬ってしまわないよう、彼女よりも先に味方だと行動で示してくれたのだ。

「よし、こっちはあとだな」

二番目の兄のギルスタンが「そこにいろよ」とウインクして、エレスティアの頭をくしゃりと一撫でしてすばやく動いた。

兄たちが暗殺部隊の攻撃を一気に抑えにかかった。

攻撃魔法を繰り出す必要もないと判断したらしい。魔力で大剣を重力操作し、軽々と操って殺さない程度に斬り伏せていく。

集まりすぎている人々に害を出さないためでもあるのだろう。

そもそも、兄たちは魔法を使わなくとも師団長として一流の戦士でもあった。

（押されてしまったら、心獣が出るから――）

そんなことになったら敵は、死ぬまで無残にも噛みちぎり続けられる。

他の騎士たちも、いつの間にか降り立って応戦していた。

どうやらジルヴェストの魔力が解けたようで、逃げ出そうとしている男たちにアインスも剣を使って組み伏せていた。

事情を吐かせるため、無殺生にするためだ。

訓練された心獣たちは牙をむき、早く殺させろと言わんばかりに建物の上でうなり声を上げている。

「エレスティア!」

力強い声に呼ばれた瞬間、後ろから抱きしめられた。

「無事でよかったっ」

ジルヴェストが両腕で力いっぱいかき抱く。

彼が来てくれた。エレスティアも、彼の温もりを覚えて感動の涙を浮かべた。

「ありがとうございます、私は……この通り無事でございますから」

体の前にあるたくましい彼の腕に、震える手をそっと添えた。触れたら我慢できず、淑女としてだとかそんなことは関係なしに、彼の腕にすがってしまっていた。

地面で仰向けになっているエルヴィオはそんな様子を見て、ホッと安堵の息を細く吐き、異国の魔法呪文を小さく口にした。

騎士たちは、あっという間に覆面の男たちを拘束した。

連行することにしたようで、到着した警備隊に輸送用の馬車をと指示する。

そこでようやく心獣が降りると、覆面の男たちはひどく怯えて抵抗をいっさいやめた。

「とところで皇帝陛下、コレはどうします？」

リックスが丁寧に剣を鞘へと収め、地面に仰向けのまま起き上がれないでいる青年についてお伺いを立てる。

いまだ、エルヴィオの顔にはピィちゃんが翼でひしっとしがみついていた。

その間から、彼の目が向けられていることにエレスティアはようやく気づく。

「あら……えぇと涙目ね。なんか、ごめんなさい……？」

「いちゃこらするのはいいけど、こ、これ、取ってくれないか」

エルヴィオが、ぷるぷる震えながら自分では触れないと言ってピィちゃんを指差す。

ピィちゃんが警戒していないことから、誰もが害はないと見ているようだ。

とはいえ、素性も事情も不明なのでアインスも冷たい眼差しだった。手を貸そうともせず、エレスティアとジルヴェストの前に立つ。

「ソレは心獣のおチビさんのようなものです。問題ありません」

「えぇぇ、こ、こんなわけがわからない毛玉の塊、鳥ではないし不思議生物みたいなもふもふ感が慣れな――うっ」

ジルヴェストがすぅっと目を細めた。

それを見た瞬間、エルヴィオが覚悟したみたいにピィちゃんをわし掴みにした。もふっと丸い体の産毛に指が埋まる。

「ぴっぴっ」

何やらピィちゃんは喜んでいた。

「いや空気くらい読んでくれ！」

エルヴィオが律儀にもすばやく鳥にツッコミした。

その様子をアインスだけでなく、兄たちや到着した警備隊の輸送馬車に男たちを乗車させながら他の騎士たちも注目していた。

そんな中で彼は、一瞬にしてピィちゃんを地面に丁寧に下ろし——そして土下座した。

「皇帝陛下にはお初にお目にかかります！　このような状況、そして場になってしまったこと心より深くお詫び申し上げます！　私は敵ではありませんことを、まずは申告させていただけましたらと存じますっ。緊急事態だったため後宮よりエンブリアナ皇国の皇妃を救出いたしました」

「いったい何者だ、どういうわけか説明してくれるか？」

ジルヴェストの低い声が静かに発される。

それは凍えるような殺気を宿し、よく聞こえた。人々がざわめき見守っている。

「はっ。わたくしはファウグスト王国、四番目の王子エルヴィオ・ファウグストと申します。すべてお話しいたします。皇妃様からも、あなた様なら話を聞いてくださるだろうと助言いただきました。ぜひとも説明させてください」

エルヴィオが、大変緊張した様子で地面に額をこすりつけた。

第六章　隣国の優しき王子様と、新米心獣を持った皇妃

町中では目立つので、エレスティアたちはエルヴィオと共にひとまず宮殿へ移動することになった。

「おぉっ、無事にお戻りになられて何よりでございます……！」

王の間には、臣下たちが集まっていた。

みんな、エレスティアのことを心配してくれていたらしい。そこにはアイリーシャもいて、真っ先に駆け寄って抱きしめ、無事を確認した。

「わ、わたくしが任務から戻っていれば、こんなことには……っ」

アイリーシャは本気で泣いていた。

どうやら彼女は、女性の代表としてエレスティアの護衛にと、皇帝たちにも自薦してくれていたらしい。女性の身として正式配属は無理であると断られていた。

それでも、いずれ子ができた際には、皇妃付きになりたいと強く希望を出していたほどに、エレスティアのことを大切に思ってくれていたようだ。

大丈夫だからとエレスティアが言っても、彼女は泣きやまなかった。

「あ、あなたは人との競争も戦闘も知らないっ、さぞ、怖かったことでしょう……！」

「アイリーシャ様……」

人前で涙するアイリーシャに、エレスティアも涙を誘われた。

気丈な娘の珍しい涙を見て、顔に大きな傷跡を持ったロックハルツ伯爵も、目をくしゃりとした。

どう慰めてあげればいいのか悩んだ顔で、皇帝ジルヴェストの足をこのまま止めてはいけないよと静かに言って、彼女を抱きしめた。

騎士たちに誘導されてエルヴィオが謁見席へと向かう。

王の間には、同じく転移魔法の装置で駆けつけた父、ドーランの姿もあった。

話の腰を折るべきではないと考えたようだが、玉座へ向かう皇帝と皇妃を先導するアインスが、ドーランから静かなすごみを受けて死にそうな顔でそっと視線をそらしていた。

「それでは、話を聞こうか」

エレスティアを皇妃の長椅子に腰かけさせ、自身も続いて玉座に着いたところで、ジルヴェストが静かな声色でそう告げた。

その一言で、王の間の空気は一瞬にして引き締まった。

――話の内容によっては刑に処す。

それは、彼の短い言葉にすべて込められていた。

臣下も集められた王の間、皇帝に嘘を述べることは大変な不敬であり、死刑に値する重罪である。

エルヴィオは敬愛を示すようにローブを足元に脱いでいた。

「まずは誤解しないでいただきたいので、先に述べさせていただきます。わたくしは、他国の皇妃を我がものにしよう、利用しようとはまったく考えておりません」

大勢の視線を受けても、彼は品のある姿勢で『嘘をつかない』と示すよう右手を胸に添えて、真っすぐジルヴェストを見つめ返す。

「わかった。その申告を受理する」

「ありがたきお言葉にございます」

「続けろ」

エルヴィオは自分が隣国のファウグスト王国の四番目の王子であることを、王の間で改めて告げた。

それには貴族たちも驚きの声を漏らしていた。

とはいえ、王の間に差し込む日の光に輝く、彼のルビーのような髪を見て納得した空気も同時に広がっていた。

囁く声を聞くに、ファウグストの王族の血筋はその髪と目の色が特徴のようだ。

「我が国は古代王ゾルジアの出身地であります。この皇国が魔獣を国外へ追放することに成功したと各国が注目している大作戦について『絶対命令』か、それに近い発明魔法が関わっていると勘ぐり——第二王子アレスクロフト・ファウグストが企てをいたしました」

エルヴィオは、エレスティアに話したことと同じ内容を、包み隠さずに語った。

今回、王位継承権を得るべく二番目の王子アレスクロフトが動いている。

独断で自国の宮殿を飛び出したこと。そして今回、暗殺部隊を動かしてエレスティアを襲わせたことについては王の間はどよめいていた。

「我々は部下たちが見たものを共有できる魔法も発明しています。アレスクロフト兄上もその魔法を行うことができますので——おそらく彼女の魔法を見て、確信してしまったかと」

すると側近が、手をあげる。

「皇帝陛下に知られたことも伝わっているのだ。もう手を引くのでは？」

「今後の処遇について頭を悩ませている頃であろうに」

宰相《さいしょう》もそう告げ、場にいる貴族たちもまったくだという同意の空気を出した。

しかしエルヴィオは、首を小さく横に振る。

「残念ながら、アレスクロフト兄上があきらめることはないでしょう。後宮に考えもなしに自分の部隊を送り込んだ〝大バカ者〟です。彼は、それだけ執念の塊になってしまっているのです」

どういうことだと囁きが飛び交いだした。

その場を、ジルヴェストが手を軽く上げる仕草で押しとどめた。

「それは貴殿が語った『企て』に関係していることか。目的をそろそろ知りたい」

「はっ。アレスクロフト兄上は、後ろ盾となる貴族たちから承認を得たうえで、王位継承権の第一位にいる王太子と、王座をかけて張り合えるよう国民たちの圧倒的な支持を集めたいと考えているのです」

「命令で言い聞かせるわけではなく、英雄のごとく国民に迎えられたいと？」

「はい。数年前まで悪目立ちをしていて、彼は期待をされなくなり、話題にも上がらない王子となってしまいました。これでは王位継承争いの土俵に立つことすらできません」

「そうだろうな。国民を蔑《ないがし》ろにし続けた当然の結果だ」

ジルヴェストの意見に、臣下たちも強く同意する。

「だが、そうするといよいよ疑問でならないことがある」

ジルヴェストが、魔力をまとった指で肘置きをカンッと鳴らす。その音で、場は今一度静まり返る。

「国の血である国民の意思を募るというのなら、なぜ我が皇妃が持つ〝その魔法〟が必要になる？」

エレスティアは、緊張してスカートの上で手に力を入れる。

ピィちゃんが心配して彼女の肩に止まり、そそそっと移動して、つま先立ちをしてふわふわの頭を頬へ押しつけた。

今に至るまでの説明を受けた皆も、同じく一心にエルヴィオの次の言葉を待つ。

「――砂漠に、雨を降らせたいからです」

間もなく、彼の口から出た言葉は予想外の内容だった。

「え？」

そんな声を漏らしてしまったのは、エレスティアだけではない。

動揺から離れずついてきてしまっている心獣をつれた優秀な魔法師たちも、どういうことだと顔を見合わせる。

「砂漠というと、バリッシャーか。雨が降らないのは当然だ」

臣下の疑問を、ジルヴェストが言葉にした。

「いいえ、あそこは砂丘の高原を持ったオアシスだったのです」

「そんな話は聞いたことがないぞ」

ジルヴェストがざわつく側近らを制して、そう言った。

「よくある砂漠の一つだとは、各国にも知られている」

「はい。我が国がそのように各国へ発信してきましたから。実は、バリッシャー砂漠は【呪われた土地】と呼ばれ、絶対に雨が降らない土地になってしまった場所なのです――そこはかつて古代王ゾルジアを激怒させた折に、彼の大魔法によって呪われた、といわれています」

当時は、強い者こそが〝ただ一人の王〟となった。

ファウグスト王国から発見された希少な文献でも詳細は不明であるものの、激怒させた、という記載は見つけたという。

そして、古代王ゾルジアはそこに大魔法を打ち込んだ――と。

「人も、建物も、その一帯の土地を彼は魔力で〝消し去られてしまった〟といわれています」

宰相《さいしょう》らが目をむき、思わずエルヴィオに確認する。

「な、なんと。滅ぼされてしまったのか？」

「あまりにもスケールが違いすぎる……どうなっているのだ？」

慎重に話に聞き入っていた大臣も、疑問を呈した。

「エルヴィオ第四王子殿下、話の腰を折るようで申し訳ございませんが、果たして魔法でそのようなことができるのでしょうか？」

専門家側の立見席から、カーターが手をあげる。

エルヴィオはエレスティアの大魔法に由来する、古代王ゾルジアの貴重な情報を持った隣国の王子だ。極秘にされて匿《かくま》われているという情報について、わずかでも引き出したい考えだろう。

「可能です」

エルヴィオはすぐに断言した。

「当時の古代王の魔力は質が大変に重かったのか、古代王ゾルジアだけでなく、彼と並んで有名な五大王にはそれができたと記録が残されています。これはわたくしが第四王子として、古代王の文献情報の密かな交換の際に知りえた情報のため、これ以上のことは申し上げることができないことを何卒ご理解を」

彼は真摯にカーターへ、そして見守っている者たちへ頭を下げた。

「いいだろう。それでは続きを」

「皇帝陛下の寛大な御心に感謝を。古代王ゾルジアは文字通り、一瞬にしてバリッシャーを滅ぼして、砂の大地に変えました」

当時、それは現在のファウグスト王国の土地ではかなりの汚名だったのか、今のところ発見に至っている遺跡にも記録がほぼないという。

――古代王の怒りを買った。

何をしでかしたのかは定かではないが、建物さえ跡形もなく消した、という処刑執行が現在のバリッシャー内だけで済んだのは、幸いともいえる。

そう推測すると、当時の記録を残すなど恐ろしい行為だったはずだ。

処罰を免れた周りの土地の人々は、同じことにならないよう慎重になった――とも考えられる。

（一瞬にしてすべてを砂漠に……）

エレスティアは、ごくりと唾をのむ。

たぶん、聞いている者たちが全員理解していることだろう。

つまり古代王ゾルジアは、そのバリッシャーには残されていたであろう〝記録〟を、文字通り消してしまったのだ。

「その後、バリッシャーは雨も降らず、そのため植物も生えない土地となってしまいました。どのような魔法で雨が降らなくなってしまったか解明はされていませんが、まるで国境にある謎の【何もない大地】みたいであると人々は恐れ、それを【古代王ゾルジアの呪い】だと言っています」

「なるほど。呪いだとはお金を落とす外国の旅行者にも言えないな」

「はい……」

「最も知られている土地に、奇跡のように再び雨を降らせて自分こそ王にふさわしい、とでも名乗るつもりか。迷信を重んじる〝魔法使い〟の国々であれば確かに有効そうな手だ」

ジルヴェストが難しそうな息を漏らし、背もたれに体をどかりと預けて腕を組む。怪訝《けげん》そうに眉間の皺を深めた。

「――しかし、原因不明の魔法の影響でいまだ砂漠の土地なのだろう。そもそも魔法で天候を従え、雨を降らせることなど本当にできると思うか？」

視線を向けられ、ビバリズがびくーっとする。

その隣で、カーターが大きな眼鏡の上の前髪を揺らしてにこっと笑い返した。

「恐れながら皇帝陛下、常識を覆す強大な魔法です。エルヴィオ・ファウグスト第四王子殿下は、古代王ゾルジアが眠る地のお方であり、貴重な文面が秘密裏に保管されている王宮にて、実際にお読みになっているはず――そこにそう書かれていたのでしたら、可能なのは確かかと」

「だが、嘘をついていたらどうする」

「おや？　皇帝陛下は確実かどうかお確かめになりたいご様子ですね、何かお考えでも？」

玉座の近くの臣下の中から、バリウス公爵が話を振ってきた。

ジルヴェストが表情をさらに怖いものにした。

（……気のせいかしら。『出た』という表情のような？）

彼をよく知る人々が、きらっきらの笑顔を放ったバリウス公爵と、うげっという顔をしたジルヴェストへ視線を往復させる。

「皇帝陛下がわたくしを信用されないのは当然のことです」

エルヴィオが冷静な面持ちで告げた。

「天候さえも操れた、というのはあくまでも我が国内の言い伝えにすぎません。古代王ゾルジアは自分の功績や偉大さを示すような遺跡も残しておらず、謎に包まれています。ですが【謎の三百年】の中で、最も平和な世界をつくり上げた偉大なる大王であると、のちの古代王たちが彼を尊敬している供述は各地で発見されています。『大地を破壊し、そして世界も創造可能とする強大な力を持った大王』であるという記録の写しが、我が王宮にも保管されています」

「とすると――可能性があるのか」

「我々はそう思っています。ですから今回、アレスクロフト兄上は疑わずに動いたのです――自分の欲と、執念のために」

ジルヴェストが考え込む。

しばし熟考の間を与えられて、場が静かにどよめいていく。

（そう、よね。天候を操るなんて無茶な話にしか思えないものね……）

エレスティアだって初めは疑った。目の前でエルヴィオに説明され、可能……なのかもしれないとは思い始めてもいる。

しかし、それは古代王ゾルジアだったからできたことだ。

常識外れの大魔法をたくさん使い、あらゆる魔法も使えた、強大な王。

（そして……土地は彼の大魔法の影響で呪われた）

彼自身が雨を降らせないよう天候を操った可能性もある。

見せしめのように、砂漠であり続けさせるために。

もしくはジルヴェストが推測したように、砂漠化が続くための魔法の影響で、雨が降らないのかもしれない。

どちらにせよ、スケールが違う。

分析できないほどの強い魔力が大地や大気を覆っているのなら、それはいまだ古代王ゾルジアの大魔法の影響が残っている証拠で――。

「試されてみてもいいのではないかと思います」

ふと、一人の男の明瞭な声が上がる。

「えっ……？」

顔を上げてみると、そこにいたのは部下たちを周りに置いている宰相だった。

「このままでは隣国のファウグスト王国に、第二王子という不安因子を残します。それに、雨が降り、食物や生き物の生息できる地が増えれば助かるファウグスト王国の国民もおりますでしょう」

すると別の側近も、思案顔で賛同を述べ始める。

「そういえばファウグスト王国は、昨年とその前に干ばつ被害に見舞われていましたな」

「たしか干ばつの援助要請を受けて支援を送ったのは、その周辺地域だったはずです」

「雨が降る地が増えるだけでも、助かる国民だって大勢いることでしょう」

「皇帝陛下、我が国は皇妃様のおかげで、魔獣の脅威を国内から退けられていっそう安泰となりました。ファウグスト王国の国民たちが先日の国境のことを耳にし、助けを乞いたいと思っているのなら手を差し伸べるのはいかがでしょうか？」

それはいいと、軍服の魔法師たちだけでなく貴族たちも話しだす。

臣下たちの様子をしばし眺めていたジルヴェストが、ゆっくりと瞬きをした。

いっとき、祈るように目を閉じていた。

それがすばやく熟考しているのだとエレスティアが気づいた時――予感と共に、彼がその目を開き、彼らを深い青の瞳に映した。

「忠義も厚いお前たちの気持ちはしかと受け取った。実は、私もそれを考えていた」

「おぉっ、なんと……！」

「第二王子の件、対応を隣国へ問うだけでは腹の虫が収まらない。その者が、浅はかにも即位に利用しようとしている案件自体を、我が国の方で横取りしてしまうのはどうだろうか？」

途端、軍の魔法師たちから割れんばかりに是との歓声が響いた。

我らが軍人王、偉大なる皇帝陛下――。

たたえる臣下たちの声が、王の間を満たす。

エレスティアは場の空気と緊張に息をのむ。これが、二十八歳にして現在も絶大な支持を集めている皇帝ジルヴェストの手腕の一つなのだ。

彼は、あえて臣下たちの士気がそちらへと向かい、高まるのを待っていた。

バリッシャー砂漠の件を解決すれば、政治的にも良好な影響を与えるだろう。

もし成功すれば――さらに意味合いを強める。

第二王子アレスクロフトが今後何かをしでかすかもしれないという不安要素だって、拭うことができる。

(でも――)

そのための舞台を、ジルヴェストは整えようとしてくれている。

しかしながらエレスティアは、国交に関わることであれば、国境のことと同じくらいの緊張に見舞われた。

(私は、魔力を制御できない)

先程国民にまで魔法をかけてしまった光景が脳裏によみがえり、彼女はぶるっと身震いした。

「もしや大気まで従えられるかもしれないそうだぞっ」

「さすが我らが皇妃様だ！」

「国境でのご活躍は本当に神々しく、皇帝陛下と並ぶ我が国の太陽！」

すでに民衆の心は、試すことに定まっている。

王族、そしてそれに近くなるほど――その立場は、国の血である民衆の総意によって動かされるのだ。

(私は、ここで『する』と答えなければならない)

前世『姫』だった記憶からも、そうわかる。

飛び交う声の大きさ、数、そこには彼らの期待が表れているのだ。

エレスティアは強烈な緊張に呼吸が苦しくなり、人々の声に頭ががんがんと揺れた。

死後も存在し続けているほどの、古代王の強い魔法。

その後の古代王たちも特別視していたという古代王ゾルジアの、強力な魔法によって雨が降らないのなら、どんな魔法であっても、雨など降らせることなどできないのではないかとエレスティアは思うのだ。

「……わ、私は…………」

エレスティアは、元々ただの引きこもり令嬢だった。

そんな期待なんてされたこともないから震える。

その時、ややうつむいてしまった彼女の細い肩に、優しく置かれる大きな手があった。

「エレスティア、どうする？　私は、いや、俺は夫として君に強制はしない」

はっと顔を上げると、ジルヴェストが優しくこちらを見ていた。

「先程は皇帝として発言したが、あくまで方法の一つにすぎない。他にも対応する方法はいくつでもある」

「ジルヴェスト様……」

（ああ、私は、なんて弱いことを考えたの）

エレスティアは、愛する夫の優しい瞳に涙が出そうになった。自分の弱さに胸がぎゅっと苦しくなる。

（皇妃として、がんばると決めたじゃないの）

冷酷な皇帝なんかではない。

前世から今世にかけて、彼女が初めて心から愛した〝王〟。

ジルヴェストを支えられるのなら、彼がそれで助かるというのであれば、そもそもエレスティアには断る選択肢なんてなかった。

（――何か少しでも、協力できることくらいはあるかもしれない）

エレスティアは、砂漠の土地をつくった古代王ゾルジアと同じく『絶対命令』という魔法を持っている。

まったく効果を与えられない、というわけではないだろう。

結果をすぐに出せなくとも、何度も挑戦してくれていいのだと、エレスティアに言ってくれた愛する臣下たち。

ここに集まっている誰もが、ファウグスト国民を安心させるためにも貴重な国土の一つであるその地の『呪い』を、解きたいと思っている。

（一度では無理でも、何度でも試せばいい）

同じく、ファウグスト王国でも、同じことを思っている民衆たちがいるはずだ。

（それに――）

古代王ゾルジアの出身地、ということにエレスティアは不思議な縁を感じた。

『絶対命令』という大魔法がつないだ、彼女とその地の一本の線。

彼によって『呪われし土地』と呼ばれているバリッシャーの砂漠の大地。この国の魔獣問題と同じく、隣国の人たちが古代王ゾルジアを尊敬しつつもずっと畏怖し続けている呪われた土地というのなら、何か、助けになれないだろうか。

「知ってしまったからには――何か、してあげられることならしてあげたい、です」

政治的なことはジルヴェストが引き受けてくれている。

それなら、と思って緊張で喉がカラカラになりつつも、エレスティアは自分の思いを伝えた。

「私に、行かせてくださいませ」

いつの間にか会場内は静まり返り、誰もが皇妃の答えを待って耳を澄ましていた。

だから彼女の細く美しい声は、よく聞こえもした。

「そうか。──わかった」

ジルヴェストがゆっくりと瞬きし、そう答えた。


エンブリアナ皇国の皇帝が、ファウグスト王国の第四王子の〝協力要請〟を受けて、バリッシャーの件を引き受けることとなった。

ファウグスト王国の第二王子は、自分の暗殺部隊の一部を拘束されてしまったことを受けて考える時間を置くはずだ。その間に、他に情報を持っている者がいないか調査する可能性がかなり高い。

「さすがに二度は宮殿への襲撃はしまい」

成功率はがくんと下がる。奪われた暗殺部隊員、そして軍事の魔法道具を知っている第四王子が、エンブリアナ皇国の味方に加わった状況を考えればかなり不利だ。

対策が取られていることを見越して、しばらくは警戒して近づかないはず。

そんなジルヴェストの意見に、誰もが納得の顔で合意。そして第二王子アレスクロフトがエンブリアナ皇国の王都内に身を潜めていることを考慮し、ファウグスト王国の第四王子との件はいったん公にはせず、水面下で速やかに準備などを進めるということで、王の間での話し合いはお開きとなったのだ。

王の間を出ると、エレスティアはジルヴェストと共に会議室へと場所を移し、今度は第四王子エルヴィオとの密な話し合いが行われることになった。

この近隣の気候にしては珍しく砂漠が見られるとのことで、一部観光地としても人気があるバリッシャー。

しかし、どうやらファウグスト王国では『自分たちの国の出身である古代王ゾルジアを恐れられたくない』という思いから、国民たちは【呪われた土地】であることについて国外には伏せるよう教えられているらしい。

「周りは土壌にも恵まれて植物もよく育ち、湖もあって都市として発展しているところが多くある。そこに突然、線で区切ったみたいに砂漠が現れる」

ここです、と会議室の大テーブルに広げられたファウグスト王国の地図の中を、エルヴィオが指で示す。

ロックハルツ伯爵はじめ指名を受けた軍人たちが、該当地を確認すべく覗き込んだ。

「近いな。リックス師団長が、我が国からなら近いと言っていたのはこのことか」

「はい、この国の国境から約四百五十キロの地点です。バレルドリッド国境から真っすぐ突き進み続けると、バリッシャーにぶつかります。魔法の箒《ほうき》で飛ぶと一日半くらいでファウグスト王国には突入でき、本当にすぐそこですから数時間足らずで目的地に――」

「その距離なら、心獣であればここから出発しても一時間もかかりません」

アインスが隣から口を挟んだ。

「嘘でしょ、え、本当に？」

「あはは、第四王子殿下は面白いな～」

家族代表でドーランとリックスに寄こされたギルスタンが、テーブルに肘をのせてからかう。

「お兄様、相手は王族ですわよ」

「いいのいいの、口うるさい兄上は今いないし。俺は剣の筋もまぁまぁな腕なのに、エレスティアを守った異国の〝魔法使い〟殿には興味があるよ」

説明を再開しようとしていたエルヴィオが、ずんっと沈む。

「くっ……俺なんてどうせ、自慢の剣だって凄腕《すごうで》の剣士から見たら弱々なのでしょう……」

「そ、そんなことはございませんわ」

エレスティアは、うなだれた彼の肩に手を添えて励ます。ピィちゃんも彼が気に入ったのか、周りを飛んでいる。

ジルヴェストの眉間に、ぴきっと皺が入った。

空気を察したロックハルツ伯爵が、控えめにため息を漏らした。

「あまり皇帝陛下を刺激されるな。ギルスタン師団長、あとで私の方から兄上殿には報告させていただきます」

「え、なんで？　手厳しい～」

「とにかく今回の件は皇妃の初の外国への騎獣になるのですから、皆様気を引き締めなければなりませんよ」

アインスが手を叩き、軌道修正をはかった。

魔法国家だと、土地の地盤内での魔力の流動の関係で気候差が出るのは珍しくない。

長期的なものだったり、一時的な現象だったりと様々だ。身近なファウグスト王国では砂漠が見られるとあって、興味がある一部の者たちが都市と砂漠が一緒になった珍しい風景を目に収めたいと観光客が訪れているようだ。

「今の時期はそんなに数が多くない。バリッシャー近辺の観光業も落ち着いているから、外国人の目撃者はあまり出さずに済むと思う。周辺の町から砂漠にくる人が多いんだ」

そこで、ジルヴェストたちがファウグスト国王へと入っても大丈夫なよう政治面と国交面を兼ねての準備、水面下での軍の準備、エレスティアの準備と、大きく三方向に分けそれぞれ計画を立てることが決まった。

仕事をまた増やしてしまったことにエレスティアは恐縮してしまったものの、意外にもジルヴェストはやる気に溢れていた。

「俺の妻をさらおうとした第二王子だ。王位継承に有利になる材料はなくしてやる。そして——それなりに重い処分を受けてもらう」

軍の話をしている時、彼の心獣はそばに偶然にもいないことがほとんどだ。

彼が何を考えているのかはわからなかったが、不敵な笑みからは勝算しか感じず、その活力に満ちた姿にまたエレスティアは心を奪われた。

(見ているだけで勇気をくれる、素敵な王だわ……)

何度、彼に恋をすれば気が済むのだろう。

今日は就寝時間に間に合わないと言ったジルヴェストと会議室で別れる時、エレスティアは後ろ髪を引かれる思いだった。

計画の詳細を決める話し合いのため、彼は深夜遅くまで側近たちと会議をしていたようだ。

古代王ゾルジアの貴重な文献内容を知る人とあって、カーターやビバリズたちがエルヴィオを魔法具研究局に強行招待していろいろと質問攻めにしていたようだ——とは、エレスティアはこれまた翌朝にアインスから報告を聞くことになる。


エレスティアはというと、会議室を出たあと後宮に戻り、共に移動したアイリーシャに魔法具研究局で行っている訓練などについて実演共有をした。

「なるほど、それを今日からは毎日後宮でしていただきます。そして、魔力を動かす実践訓練も行います」

「はいっ、がんばります」

今回は国交面での準備、そしてエレスティアの準備も整わないと決行できない。

彼女自身の安全を考えても、できるだけ大魔法が使える状態にまで持っていくこと——それが彼女に課せられた目標だった。

「魔法師に必要なのは、魔力を受け入れる潜在意識を整えること、それから指導資格を持った魔法師の監督のもと、体で魔力の動きを覚えること。この二点が子供時代に必須となっています」

アイリーシャは指を二本立てた。

中庭の円卓にエレスティアを座らせ、花の香りがする紅茶で喉を潤す休憩をさせた状態で、てきぱきと説明していく。

「今、エレスティア様に必要なのは魔法を行うための確実な土台といえます。そのためにはまず、基本である魔力を引っ張り出すことをスムーズに行えることが必須です」

見守っている侍女たちは、さすがは才女のアイリーシャ嬢だと感心しきりだ。

その一方で後宮の護衛たちは、何やら『へま一つできん』という緊張を顔に張りつかせて、足もぴしっと揃えて目も合わさないようにしている。

「そう、ですね。そうであれば普通は魔法呪文も反応するとはカーター様にも先程聞きました」

「その通りです。魔法呪文が反応しないのは土台が何も整っていないせいです。しかしながら、実技をカーター様方がみるのは不可能ですので、わたくしがご指導させていただきます。急ぎの仕上げにはなってしまいますが、大魔法を使う場合は皇帝陛下の家系魔法が、あなた様を助けてくださいますから、魔法発動を確実に成功させることに目標を置きましょう」

皇族の家系魔法〝指示魔法〟。

その皇国一の魔力量を誇る皇族は代々、膨大な魔力によって相手の魔法を操ることができた。

以前、ジルヴェストは最大まで威力を引き出したエレスティアの魔法が暴走しないよう、抑えることに苦戦を強いられた。

ドーランの魔力量を上回っているのは確実。そして最近はエレスティアが体に宿している魔力が、皇帝ジルヴェストの保有魔力を超えている可能性も高まっている。

もしものことを想定し、彼女自身もできるだけ自身の魔力を操れることが好ましい。

「魔法を発動するための成功のカギですが、わたくしは小鳥の姿になっているピィちゃんにあると思っておりますわ」

「つまり……私の心獣？」

「はい。基本的に心獣というのは、わたくしたちの魔力を預かると同時に、自動制御の役割も担っている、とされています。エレスティア様が暴走を踏みとどまって最大威力で大魔法を行えた時には、ピィちゃんが本来の心獣としての姿をしていました。心獣が真の姿になっていることが本来の正常な魔力の開放状態ですから、その状況であればうまく魔法も使えるのではないかと」

そこで今回、それを実行することが決定してアイリーシャが役目を拝命したという。

「ピィちゃんについて分析を進めていたカーター様たちからも、先日『高濃度ながら魔力は微量でしかない』と結果が出たようですわ。ピィちゃんが小鳥にしても小さいのは、姿を保つくらいの魔力しかないからのようです」

そのためにカーターは日々、観察していたみたいだ。

「そうすると……ピィちゃんがよく食べるのも、活動源を自身で補おうとしているから、とか？」

「いえ、それはあり得ない話です」

アインスが、ズバッと可能性を否定した。

「心獣は自身で魔力を生産しない存在です。食べる必要もありませんし、寝ることもありませんし、普通、だだもこねません」

ピィちゃんは説明に飽きたのか、かまってくれないことにいじけて円卓の上でごろごろしていた。時折すばやくクッキーを両翼で掴んで食べている。

寝ながらクッキーを食べているのをさすがに無視できなくなったのか、アインスがクッキーごと持ち上げ、いったん円卓にぽとっと座らせた。

ピィちゃんとの感覚の共有がないのも、魔力のつながりが途切れているから。

魔力が通る道を開放することにより、ピィちゃんは魔力を受けて自動的に大きくなるのではないかとも予測されているそうだ。

つまりそれが、エレスティアが目指す目標『ピィちゃんの巨大化』だ。

「幼少期に魔力は〝開く〟ものですから、意識しての開放も国内では初めての試みになりますわ」

アイリーシャは想像が大事だと話した。

魔力の開放というのは、想像によってその通り道をつくるみたいなものだ。魔力が奥に固く閉じこもっているのなら扉を開けるイメージをする。

「魔力も、魔法も、感情と想像力が大きく関わります。体の奥に引っ込んでしまっているということは、無意識に恐れての防衛本能ではないかと」

「感情……あっ、私、そういえば初めて使った時も……」

「怖い、そう思われたのでしょう？」

アイリーシャが慰めるように微笑みかける。

「わかりますわ。初めてであんなに強い魔法が出たのですもの。わたくしでも怖くなりますわ」

「アイリーシャ様……」

「エレスティア様はお優しいですから、魔法を受けた人々を見てショックを受けたのではないかとは父君も、そして皇帝陛下もおっしゃっておりました」

彼女は腰を折ると、手を優しく包み込んだ。

エレスティアは感動した。しかしアインスはなぜかオバケでも見たような顔をしたし、護衛たちも唇をぎゅっとして黙ることに集中していた。

「強い魔法師は、魔法によって与える影響へ恐れを抱くことも必要です。わたくしたちも習い始めには、それに直面します。慈悲を知らなければ、ただの人やものを傷つける魔獣のような魔法師になってしまいます。ですから、その恐れは必要なんです」

「ありがとうございます……怖さを、乗り越える？」

「その通りですわ。制御の自信が持てれば、怖さはご自分の力への責任感へと変わります。まずは魔力を動かすための訓練をいたしましょう」

「はい。よろしくお願いします、アイリーシャ様」


　というわけで、その日から魔力を動かすための実践訓練が始まった。

　魔力を即座に感知して対応ができるアインスとアイリーシャがそばにつき、その間、侍女たちは護衛たちの後ろへと下げられた。

「魔力が川のように流れてくることを想像してください。精神の集中と要領は同じです。その状態で、体の中に意識を落とし込んで明確なイメージを持ちます」

　イメージが何よりも大事だ。

　感情にも反応するので、水に向かって集中していた時のように余計な雑念も捨てる。

　一時間ごとに休憩を挟みながら続けたが、始めた日も、翌日も、じれったいほど時間だけが過ぎていった。

　魔力が動くことを、アイリーシャもアインスも感じていない。

　刻々と過ぎていく時間に、エレスティアは静かに自分へ失望する。

その間も、ジルヴェストは後宮で休憩が取れないほど忙しくしていた。父や兄たちも、がんばっているいることだろう。

そう思うと、やはり焦ってしまい、集中力はさらに途切れがちになった。

「意気込みすぎるのもかえって悪いですわ。リラックスしてください」

四日目、翌日から昼食も共にとり、夕刻までつきっきりになっていたアイリーシャがそう言って一度エレスティアを止めた。

「ご、ごめんなさいアイリーシャ様」

「いいえ、何も詫びることなどございませんわ。少し、エレスティア様とお話をしようかと思いまして」

「話、ですか……？」

「気にされていることがあるようですわね。話せばすっきりしますわ。わたくしは我慢したことなどございません」

特訓の場である後宮の中央の中庭、地面をつつくピィちゃんの前でしゃがんでいるアインスが「そうでしょうね」とぼそっと言った。

「その……アインス様とアイリーシャ様のお時間を取ってしまっていることも、何もかもが申し訳なくて……」

「ああ、彼はあなた様の護衛騎士なのですから、気になさらなくてよろしいかと」

アイリーシャが、にーっこりと笑ってさらっと断言する。

後ろで、ピィちゃんがどこかへ行かないようおやつをあげることを担当させられているアインスが、何かものすごく言いたそうな顔をした。いつもより離れて見守っている護衛たちも、思い思いに視線を送っている。

「わたくしはサポートしたくておそばにいますから、いるだけでも意味合いを感じて、誇らしい気持ちでいっぱいですわ。心獣での活動のことについては、私の部下兼友人たちが穴埋めしてくださっていますから大丈夫です」

「ふふっ――そうでした、皆様お元気そうでしたね」

昨日、エレスティアが参っていると聞いて、果物の差し入れを持ってきてくれたのだ。

当時は皆のことを相容れないタイプかもしれないと思っていたが、うつむいてばかりいては見えないものもあるのだとエレスティアは感じた。

(彼女たちも、私が守るべき〝民〟だわ)

そんな慈しむ気持ちを強く覚えるのは、前世の記憶のせいだろうか。

ジルヴェストとの結婚を知らされた時、初めは結婚に対する強烈で、悲惨な気持ちの一部がよみがえった。

けれど徐々に、それ以外の前世の気持ちが、ゆっくりと戻り始めている感じがしている。

(たびたび、当時の〝私〟が見た光景が浮かぶわ)

穏やかな気持ちでいる時、当時の彼女が見上げた気持ちのいい青空の光景だったり。アイリーシャに手を引かれて気分転換の散策をしている際には、顔は見えなかったけれど、当時のお側付きの貴族令嬢がいた風景が一瞬だけ見えたり――。

そのたび、何かが体の中で変化していく感じがあった。

それはエレスティアに足りない〝気持ち〟を埋めている感覚がある。

まるで欠けたピースを埋めるように、静かに、ひっそりと胸に戻ってくる感じで――。

「それでは少し視点を変えてみましょうか」

アイリーシャの言葉に、静かに我に返った。

「魔力は感情が反映される特性も持っていますから、それを利用して穏やかな気持ちで川の流れのように引っ張り出すと、より効果はあるかと思います」

「感情……」

そういえば先日、エルヴィオと緊張状態にいた際に、何かあった気がする。

(気のせい、かしらね)

少し記憶を辿ってみたが、すぐには何も思い出せなかった。

「イメージに感情を添わせる感じかしら」

「そうです。そうするとより集中しやすく、魔力も動かしやすいといわれていますわ」

エレスティアは、しばし考える。

「……うん、そうね。今回はピィちゃんに魔力を送るから優しい気持ちでしてみたら、うまく行きそうな気がしてきたわ」

「いいですわね。その意気ですわよ。エレスティア様の気質にも合っているので、よいかと思います。得意な魔法も、想像の根元にあるのは魔力に反映される感情、つまり人間性が出る部分といわれていますから」

再び実践訓練をすることにした。

中庭の中央で深呼吸をし、両手を少し広げて自分の中に意識を集中する。

「魔力が流れましたら心獣とつながります。これまでと同じで、魔力を川とイメージして、そこに優しい気持ちで自分が流れさせていくことを試してみてください」

「はい」

優しい気持ちで、とエレスティアは胸の中でつぶやく。

同じ集中なのに、ずいぶん肩が楽に感じた。胸に不思議な解放感がある。

（あ……私、これまではリラックスどころか、緊張していたのだわ）

自分が無意識に踏みとどまっていたことに気づく。一度に開放してしまったら、という怖さだ。

それが、今、なくなったのだ。

とても自然体で自分と対話している感じがある。不思議と、うまくやれそうだという自信が胸にあった。

（魔力を――ピィちゃんに）

慎重に、胸の奥から流れていくイメージに強く集中する。

「ぴぴっ？」

その時、ピシシッと高濃度の魔力が空気中ではじける音がした。

ピィちゃんがぶわっと産毛を逆立てた――のではなく、一気に膨張した。

「えっ」

エレスティアがびっくりして声を漏らした時には、ピィちゃんは見る見るうちに大きく膨らんでいた。

　そのまま後宮の回廊の屋根よりも高く、ぼふんっと巨大化した。

　アインスとアイリーシャが左右に逃げたものの間に合わず、二人同時に半分つぶされる。

　驚いて二人の心獣も飛んできたが、心獣たちはでかい黄金色の毛玉を見て、目をまん丸くした。

（あ、心獣でもそういう反応をするのね……）

　なんだか新鮮――ではなくって、と思ってエレスティアは我に返る。

「きゃあああぁぁ!?　ごめんなさいっ、本当にごめんなさい！　ど、どうしたらっ」

「ピ～っピピピィ」

「ちょっとっ、もしかして今、わたくしたちをつぶしていることを笑っていますの!?」

「元々そういう性格なんですよ」

　顔面から突っ伏していたアインスが、腕を地面について顔を起こした。そのこめかみには青筋が静かに立っている。

　護衛たちが慌てて近くまで来たが、彼らの心獣まで現れてしまった。

　心獣たちは縄張りに他者が入ってきた時のように互いを牽制《けんせい》し合う。だが、それでいて『なんだこれ!?』という感じでピィちゃんを見る――というカオスな状況になっていた。

「いえ、そもそも生物でもない心獣に『性格』という表現は不適切でしたか――」

「今はそんな細かいことはいいの！　ピィちゃんっ、早くどいてくださらないかしらっ？」

「ピーピ、ピッ」

「今、首を横に振った……!?」

「覚えてろよこのデカひよこ」

アインスが珍しい感じで素の低い声をこぼす。

（あ、あああ混沌としているわ……）

集中力はすでに解いているのに、ピィちゃんはそのままの状況だ。

心の中で戻ってくれるよう焦って何度も唱えて念じてもみるけれど、効果がなくてエレスティアはあたふたする。

騒ぐ声を聞きつけたのか、後宮の他の護衛兵が駆けつけて一斉にぽかんと口を開けた。

「デカ……」

「やたら翼が小さく見えるせいで、もはや新種の毛玉動物……」

「丸い巨大クッション……」

言いたい放題だが、そんなことは当事者の三人には聞こえていない。

エレスティアは駆け寄り、大急ぎで詫びた。

「こ、これ、確実に失敗ですよね!?　ほ、本当にごめんなさい！　わ、私もっ、どうしてこうなったのか」

「落ち着いてください、あまり重くはないですから」

「そうですわね、初めはちょっとパニックになりましたけれど、高級羽毛布団がのっている心地ですわ。もっちりしすぎて這《は》い出ることができないだけで」

それを聞いて、数が増えた護衛たちがひそひそと何やら話しだす。

アインスが「ふー」と息を吐く。

「心獣までドン引いているとは珍しい光景です。見ていてかえって冷静になってきました」

「ええ、わたくしもあんなドン引きは初めてみましたわ……」

「も、もしかして魔力が暴走気味なのでしょうかっ？」

「ああエレスティア様、落ち着いてくださいまし。魔力は感じます、安定しておりますが中途半端に開放してつながっているのではないでしょうか」

その時、ピィちゃんが話しているアイリーシャの方へ体を少し傾けた。彼女が「ぶっ」と言って、顔面を地面に押しつけられた。

「ア、アイリーシャ様あぁあぁ!?」

「ぴっ、ぴぴぴっぴ！」

「ご、ごめんなさいねピィちゃん、頭の位置が高すぎてここからだとよく見えないの。何が言いたいのか少しわかりづらいわ」

「ぴ!?」

「少しではなく、かなり、ですよ」

踏みつけられている度合いがやや軽くなったアインスが、首を後ろに回してエレスティアを見る。

「ところで魔力の件ですが」

「えっ、アイリーシャ様のことがあるのに続けるんですかっ？」

「彼女なら平気でしょう」

するとピィちゃんの下から出ている手がバンバン地面を叩き、くぐもった声が上がった。

「淑女に対する態度がなっていませんわ！　あとで覚えていなさいよ！」

「こわ」

真顔でアインスが視線を正面に戻す。

（本気なのかどうなのかわからないわね……）

和まそうとしてジョークを言っているのかどうか、エレスティアは彼の表情を見て考えてしまう。

「まぁエレスティア様、とにかく落ち着くのが大事ですよ。我々は強い魔法師ですから魔力関係のダメージには打たれ強い。魔力量の増加に応じて、魔法に対する肉体面での防御力も上がるわけです。ですのでアイリーシャ嬢もダメージになっていないかと思います」

「よ、よかった、お顔に傷でもできたら大変ですわ」

「わたくしはアインス様の澄ました顔面に拳を入れて血を流させたい気分ですわ！」

一呼吸で叫んだことに信念の強さを感じた。

さすがのエレスティアも、過激な言葉に固まってしまう。護衛たちはアイリーシャに「ひぇ」と声を漏らしていた。

遠くから見守っている心獣持ちではない侍女たちが、おろおろとしているのが見えた。

「……えー、エレスティア様の魔力は高濃度らしいので、まともに魔力を入れないと中途半端な変化になるのでしょう。それもまた例がないことなので、憶測でしかございませんが」

「解くにはどうしたらいいのでしょうか？」

「いったん魔力の流れを閉じれば、またエレスティア様の中に戻るかと。試しにそれで立て直しをはか――むぐっ」

ピィちゃんがむむっとして、今度はアインスの方へと体を傾けた。

もっふんと彼の後頭部まで埋まって、地面に押さえつけられる。

「助かったわ！」

歓喜するアイリーシャの一方で、外に出ているアインスの手の震えから、切れかかっているのがわかった。

（あああぁ……っ、どうにかしなくては！）

慌てて目を閉じ、無理やり意識を集中する。

流れさせていた川の動きを、止めるイメージを一心に思い浮かべた。

（つながった魔力を、いったん断ち切る――）

強く思い浮かべると同時に、念じた。

優しい気持ちで流れを自分の内側へ、そして両手で蓋をする想像。それを助けるように実際に手も動かしてみた。

――体の中で何かの、流れがぴたりと止まる感じがした。

その時、ピィちゃんがぽんっと音を立てて小さくなった。

「ぴ？」

空中で翼をぱたぱたと振って小首をかしげる。

その下で、アイリーシャとアインスが一気に脱力して、再び地面に突っ伏した。

二人の心獣たちが寄り添う。彼らは、ちらちらとエレスティアの方を警戒したように見てきた。

「……ご、ごめんなさい。いじめているとかそういうわけではないの」

心獣は、生き物であって生き物ではない不思議な存在。

最近そう何度も聞かされてきたものの、エレスティアはそう謝らずにはいられなかったのだった。

なんとなく、どういう感じであるのかきっかけが掴めた気がした。

翌日も魔力を開放する訓練を行った。するとエレスティアは、今度はしばらく集中すると魔力の流れを引き出すことができた。

その日だけで三回、ピィちゃんがそのまま巨大化した。

昨日よりも心なしか遠くから見守っていた護衛たちが「ひっ」と悲鳴を上げていた。ピィちゃんはそれを短い翼で差し、笑っていた。

「そのまま巨大化すると、ただ猛烈にデブになった感じですね……」

「アインス様の感想は否めないですわ……わたくしも巨大な毛玉ボールに……」

「意見が合致したのは初めてですね。飛べないくらい翼が小さくて私もボールかと思いました」

文句も理解しているようだ。ピィちゃんが二人のもとへ転がっていった時、エレスティアは慌てて元のサイズに戻した。

大きくさせることはできるようになった。

それから、魔力の流れを止めてピィちゃんを元の状態に戻すことも――。

毎回、三人とピィちゃんは騒がしく、心獣が飛んで来たりもしてさらに注目を集めた。

反応に忙しい護衛たちの一方で、侍女たちは二日も過ぎれば慣れたもので「そろそろ休憩の紅茶を淹れましょうね」と言って、三人分準備したりしていた。

◆◆◆

「皇妃様の方はどうだ？」

「順調そうだ。ただ、報告がとてもおかしなことになっていてなぁ」

そんな言葉が交わされたのは、宮殿の一角だった。

通常の執務に加え、他国への飛行の言い訳にもなるよう着々と準備を進めている宰相が、後宮の管理長官も任された大臣に声をかけた。

——ピィちゃんの巨大化。

その報告を受けた際、誰もが『成功したのか？』と一瞬思った。

しかし、どうやら皇妃エレスティアは、ピィちゃんを〝そのまま〟巨大化させたようだ。

「うむ、謎だな」

「ああ、謎ですな」

宰相と大臣の意見が揃う。

元々、エレスティアに関しても、そして魔力の目覚めと共に突如生まれたその心獣についても謎だらけだった。

「相変わらず予想外のことばかりしてくださいます。いつも報告が上がってくるのが楽しみになってしまう」

「うむ、我らは楽しんではいかんのだがな。どうも、あの皇妃様には癒やされてしまう」

あの強面《こわもて》の皇帝が堂々『癒やされたい』と言っていた。

そして希望通り『癒やされる』と語られ、皇帝に大変満足されている〝皇帝の妻〟。

日々のろけを聞かされる中で、宮殿の者たちも今や実感しつつあった。

強い魔法師が優遇されるこの皇国で、とくにその空気を強く感じる宮殿内において、エレスティアは森林に入った際に覚える清浄な空気のような存在だと。

彼女がいると、どこか空気が変わる。

弱いと自覚しての健気ながんばりを見ていると、応援したくなる。

それでいて、彼女は誰もが舌を巻くほどに賢かった。

社交は素晴らしく、外務官もその記憶力と臨機応変な対応話力には一目置いている。バリウス公爵に任された執務では、引きこもり令嬢とは思えない能力の高さまで見せつけた。

その時、宰相と大臣はハッと肩に力が入った。

「ご苦労。こういう場でしか雑談もできないからな、お前たちにも苦労をかける」

差しかかった回廊で合流したのは、ジルヴェストだった。

「おおっ、皇帝陛下ではございませんかっ」

「ちょうど、あなた様のご夫人の話をしていたところです」

大臣がそれとなく工夫してそう告げると、ジルヴェストの凛々しいご尊顔に笑みが滲《にじ》む。

「うむ、我が妻は実に愛らしい」

彼は、皇妃を自身の妻扱いされると喜んだ。仕事の疲れも何やら回復されるようなので、彼をよく知る者たちはたまにそうやってねぎらった。

とはいえ大臣は、つい宰相と目配せをした。

「そんなことは申し上げていないんだが」

「しっ、満足されているからそれでいいのだ」

ひそひそと話したのち、宰相が「んんっ」と咳払いをする。

「ところで皇帝陛下、皇妃様は魔力の開放も習得なさって順調そうですな。皇帝陛下からご覧になっても問題なく魔力を引き出されているとか」

「ああ、恐れがあってほんの少し開けている感じだったが、魔力の様子も安定してはいた」

「その際に心獣のこともご覧になっているのでしょう？　いかがでした？」

宰相の言葉に、ジルヴェストがついっと視線を宙に流し向けた。

「まぁ……そのまま大きくなっていたな」

「皇帝陛下もやはり驚く感じの変身なのですな」

「うむ。大きなかわいらしいものを添えたエレスティアもまた、大変愛らしくてな」

「はい？」

「あの様子を残すために絵師に描かせようかと思っているんだが、しかしナイトドレス姿の彼女が巨大なもふもふにくっついているという愛らしすぎる姿を堪能できるのは、夫である俺の特権だと思えばやはり誰にも見せたくないとも思ってしまっていてな。それをアインスに相談したんだが、なぜか冷たい眼差しを返さ――」

「陛下っ⁉」

怒涛のようにのろけが始まって、大臣が慌てて割って入った。

とりあえずジルヴェストが妻の愛らしさしか目に入っていないことは、二人ともよくわかった。

「ただ、最近は悩み気味らしい」

「は……心獣の件で、でしょうか？」

宰相もつい先程のことがあってすぐにはピンとこず、確認してしまう。

「彼女の魔力は、なぜか体の中に収まって上から蓋をしようとする。魔力に目覚めれば開こうとする通常の魔法師と反応が、逆だ」

確かにそうだった。

そのため、誰も教えてやることができないでいる。

他国で〝魔法使い〟と呼ばれている者たちもそうだ。目覚めは、花でいうところの開花。それが普通閉じてしまうことはない。

「その蓋を少し開けることは簡単にできるようになっただけでもかなりの進歩なんだが、エレスティアは巨大化しかできないことが続いて悩んでいるようだった。自分のせいで周りを待たせているという申し訳なさもあるようだ」

「なんと……急かしてはおりませぬのに、優しいお方ですな」

そこもまた、エレスティアは他と違っている。

「その巨大化は確かに失敗の状態ではありますでしょうから、そこを気にされているのかもしれませんな」

大臣が腕を組んでうなる。

するとジルヴェストが、またしても悩ましい表情をしたのを宰相は見た。

「いかがされましたか？」

「いや、アインスとアイリーシャ嬢の疲弊も関わっているのだろうなぁ、と思って……」

「はて？　二人は監督をされているだけの状態でしょうに」

「たぶん一番苦労している」

皇帝がそう言うのなら、訓練現場は実のところものすごく大変なんだろうなと宰相も大臣も思った。

彼らはそろそろ宮殿の公共区側に向かわなければならない。互いに分刻みのスケジュールだ。

恐れ多くもジルヴェストに途中までの同行の誘いを受け、宰相と大臣も続く。

「そういえば、先日のことで護衛部隊の隊長が妙なことを言っていただろう。『地獄の炎鳥』に似た魔法を感じたと」

「ああ、路地での一件でございますね」

取り押さえた隣国の暗殺部隊たちは証拠物件の一つとして、今後のために尋問などが進められているところだ。

「あの時は魔力もぶつかり合って、気が昂《たかぶ》っていたせいで錯覚したのかもしれないとは聞きましたが」

「ぶつかり合って火花が散るのはままあることですからな」

「だが、先程報告書を携えて戻ってきた際に、リックス師団長とギルスタン師団長も同じことを言ってきた——一瞬感じた火の気配は、父、ドーランの〝地獄の炎鳥〟ではないか、と」

「まさか。その場にいない者の魔法の気配を感じるはずがありませんよ」

宰相は笑い飛ばした。

魔力量と家系魔法は遺伝性だ。しかし、魔法師の魔法は素質による非遺伝性のものであり、その際の力の気配は個々で違っている。あの時はジルヴェストの濃厚な魔力が放たれた中で、攻撃魔法も飛び交っていた。

魔法師の中には空気中の魔力がぶつかる気配も感知する優秀な者たちがおり、あの時現場に降り立った何人かもそのタイプの魔法師だ。

緊迫状態だったことを思えば、うまく分析ができなかったことも仕方がないかと大臣は思った。

「しかし、それにオヴェール公爵の炎の魔法は、半分以上がオリジナルの魔法呪文です。誰かが同じ魔法を使うことはできません」

大臣も、追ってジルヴェストにそう言った。

「うむ、そうだよな。お前たちがそう言うのなら間違いはないな。ありがとう」

自然と、そう感謝を口に出されて二人は驚く。

「あ、いえ、役に立てましたのなら何よりです」

「そ、そうですな。皇帝陛下はお考え事も今はたくさんおありでしょうからな」

少し遅れてあわあわと返答をする。

結婚をして、ジルヴェストは変わった。

空気が穏やかになったというか、一皮むけてどっしりと大地に身を構えるような、そんな偉大な王への階段を上がっていっているような気がする。

絶対的な判断力、行動力。それを裏づける皇国一の強さ。

最強の軍人王にして、エンブリアナ皇国が誇る若き皇帝陛下。

彼への忠誠心と人気は元々高かったが、自然体で感謝とねぎらいがでるようになって、ますます支持者の熱は強まっている。

この人にお仕えできてよかったと、宰相と大臣も思った。

本当に、よき結婚をなされた、と。

◆◆◆

その同じ頃、皇妃ことエレスティアは確かに悩み気味でいた。

魔力をどうにか開放できるようになって三日目。中庭の円卓で休憩しながら、両手で持ったティーカップの中に思わずつぶやきを落とす。

「どうすれば心獣って、ちゃんと心獣になるのかしら……」

同じく着席しているアインスとアイリーシャも、やや疲れた様子で首をひねる。

「エレスティア様の台詞が疑問を抱きすぎてもはやおかしくなられておられますが、確かにその言葉に尽きますよね。コレが心獣らしく悪戯してこない方が平和的です」

「あの巨体でジャンプされたら、さすがに身の危険を感じますわ……」

すかさず二人の心獣が主人を背に拾い上げて、よけていたけれど。

ピィちゃん自身、当初の驚きはどこかへいったようだ。

すっかり巨大化を楽しんでいる感じがあった。ご機嫌な様子で二人を追いかけて転がったり、じゃれようとしてエレスティアに向かった時は、護衛たちが死ぬ覚悟の顔で必死に避難させていた。

そのピィちゃんは、休憩のたび出てくるおやつも嬉しいらしい。

円卓の上に座り込んで「ぴっぴ、ぴっぴ」と陽気にクッキーを食べ続けている。アインスはしつけのツッコミも湧いてこないほど疲れていた。

魔力が注がれても、元の心獣の姿になるわけではないらしい。

どうやら本来の、魔法師と心獣がつながっている状態にもっていかなければならないようだ。

誰も経験がないのでわからないし、教えられないことだ。報告を受けたカーターたちも首をひねっていた。

就寝時間に初めてジルヴェストに見てもらった時も、『アインスから話には聞いていたが、まさかの本当にそのままデカくなっているのか！』と、彼も心の中でかなり衝撃的そうだった。

（冷静だったのは彼の心獣さんだけだったわね）

他の心獣はあんぐりと口を開けたり、背中の毛を立てて目をまん丸くしたりしたが、ジルヴェストの心獣だけは反応がなかった。

不思議と落ち着いていたことを、エレスティアはぼんやりと思い返す。

少々疲れてもいた。何度繰り返してもうまく成功しないことへの、自分自信への失望と、そして焦り――。

『焦る必要はない。君なら、絶対にできる』

ぼうっとしていると、ふっとジルヴェストの昨夜の言葉がよみがえった。

彼は、ベッドでエレスティアの手を両手で包み込み、優しい顔で見つめていた。

『もし期待に応えられなかったら――』

『これは期待ではない。俺は、確信している』

親族のドーランや兄たちでさえ探ることもできずにはじかれた、エレスティアのずっと奥深くに隠れてしまった魔力。

それを動かせるようになった。

少し前まで、できないと彼女自身が思っていたことだ。

これもいずれ悩んでいたことも忘れるくらい自然と、不意にできるようになっていたりするだろう——そうジルヴェストは優しく語ってくれた。

（彼の方こそ、疲れていて、貴重な睡眠時間だと思っているはずなのに）

ジルヴェストは宮殿の方ですることがあるらしく、夜明け前には支度して出かけている。

ここ数日は、目覚めた時にはベッドで一人だ。

けれど、それを寂しく思わないように彼は一輪の花を添えて『今日もがんばってくる』という温かな手紙を枕に残してくれていた。

なんて気障《きざ》で、素敵な夫だろうか。

『君のペースでいずれ感覚を掴めるようになる、だから、焦らなくともいいんだ』

（私の、ペースで……）

確かに、今ではピィちゃんは難なく巨大化できた。

とすると——きちんと魔力を開放する、ということも魔法師なのだからできるはずだ。

ジルヴェストとのことを思い返していると、弱り、疲れていた心が、再びむくむくと元気を取り戻していくのを感じた。

（きっと、できる）

まずは、自分がそう信じなくてはと思った。

努力は、きっと報われるはずだから。

「疲れていると、ピィちゃんは本当に癒やしになりますわよねぇ」

アイリーシャが片手にティーカップを持って、クッキーを食べまくっているピィちゃんをつつく。

「その疲労感を与えているのも、そのピィちゃんなのですがね」

抑揚なくアインスが言いきった。

だが彼は紅茶を口にしたところで、アイリーシャにじっと視線を向けられて片方の眉を上げた。

「なんです？」

「アインス様の『ちゃん』呼びに違和感がありますわ。永遠に慣れない気がしています」

「失礼ですね」

「あなたもたいがい失礼ですわよ」

アイリーシャが背もたれに体を預け、あっけらかんと言い放つ。

「エレスティア様がそう呼んでいるのに、私が呼ばなくてどうするんです」

「力強さから『本当は呼びたくない』感が滲んでいますわね。忠誠心が厚くて何よりですわ。憎たらしい」

「あなたもたいがい私への嫉妬心が隠せなくなってきていますよね」

「殿方はいいですわね。わたくしも専属護衛がいいですわ」

「だから縁談希望がないのでは――」

アイリーシャが円卓の下で足を踏もうとし、アインスがすばやくよけた。

「ふふ、仲がいいのですね」

エレスティアは癒やされるのを感じた。

こんなふうに話せる人たちと疲労を分かち合い、紅茶を飲んでいるなんて幸せだ。

アイリーシャが一度、信じられない思いでアインスを見たのち――。

「もちろんですわ。専属護衛とは良好な関係です」

にっこりとエレスティアに応じると、アインスがそのクールな表情にドン引きの色を浮かべた。

二人のやり取りを眺めながら考えていたエレスティアは、ハタと思いついて尋ねる。

「魔力もまた感情に反応する特徴があるのでしたわよね？」

「そうですわね。それが魔力暴走のトリガーになります。不安定な魔力が湧き上がる感情に反応して一緒に動き、噴き出してしまう感じですわね」

中に引っ込んでいるうえ、外から引き出すことができないように蓋がされている感じであるとはジルヴェストからも聞かされていた。

(だから誰にも魔力を感じさせられない)

引き出すというより、開けてあげるイメージだ。

その際の開放感を想像すれば、より開く感覚を引き出せる可能性が高いかもしれない。

それを意識していたつもりだが、エレスティアは一つ、足りないことがあると気づいた。

「私、してみたいことがあるのです」

エレスティアがティーカップを置くと、アイリーシャもそれに続いてにっこりと笑い返してきた。

「本人がピンとくることが最適な方法ですわ」

「ありがとうございます」

「それで、その方法とは？」

アインスも考えを聞かせてくれと言わんばかりに、少し身を乗り出した。

「はい。方法についてなのですが、その前に言っておかなければならないことがあって……私、実は自分の魔力で誰かを傷つけてしまうことが怖いんです」

正直に打ち明けた。

二人が神妙な面持ちになる。

「大切な人ならなおさらで……アインス様や、アイリーシャ様に、何かあったらどうしようと無意識にいつも思っていたと気づきました」

遠くから見守っていた護衛たちが、しんみりと視線を交わし合う。

「たぶん、その気持ちが魔力を開放することに歯止めをかけている気がするのです。けれど私の〝その怖さ〟は、とても強くて、優秀な魔法師であるお二人には、とても失礼な思いであるとも気づきました」

「……エレスティア様が、ご自分を怖がっていなくて安心しましたわ」

見つめ合っていたアイリーシャが、静かに微笑む。

「それから、大切に思ってくださっていることは正直嬉しいです」

「光栄ですね。私も安心いたしました」

「そこでお二人にお願いがあるのです。これが私が申し上げたい『方法』なのですが――私は二人の強さも信頼していきます。もし、何かあったら確実にご自分を守れるよう準備していただけますか？」

その際に、エレスティアを守ろうとはしないで欲しい。

そんなお願いは、護衛としてついてアインスや指導役のアイリーシャには失礼な言い方だ。

そうわかって、エレスティアはあくまでそういう言い方をした。

だが、きちんと伝わってくれたようだ。そして——二人は一つうなずいて受け入れてくれた。

「お任せください。エレスティア様がそう望まれているのなら、全力でそれにお応えしましょう」

「それであなた様が安心してくださるのなら、協力は惜しみませんわ」

そこで休憩は終了となった。

訓練中に吹き飛ばされてしまうおそれがあるため、侍女たちが茶器などもすべて下げて護衛たちが円卓もどかした。

エレスティアは、広い中庭の中心に立った。

少し離れて、心獣をそれぞれの隣に用意したアインスとアイリーシャが見守る。

「ピィちゃん、用意はいい？」

「ぴっ！」

目の前で飛ぶピィちゃんが『クッキーも食べて充電満タン！』とでも言うかのようにうなずく。

なんだか、今ならやれそうな気がした。

心がとても軽やかな感じがする。

一人の目覚めでも、まるでそばにいるかのように心を配ってくれる優しい〝夫〟ジルヴェスト。

そして、尊敬している優秀な魔法師で、信頼している二人。

(大丈夫。私は、一人じゃない)

頼ることを、今世では知った。

前世では『一国の姫なのだから頼ってはいけない』と、無力だからこそ迷惑をかけてはいけないと胸は張り裂けんばかりに痛かった。

でも、今は違う。

信頼しているから、エレスティアも託すのだ。

みんな見守ってくれているから――ピィちゃんも、そこにいてくれている。

（私の、私だけの心獣）

エレスティアは、出会えた時の嬉しい気持ちに突き動かされ、ピィちゃんを包み込んで額を合わせた。

（私とあなたは一心同体で、魔力も分かち合いたいわ）

どうか、受け取って欲しいと思う。

その時、頭の奥で遠く鳥が鳴くような声が聞こえた。

閉じていた胸の扉をゆっくりと開けていく想像と共に、確かな黄金色の輝きが、体の奥から漏れていくような感覚があった。

――ぴぃぃ……。

（大きな鳥の、声がする）

カチリ、と胸で何かがはじけて解放感を覚える。

次の瞬間、カッとピィちゃんが光輝いた。

『姫、美しい朝焼けですねぇ』

不意に脳裏で、また一つ、前世の光景がよみがえった。

士気を上げるために訪れた城塞で見た、美しい地平線と黄金色の朝焼けが広がった。

（あの平和な瞬間を、そしてその愛した土地と軍人たちを守るためにも〝わたくし〟は嫁いだの――）

自分を道具として扱う、蛮王のもとへ。

光となったピィちゃんが目の前でどんどん大きくなっていく。その翼は力強く左右へと広がって、伸びた頭に冠羽が現れる。その高さは人間の倍はある。

「お、おぉ、なんと神々しい……」

その黄金色の翼を完全に広げきった次の瞬間、誕生の咆哮《ほうこう》を上げて鳳凰が姿を現した。

黄金色の体毛を持った、大きくて美しい鳥だ。

護衛たちも、そして後宮の建物からうかがっていた侍女たちも感動している。

「近くで初めて見たけれど」

アイリーシャが、一度息をのむ。

「いっそう神々しく見えますわね。あの小さな毛玉とは想像がつかない貫禄……」

「アレとは別人なのでは？」

いや別鳥か、とアインスが述べる。

彼もいささか驚きがあるらしい。けれどエレスティアは、そんなことより二人に真っ先に報告したいことがあった。

「で、できました！」

ぱっと振り向き、高揚に染まった頬と、きらきらと輝く若草色の瞳を二人へ向ける。

成功したことが嬉しすぎた。

子供っぽい言い方になってしまったかなと思った一瞬後、アイリーシャが胸の前で手を組み、アインスが目頭を押さえてうつむく。

「ええ、ええっ、よくできましたわエレスティア様！」

「ご成長に、私もうっかり感動しております」

なぜか護衛たちも涙ぐんで拍手しているし、侍女たちは微笑ましさ全開と言わんばかりに口を手で押さえ、声も出ない様子で何度もうなずいている。

「え？　二人とも、どうされたのですか？」

気のせいでなければアインスは震えているし、もしや泣いているのだろうか。

え、まさか、そんなはずはと思った時だった。

【我が主、再会を嬉しく思います】

明確な意思が頭の中に響き、エレスティアはハッとピィちゃんを見上げた。

（今の声……ピィちゃん、なの？）

すると、鳳凰が翼をしまって鷹揚《おうよう》にうなずく。

【左様。そして我が主の疑問にお答えいたしますと、魔力は心が反映しますので、魔力自体を恐れて歯止めをかけようなどと思ってはなりません】

エレスティアは、助言をありがたく思いつつ固まってしまう。

もしやアインスが口にしていた通り、本当に別人格だったりするのだろうか。

【魔力の省エネモードにより、性格も逆行するのかもしれません。私もよくわかりません】

つながっているので、思ったことはすべて筒抜けらしい。

納得だ。つまるところ幼少期バージョンになるという認識でよさそうだ。

(でも……そうなの)

この鳳凰も、あの小鳥も、エレスティアが愛したピィちゃん自身に変わりはない。

「お～、ちゃんとできているじゃないか」

そんな陽気な声が聞こえて、エレスティアはハタとして鳳凰の向こうを見た。

「まぁ！　お兄様たち！」

「よっ、がんばっているみたいだな～」

ギルスタンが手を上げて応える。

リックスは、生真面目に浅く顎を引いた。

「成功したようで何よりだ」

「まさか、少し前からいらしていました？」

「見守っていた。お前はよくやった、二人への言葉にも成長を覚えた。さすがは僕の妹だ」

「リックスお兄様……ありがとうございます、嬉しいです」

合流した際、長男がちらりと微笑んで手を広げた。

礼節を重んじ、そして部下には厳しい氷のような兄ではあるが妹には甘い。

エレスティアは人前だが甘えさせていただくことにして、再会も嬉しくてリックスを抱きしめた。

「ところで、どうしてこちらに？」

「うん、皇帝陛下から進歩は聞いている。動かせるようになった魔力が心獣化と共に暴走した場合、そちらのお二方と心獣だけでは心もとないだろうと思ってな」

「そっ。というわけで、師団長の二人も参戦」

ギルスタンがリックスの肩を抱き、ピースをしてそう言った。

「やめろ」

リックスは冷たくあしらっていたが、ギルスタンは「かわいい弟に甘えられて嬉しいだろ〜」とポジティブだ。

アイリーシャが手を合わせて感激していた。

「最強の師団長コンビを拝見できるなんて、光栄ですわ」

「あなたの憧れの対象は容姿ではなく強さですか。ロックハルツ伯爵が、縁談選びに頭を抱えているのも納得――おっと」

アインスはさっとよけると、見つめ返してきた二人に騎士としての礼を告げる。

「多忙なお二人が揃って来てくださるとは心強いです、ご協力感謝します」


それから夕刻まで、成功したその感覚を確かなものにするためエレスティアは訓練を続行した。

集中が途切れると鳳凰はピィちゃんに戻ってしまった。

やはり彼女の魔力は、内に引き戻る性質があるらしい。魔力にそんな特徴はないのでかなり謎だと、目の前で見たリックスも不思議がった。

今の状況だと、意識して開放状態をたもたなければならない。

魔力の開放、そして維持。課題が二つになったので、エレスティアもピィちゃんに意思確認をして感覚を掴むまで続行することにしたのだ。

（あの感覚を忘れないうちに、自在にできるようにすること）

魔法師は、息を吸うように自然と魔力を動かす。

子供時代に習得しているそれを、エレスティアもいずれは自分のものにしなければならない。

何か起こった時、自分の魔力でどうにかできるようにするためにも。

「両者共に体力的にきつくなるだろう。まずいと思ったら止める、好きなだけするといい」

「はいっ」

二人の兄が見守りに加わり、ピィちゃんを鳳凰の姿へと変える。

体に覚えさせるように、初めは心の中でそう自分に言い聞かせることにした。

（魔力、開放）

徐々にそのスピードは上がっていく。

「魔力の消費がかなり大きいのではないかと思いますが」

アインスが不安をこぼした。

「ああ。けど、我が妹ながら末恐ろしいな。勉強の時の集中力も異常だったけど――どうやら変化の衝撃にも耐えられるくらいの魔力が、無尽蔵にあるらしい」

エレスティア自身も、ピィちゃんが心配で確認しながら進めてはいた。

けれど不思議と、その繰り返しには疲れを感じなかった。

「ぴっ、ぴぃ！」

小鳥姿に戻ったピィちゃんも、ご機嫌に宙を飛ぶ。もう一度やろう、そうエレスティアにせっついてくるくらいだった。

（鳳凰の姿になったことを覚えているみたい）

精神的な部分も逆行するらしいが『大きくなった』という記憶は残っている感じがあった。

立派な鳳凰の姿だ。嬉しいのだろう。

（ピィちゃんが喜ぶのなら、私も嬉しいわ）

「ふふ、ええ、もう一度練習しましょう」

今度は、もう、自信がないなんて言わない。

エレスティアは両手を少しピィちゃんへと伸ばした。すると、自然と魔力の流れを感じた。

「ぴぃぃぃ！」

空に美しい咆哮を上げて、鳳凰が翼を惜しみなく広げて存在を誇示する。

それは、茜色に移りだした空にとてもよく似合っていた。

「黄金色の毛並みに、きらきらとまとっている粒子が綺麗だわ」

「高濃度の魔力のせいだろうな」

「一粒ずつが空気を浄化しているせいで、肉眼でそういう色に見えるんだ」

ギルスタンが、リックスの説明を補足して心獣に浮遊魔法をかけ、鳳凰の頭上近くの粒子に触れる。

アイリーシャが驚く。

「それ、魔力か光の反射ではなかったのですね」

「実体化してる。俺もそういう現象は、戦場で皇帝陛下と親父が魔法を遠慮なく放った時とか、たまにしか見たことがない」

「カーター殿が喜びそうな発見ですね」

アインスが、なるほどと鳳凰のきらめきを眺めていた。

「でも、美しいことは認めます」

彼が珍しく評価したことを、アイリーシャが少しからかっていた。

それから間もなく日が暮れる前の気配が満ちた頃に、エルヴィオも覗きに来た。

彼は王子様なのだが、変身を助ける便利な道具が異国では安心感があると言って、相変わらず例の旅用のローブを羽織っていた。

エルヴィオは、鳳凰の姿に驚いていた。

「すごいな……いや、素晴らしい。この皇国の心獣はなんと不思議なのか」

「いえ、エレスティア様の心獣がおかしいだけです」

アインスがすぐ突っ込んだ。

「元はあの小鳥だしな」

腕を組んだリックスも、真面目な顔で認めた。

「兄上が信じられない気持ちは、よくわかる。俺、屋根から見ていた時に心獣が目をむくのを初めて見たわ」

「でもエレスティア様とずっといると、その感覚も狂いますわよ」

アイリーシャはそう助言した。

その日で鳳凰化はだいぶ板についてきた。前もってピィちゃんに声をかけることで、安定して自然な魔力の開放ができることをエレスティアも実感した。

（お互いのためにも、声をかけ合った方がいいみたい）

言葉を聞いて心の準備ができ、すんなり魔力を受け入れて鳳凰化している感じもした。

ピィちゃんの状態では、心の中で言葉を交わすことはできない。

【精神状態は感知しています。私がいれば、魔力の増減のサポートは可能です】

鳳凰はそう言ってきた。

【私は生まれて日が経ち、成長もしました。――生まれたばかりの時のような魔力暴走は起こさせないと誓いましょう】

それは心強いとエレスティアは思った。


その日は、達成感に包まれた心地よい疲労感でベッドに入れた。

ただ一つ残念なのは、隣にジルヴェストがいないこと。

その思いを感じ取ったのか、ピィちゃんがシーツの上をぴょんぴょんとはねて、彼がいるべき枕に乗って見つめ返してくる。

（彼の言った通りだったわ）

いずれ悩んでいたことも忘れるくらい自然と――。

一度できると、まさにその通りだった。

きっと、一度眠っても大丈夫。

明日も、同じようにできるとエレスティアは思いながら、大丈夫よと微笑んでピィちゃんを指で撫でた。

『あと何度か繰り返せば、確実に大丈夫だと皇帝陛下と皆にも判断されるだろう』

そうリックスも告げてくれた。

昼の訓練のあとでエレスティアの紅茶を飲んで少し休憩したのち、彼はギルスタンと共にエレスティアの訓練が仕上がったことを皇帝や側近たちに報告すると言って、退出していった。

みんなエレスティアのために十分な準備期間を考えてくれていたようで、まさか今日にでもその報告ができると思わなかったとギルスタンがこっそり教えてくれた。

(よかった、待たせていなかったのね)

焦らなくとも大丈夫だと言ってくれた優しい夫に、早く自分の口から教えてあげたい。

そう思いながらエレスティアは眠りに落ちた。


――会いたい。

けれど夫はきっと忙しい。

そう思っていたから、エレスティアは朝に侍女に聞かされた彼からの伝言に驚いた。

「今日こそは君と朝食の時間をとりたくて」

彼の優しい表情は、エレスティアが自分の口からピィちゃんの鳳凰化の成功について、話したくてたまらないでいることを察した顔だった。その憎たらしいほどの大人びた紳士っぷりにも、エレスティアは胸が甘くときめくのだ。

(最近、心の声がなくてもダダ漏れの気がするわ)

時々そう感じることがあった。

時折見えるようになった自然体。彼は温かな愛情をまとって、その表情はとても柔らかだから。

ジルヴェストとの久しぶりの朝食を嬉しく思いながら、隣の椅子に腰かけて、料理が出てくる前に早速ピィちゃんのことを報告した。

「よかったなエレスティア！」

彼は、報告を受けているとは言わなかった。エレスティアの話を聞き届けるなり、突如強く抱きしめられて彼女は驚いた。

「きゃっ」

そのまま抱き上げ、ジルヴェストはくるくると回る。

よくやったと喜ばれることを想像していたのに、彼は一人の男として、エレスティアに寄り添って嬉しがってくれていた。

「がんばったんだな。すごいぞ」

悩んでいたのが晴れたことが嬉しいのだ。

ふと、二人のテーブル席のすぐそこに彼の心獣がやって来ているのに気づいた。

ピィちゃんがおとなしいと思ったら、嬉しそうに心獣に向かって飛んでいっているところだった。

(彼の心獣がすぐそこにいるのに、そこから何も聞こえないということは――)

そう考えて、胸がどっくんと熱くはねる。

(――ああ、私、この人のことが心から好きだわ)

ジルヴェストは、国益でも、魔法師としての価値でもなく、エレスティア自身の努力と行動そのものを褒めてくれるのだ。

「見せてくれるか？」

「はい」

もう大丈夫。そんな気がした。

「ピィちゃん、おいで」

「ぴっ」

ピィちゃんがジルヴェストの心獣の額に、自分の額をくいーっと押しつけたあと、もちろんと言うように戻ってきた。

護衛騎士として到着したアインスが、まったくと言うように小さく息をつく。

するとジルヴェストが、自慢げな顔を彼へと向けた。

「アインス、見たか？　心獣を呼んだ時のエレスティアのかわいらしさをっ」

戻ってきたピィちゃんを褒めたところだったエレスティアは、どきんっとして頬がじわりと熱くなる。

「あなたそう素直なお人でしたっけ？」

「自慢したくなるのだ。これくらいいいだろう」

ジルヴェストは、また心の声をそのまま出したらしい。しかし、直後お座りした心獣から放たれたのは――。

『もう誰彼かまわず自慢したい気分だ！　〝おいで〟と言った時の声のなんとかわいいことだ、あの表情も最高じゃなかったか？　俺の目にはぱっちり焼きつけた、これで今日の仕事ははりきって全力でがんばれるっ！　はぁ、このままキスをしたらさすがに台無しになるよな、彼女は鳳凰化を見せてくれようとしているわけだし。しかしこのままピィちゃんごと抱きしめて、唇を奪って少し舌を――』

垂れ流しになった怒涛の感情言葉に、エレスティアは頭が沸騰しかけた。

（というかダダ漏れてくる心の声って、彼がイメージしただけのことも、言葉になって聞こえてくるの……!?）

無理、今聞いたら赤面して集中なんてできない。

エレスティアは慌てて声を張り上げる。

「それではしますっ！　ピィちゃん、用意はいいっ？」

「ぴ？　ぴぴっ」

何やら主人が焦っているのを感じ取ったようで、ピィちゃんがすばやく飛び立つ。

そして昨日までの訓練と同じく、巨大化しても問題ない部屋外の中庭の広い場所へと移動し、エレスティアを見つめ返してきた。

動揺していたこともあって少し集中の時間は必要だったが、間もなくそこに鳳凰が現れた。朝食の用意を整える侍女たちもうっとりとしていたし、このあとジルヴェストを送り届ける予定の護衛部隊の隊員たちも見とれていた。

「朝には、贅沢すぎるくらいの光景ですね」

「ああ、とても美しいな」

ジルヴェストが見上げ、まぶしげに目を細めた。

その横顔から見える、深い青の瞳の澄んだきらめきにエレスティアは目を奪われた。

明るく見えるのは、朝日のせいなのか。

それともピィちゃんがまとう黄金の粒子がこぼれて、きらきらとしているせいなのだろうか。

けれどいっとき、エレスティアが仕事も事情も忘れてジルヴェストに見入っているのは確かだった。

(彼が美しいと言ってくれるのなら、もっと、がんばるわ)

それが癒やしになるのなら、それもまた嬉しい。

エレスティアは、しばし自分の心獣を眺めてくれている夫を見つめていた。

アインスや周りの者たちが気づきだしたが、彼らはピィちゃんが戻るまでの間、知らぬふりで見守っていた。

第七章　皇妃、隣国にて隠された力を……

数日後、週末にその時は訪れた。

午前中、エレスティアは後宮でジルヴェストと共に出かける支度をした。

心獣へ騎獣しても問題ないドレスに身を整える。

髪は結び、上着も軍仕様でベルトで締められるやや厚めのものだ。浮遊魔法がかかると風圧などははじくとはいえ、風で冷えないよう袖もしっかりと締まるものになっている。

準備に、十分な時間をもらえた。

夫婦の私室でジルヴェストと合流した際、エレスティアに緊張はなかった。

「今日は、自分ができる限りがんばってみます」

「ああ、俺も君を支えよう」

互いの検討を、しばし抱き合って静かに祈った。

言葉がないその神秘的な様子を、迎えに来たアインスが侍女たちと共に見守っていた。

間もなく、皇帝と皇妃が後宮から出た。

入り口で待っていたのは大勢の護衛部隊で、彼らが道をつくって二人を導く。

――今日、隣国のファウグスト王国へ向けて出発する。

問題がないよう布石は仕込み済みだが、軍事攻撃だと勘違いされたらまずいので、騒ぎ立てないよう最少人数で向かうことになっている。

宮殿の正面広場に出てみると、集まったのは護衛を含む一小隊だ。

男だらけの中、エレスティアと同じく髪を結んで、凛とした仕草でエレスティアに目を向けてきたのは心獣を同行したアイリーシャだ。

そこには案内として、何かあった時のためファウグスト王国との間を取り持つエルヴィオもいる。

そしてその倍以上の数で、大隊長ドーランと彼が推薦して集めた部下たちの代表部隊が、側面に控えていた。そこには渋い表情のロックハルツ伯爵と彼の部下たちもいる。

「ご出立を見送りいたします」

皇帝が留守になる宮殿と王都を、ドーランが守る。

隣国のファウグスト王国への護衛部隊は、アインス、アイリーシャ、エレスティアの二人の兄の戦闘魔法師団の師団長、そして王宮から厳選された騎士たちが参列する。

その様子を周りから、そして宮殿から人々が大勢詰め寄せて見守っていた。

エレスティアは予想していた以上の見学者の数に驚いていた。

ここから心獣で飛び立つ目的の詳細は公にしていない。それなのに人々の注目度は以前よりも高い様子だ。

「皆、あなた様を見にいらしているのですわ」

緊張してちらちらと見てしまっていると、アイリーシャがそっと手を引いて耳打ちする。

「私？」

「国境でピィちゃんの元の姿を見ていない者も大勢いますから」

それは――――ますます緊張しそうだ。

どきどきしてきたエレスティアの頬に、ピィちゃんが飛んでしがみついた。アインスが「こら、行儀が悪いですよ」と軽く睨む。

「大丈夫ですわ〝皇妃〟、それはわたくしたちがよく知っています」

「〝皇妃〟は魔力の開放がもうできますから」

アイリーシャ、続いてアインスが手を伸ばし、二人が同時にエレスティアの背を軽く押した。

すると、慣れたように観衆に手を振っていたギルスタンが、笑って腕を押してきた。

「自信を持ってお披露目してやれ」

人の視線が苦手なことを思ってか、ジルヴェストも宮殿の者たちに応えている。

彼に視線をちらりと寄こされたエレスティアは、そっと微笑みかけられてどきりとした。

『大丈夫だ、そう言いたかったことは彼女に伝わっただろうか？』

人々の声にまぎれているのに、心獣からエレスティアにしか聞こえない彼の心の声がしっとりと聞こえてくる。

（……ああ、この人はもうっ）

守護獣がいるとダダ漏れになるのに、と教えたら――。

いや、教えられない。

初めは、恥ずかしすぎて死ぬんじゃないだろうかとか、国や軍の機密のことを心配するんじゃないかとか気にしたけれど。今は、エレスティアが彼自身に距離を置かれることを案じていた。

彼が近くにいないと、もう、エレスティアはだめみたいだ。

自分で思っていた以上に初夜までの間に夫婦として大切な時間を積み上げてくれていっているジル

ヴェストに、どんどん恋に落ちていっている。

そして夫婦としても、彼のそばからは離れられないと感じていた。

（こんなところで気づかされるなんて）

謎が多いままの魔力でたとえ何があろうと、エレスティアの心はもう彼をあきらめることはないだろう。

彼が、今の彼女のすべての原動力になっている。

（さあ、顔を上げるのよ）

『私のかわいい姫、顔を上げて』

前世の記憶が不意にまたよみがえり、目の前の光景に重なった。

父だった国王の声だ。

『お前は姫だ。常に民衆を安心させる存在となれ。王子がいない今、お前がこの小さな国の、第一王位継承者なのだから』

名前も思い出せていない前世の自分。

エレスティアはその言葉に、あ、と気づかされる。

（そうだったのね――だから私、父の代わりに城塞の兵士たちの士気を上げに行ったのだわ）

ずっと遠い記憶の向こう、頭の奥で大きな鳥の鳴き声がする。

魔力が、体の最奥でその重い蓋をそっと開く。

「ぴっ」

ピィちゃんがぴくんっと反応した。

翼を広げると、集まった人々を真っすぐ見据えているエレスティアの頬に、体をもふもふと押しつけた。

ハタと我に返る。ほんの一瞬、ぼうっとしてしまっていたようだ。

「ピィちゃん、用意はいい？」

「ぴ！」

なぜか、どこか安心した様子でピィちゃんが一つうなずいて、ドーランたちとジルヴェストたちの間に飛び出した。

みんなが、エレスティアを見ている。

エレスティアは緊張した。意識し、先程のジルヴェストを思い返す。

すると心は見る見るうちに落ち着いた。両手を軽く広げ、息を浅く吸い、したいことを鮮明に思い浮かべる。

その途端、ピィちゃんを取り巻くように一陣の魔力の風が吹き、眩《まばゆ》い光で包み込んだ。

その光を次の瞬間にはじいたのは、左右に広がった大きな黄金色の翼だ。

きらきらと光る金色の粒子をはじきながら降臨する鳳凰の姿を目撃し、観衆たちが息をのむ。

「おお、なんと神々しいのだ……」

宮殿から正面中庭を眺めている貴族たちが、つい両手を合わせる。

唯一の、黄金の毛並みだと知られていた皇帝の心獣。

その隣に鳳凰が翼を閉じて並んだ。その姿はまるで対のように唯一無二の同じ色をしており、その美しい姿に誰もが見とれた。

立った鳳凰の頭は、心獣よりも二倍は高く、かなり目立つ。

「あれが皇妃様の心獣か」

「なんと立派なのだ……」

「あの大きさ、皇帝の心獣よりもあるぞ」

「とすると、魔力量がドーラン閣下と同等か、それ以上という噂は本当なのか？」

粗探しのように注視していた男性貴族たちが、ごくりと唾をのんで押し黙った。

「第二王子アレスクロフトの第二襲撃を警戒し、高速で移動する」

ジルヴェストの声掛けで、それぞれが心獣にまたがった。

【大丈夫でございますよ、我が主。私はあなた様の魔力でございますので、乗れば必ずや安定いたしますから。大きい魔力が背のあなた様をお守りいたします】

緊張気味に浅く顎を引き、エレスティアは首と背を差し出してきたピィちゃんに乗った。

「さあ、我が心獣と、我が皇妃に続け」

ジルヴェストの心獣が上空へと飛び出す。

続いてピィちゃんが大きな翼をばさりと広げて空に羽ばたくと、いっそう巨大で、ドーランの部隊からも「おぉっ」とどよめきが上がっていた。

ピィちゃんはその翼の一振りで、ぐんっと前へと進む。

アインス、アイリーシャ、護衛部隊の騎士たちが続々と心獣を飛ばした。

宮殿を出発した一行は、これから隣国ファウグスト王国の砂漠の地、バリッシャーを目指すことになる。

使うのは、上空型の転移魔法の装置だ。

地上にある転移魔法の装置は、基本的に上空に伸ばすことができる。

（その分、お金はかかってしまうけれど……）

公爵令嬢だけれど、数字に強いエレスティアはちょっと気にしてしまう。

上空型の転移魔法の装置は、通過するごとに心獣の浮遊魔法を加速させる特徴があった。

一回目、二回目とゲートをくぐるごとに、どんどん加速していき、心獣は空気の圧をまとう。

そしてその心獣を持った魔法師は、その圧に耐えられるほど魔力量が多い。

各地の転移魔法の装置を操作する魔法師へは事前に知らせているので、あとは彼らが魔法で連絡を取り合い、タイミングを計って発動させていく――。

（し、下が見えにくいのはよかったわ）

ピィちゃんの首と翼の間に乗ったエレスティアは、魔力に覆われているとはいえ、風の強さにも密かにおののいていた。

他の魔法は使えないので、ピィちゃんが自分で飛行できるのはありがたい。

とはいえ、これが初の自分の心獣での飛行にもなる。

それがまさか長距離、なおかつ上空型の転移魔法の装置を通過して爆速での国境越えだ。

ジルヴェストはほんの少し先、しかしいつでも対応できるような距離にいる。アインスもアイリーシャも心配して、ピィちゃんの後ろあたりの左右にぴったり同行していた。

「これがエンブリアナ皇国の心獣！　すごいな！」

高速飛行へのド緊張の中、陽気なその声に救われる。

エルヴィオは、アインスが乗る心獣の前に座らされていた。

噛みつかない相性のよさの他に、かなり心獣を教育して我慢させる技術も必要になる。

「うるさいお方ですね。もう少し静かにできませんか」

「心獣に乗ったなんて、他国では俺くらいなものだろう！　ああ、本当に素晴らしい！」

その歓声に、扇形の編成飛行の右を担当しているギルスタンが、「十八歳らしくていいと思う！」と笑い声を響かせていた。それを、左側の護衛部隊の先頭を任されている第三魔法師師団長のリックスが、ピィちゃん越しに虫けらを見るような目で眺めていた。

エルヴィオは〝魔法使い〟であり、心獣はいない。

彼はアインスに試しで便乗させてもらってから今日までわくわくしていて、出発時点からかなり感激中だ。

数日前、エレスティアがピィちゃんの鳳凰化を成功させた。

その夕暮れあたりに合流したエルヴィオが、徐々にスムーズになっていく鳳凰化を見て喜びを分かち合っていた時、ふと、全員がいまさらのように、そこにいる彼を心獣たちがまったく警戒していないことに気づいた。

『……あれ、そういえば狂暴と聞いていたのだが……この子たちは噛まないのかい？』

心獣たちに注意を向けさせても、鼻の上に皺を軽く作っただけでやはりうなる気配も見せなかった。

『貴殿は、いい王弟になると思う』

『あっはっはっは！　エルヴィオ殿下最高だな！　その台詞もっかい！』

兄たちが珍しく揃って笑っていた。

——主人のためにもなる。

そう察知して、どの心獣もうならなかったのだろう。

宮殿側でドーランを含めて隣国行きの打ち合わせが行われた際、そんな結論が出された。心獣は主人のためになると察知した時も受け入れてくれるのだとか。

『皇帝陛下の心獣が近づいても平気だったことを考えると、国益になると予見があるのでは？』

『心獣は、我らの未来を察知するところもあるからな』

『皇帝陛下と皇妃様のご活躍、我らも全力で応援しようぞ！』

なんて、側近たちは熱く推測を交わしていたとか。

戦争の火種や、不安ごとよりも、これがよき未来につながる一つになってくれればいい。

会議を皇妃として見守らせていただいたエレスティアは、期待を抱かれている緊張よりも、そう温かな気持ちで願ったものだった。

「さあ、気を引き締めろ。早速一つ目の転移魔法の装置だ」

ジルヴェストが言った。

向かう先に、地上から伸びた光が現れた。それは目的地点の上空に達すると、固定魔法陣の光の模様を浮かべて円状の光の輪をつくる。

「ここをくぐったら——次々に目の前に現れるぞ。心獣の方向を決してぶれさすな」

「はっ」

全員が答え、転移魔法を強化する魔法呪文を唱えて、心獣を加速させる。

エレスティアが加速してと思うだけで、ピィちゃんは頭と体を真っすぐにし、さらに速度を上げた。

一つ目の転移魔法の装置をくぐり抜ける。

光の道は、しかし心獣の飛行速度だと抜けるのもあっという間だった。

「――うっ」

転移魔法の装置を抜けた瞬間、ぐんっと心獣が加速するのを感じた。

振り落とされないか一瞬心配になったが、そのエレスティアの心の動きに反応したのか、さらなる魔力がピィちゃんの体を包み込む。

「おいおいおい、エレスティアの心獣はどうなっているんだ？」

ギルスタンの声が聞こえてくる。

【他の心獣にはないものですので説明できません】

ピィちゃんの声も頭の中に響いたが、次の瞬間には、二つ目の転移魔法の装置に突入していた。

ぼっ、と音を立てて次も脱出する。

本来主人は加速した際に軌道がぶれないよう調整するようだが、エレスティアはピィちゃんが翼で勝手にやってくれているので、困惑しながらしがみついているしかない。

「羽ばたいていないのに加速の勢いに乗って飛行していますね。――アイリーシャ嬢、遅れず同行できそうですか？」

「ナメないでくださいな。わたくしが女性班のリーダーを務められているのは、心獣の飛行技術も最高だからですわ」

「俺でも魔力が見える……それだけ強く濃厚な魔力をまとっているということなんだな」

エルヴィオの声も聞こえた。

「まぁ、それが守ってくれているというのなら、安心ではあるよなぁ」

「魔力がそんなふうに包み込むのは初めて見ましたぞ」

「無意識の反応？　どれほどの魔力量を持っていらっしゃるのか」

護衛部隊の男たちも何やら悠長に言っているが、徐々に転移魔法の装置をぐっていく感覚は短くなってエレスティアは緊張が高まる。

（今、どれだけ速くなっているの？）

青空と雲の光景が、風のように転移魔法の装置の間から過ぎていく。

転移魔法の装置の中は魔力の輝きに溢れ、視界がちかちかして目が回ってきそうだ。

【我が主、前を見ませんと危のうございます。私はあくまであなた様の魔力です】

（わ、わかってるわ。大丈夫）

大丈夫だと自分言い聞かせるしかない。

初めての単身の心獣飛行が、国内最速になってしまったが耐えるしかないのだ。

隣国のファウグスト王国、その砂漠の大地で呪いといわれている現象をエレスティアの『絶対命令』が、果たして効くのかどうか。

そのために昨日までアインスたちも訓練に付き合ってくれた。

みんなが、できる限りエレスティアが魔法を使える条件を、そして機会を整えてくれたのだから。

――ごぉっ、と空気が変わった。

目まぐるしさを感じていたエレスティアは、それまでの速度感がなくなり、ふわっと放り出されるような感覚がして、ハッと転移魔法の装置からの脱出に気づく。

地上から、そして新しく建設された軍事棟からも大勢の魔法師たちが声援を送ってくる。

「バレルドリッド、国境……」

そこは、以前まで魔獣に溢れていた激戦地だった。

それが今は、どうだろう。

(――なんて美しいの)

森の傷んでいたはずの木々は、自身の生命力で力強くよみがえろうとして新芽を咲かせていた。

魔力が宿った大地の力を受け、折れた木々は枝を伸ばしている。荒れていた土の上は魔法師たちの魔法によって徐々に直されているのか、植物も生え始めていた。

【これを、あなた様が与えたのです】

ピィちゃんがそう言った。

【私はただの魔力、何もお教えすることはできませんが――あなた様の持つ力は、繁栄と幸福にも使えるとは断言いたしましょう】

使い方さえ、間違わなければ。

頭の奥でピィちゃんの思い憂げなつぶやきが小さくなる。

「エレスティア、一人での飛行は大丈夫か?」

国境へと向かいながら、ジルヴェストが心獣を少し上げて近くまで寄せてきた。

エレスティアはハタと顔を上げた。気遣ってくれているのだろう。結えていない顔の横の髪を手で押さえながら、彼に「はいっ」と答えた。

「不思議ときつさは何も感じなくて」

「そうか。よかった。魔法は使えないが、うまく魔力が働いて防衛できているようだと確認できて安心した」

「気にかけてくださって、ありがとうございます」

嬉しくてにこっと微笑み返した。

だが直後、エレスティアは予想外の衝撃に少し固まってしまった。

『髪を結んだ彼女の飛行姿までかわいすぎるとはどういうことだ!?　あーっ、かわいすぎて死んでしまう!!』

心の声がつんっと耳に響いてきた。

（え——ここでも聞こえるの？）

上空なら風も強いし聞こえないだろう、そう先程少し考えて安心していたものだが、心の声の叫びが大きいと聞こえてくるのだろうか。

そう疑問を思ったものの、ピィちゃんは不思議と沈黙を続けていた。

（うん。心の声が聞こえることは、黙っていましょう）

彼が死んでしまっては大変だ。

クールに決めているのに心の中のアレやソレが赤裸々になっているとわかったら、彼はどうなってしまうのか反応も想像しかねた。

後ろから、アインスとアイリーシャが不思議そうに眺めている。

「そ、そろそろ国境ですわねっ」

ひとまず、エレスティアなりにせいいっぱい話を振ってみる。

『ふふ、焦っている様子もとてもかわいいなぁ』

「ん、そうだな。そろそろ打ち合わせ通りの陣形で行こう」

『俺に教えてくれている妻の愛らしさを、後ろの連中はしかと目に焼きつけてくれただろうか。語りまくってもいいんだぞ、というか、やはり帰ったら絵師を呼んで今の姿を残させよう。ポニーテールがこんなにも胸にくるとは思わなかった。うなじのあたりのラインまで愛らしさで胸がきゅんっとする』

エレスティアは、首から耳の先まで見る見るうちに赤くなる。

（そばにはいたい、けれど……い、今は早く離れてくださらないかしら）

主に、エレスティアの心臓がもたない。

アイリーシャが、エレスティアを見つめたままこそっとアインスに言う。

「見つめ合っているだけで真っ赤ですわね。ご成婚されて日も経ちますけれど、あいかわらず初々しいですわ。ふふ、目の保養ですわね」

「はぁ……まぁ、そうですね。初々しいでしょうね」

アインスが、遠い目で抑揚なく返事をした。

間もなく国境を越え、ジルヴェストの合図で、護衛部隊は皇帝と皇妃を周囲から守るような護衛編成へと変わった。

ファウグスト王国の上空に差しかかると、道案内のためエルヴィオを乗せたアインスの心獣が先頭へと入る。

「魔法の箒でもこんなに高速では飛べないっ、エンブリアナ皇国は本当にすごい！」

アインスは迷惑そうな表情を滲ませた。

「実に騒がしいお方です」

「堅物なあなたにはちょうどよい護衛のお相手なのではなくって？」

「〝皇妃〟の護衛騎士の位置を取れたからといって、上から目線はやめていただきたいですね。浮遊魔法への気が余計に散ります」

「あ？」

エレスティアの後ろで、令嬢の口から聞こえてはいけないような低い声が上がった。

（ア、アイリーシャ様って……）

初めて見た時、それから令嬢たちを引き連れての様子からはまったく想像してもいなかったが、どうやら想像していた以上に気が強い。

気のせいか、斜め前に見えるジルヴェストの横顔が無になっている気がする。

「はぁ。これはまた……ずいぶん気丈なレディだ」

エルヴィオが、ちらりとこちらを振り返ってくる。

「一番敵にしてはまずい令嬢であるのには間違いありませんね。魔法を封じられたとしても、皇国一の武道家として知られるロックハルツ伯爵家仕込みの皇国剣技か、体術で黙らせられますよ」

「……あの、皇帝陛下、この国では令嬢にも軍事教育を受けさせる習慣がおありなのでしょうか？」

「ない」

ジルヴェストが真顔のままきっぱりと答えた。

「俺が皇帝になった時に『身を尽くします』と騎士の忠誠を捧げ、冗談かと思ったら、女の身で剣術大会で優勝し、父親に軍への協力を要求して頭を抱えさせていた」

「でも実力がともなっているんだから断れないよなー」

「うちのエレスティアがどんなに愛らしいか、よくわかるな」

ギルスタンに続き、リックスも言う。

ひそひそと話している男たちへ、護衛部隊の男たちが「あのー」と控えめに声をかけた。

(あぁ、アイリーシャ様の方から憤怒のような気配が)

怖くて振り返れない。

だがその時、エレスティアは、ピィちゃんの声に気づく。

【我が主、正体不明の魔力が接近中です】

魔力を引っ張られるような感覚があった。

ピィちゃんが誘導しているのだ。そう察してそちらを見て、目を見開く。

「皆様、大変です!」

魔法の光の筋を残しながら、放物線を描くたくさんの飛行物体があった。

それは箒にまたがった者たちだ。

男たちは見覚えがある覆面姿だった。先頭にはマントをはためかせた青年の姿があり、――特徴的な目立つ赤髪だ。

誰もが、それが何者か悟った時だった。

「攻撃魔法がきます！」

アイリーシャはそう叫ぶと、すぐに短縮魔法呪文を唱えて二つの防御魔法を出した。

次の瞬間、彼らが構えた魔法の杖から攻撃魔法が繰り出された。

「いいぞ、そのまま守っていろ。そこまで向かわせないがな」

向かってくる左側の隊列を見ていたリックスが、護衛たちに手で指示を出し、攻撃態勢を取った。

ジルヴェストが、アインスとギルスタンへ手を上げ、任せると伝えた時だった。

リックスの列にいた護衛部隊たちが、一斉に攻撃魔法を放った。

「――〝氷の鳥〟」

その中でリックスの魔法呪文が、冷え冷えとした響きと共に彼の口から白い吐息を漏らした。

「〝堕ちろ〟」

直後、護衛部隊たちの攻撃魔法よりも速く、リックスの氷魔法が第一、第二の攻撃魔法を矢のように上から激しく射貫いていた。

ギルスタンが「ひゅー」と口笛を吹く。

「魔力を練る時間はかかるけど、それだと百発百中だなぁ」

「今回は〝殲滅《せんめつ》〟ではなく〝護衛〟だろう」

「ま、そうだけどさー」

リックスの魔法は、父と同じで周囲影響型といわれている魔力量の多い独特のものだ。

持っている技のほんどが大技であり、一人で多数を相手する場合に向いているが、周りと呼吸を揃えての布陣には向かない。

（それでも、見届けるためについてきてくださった——）

兄たちはエレスティアの今回のがんばりと、そしてその結果を見届けたいと皇帝に直談判したのだと、エレスティアはジルヴェストから聞かされた。引きこもりだった妹の、初めての他国行きだ。

魔法の箒にまたがった敵の一人が、ローブに指をすべらせて異国の呪文を唱えた瞬間、速度を上げた。

エレスティアの鳳凰、そして心獣たちの飛行に追いつく。

「あれも、軍の戦闘用魔法具の一つだ。箒とローブが最新型になってる」

エルヴィオが、先頭で赤髪を揺らす青年を睨みつける。

エンブリアナ皇国では、自身で使う魔法には道具の優劣は関係がない。エレスティアには、不思議な響きではあった。

「聞いたぞエルヴィオ！　その皇妃が我が国で祀っている古代王ゾルジアの、服従系の大魔法を継承した者なんだってな！」

「アレスクロフト兄上、血迷われたか！　相手は皇妃で、ここには夫の皇帝陛下もいらっしゃるのだぞ！　今すぐ魔法の杖を下げられよ！　不敬であるぞ！」

それが、魔法使いの国での戦闘解除の姿勢なのだろう。

皇国では、心獣が下がることがそれを意味する。

「国を出た皇帝と皇妃など、目撃者がいなければ不慮の事故でもどうにでもなるわ！」

「何をバカなことを……！」

「お前は抜け駆けして王になろうとしているのだろう！　許さんぞこの偽善者め！」

「兄上――」

「側室の子の分際で俺を兄と呼ぶな！　くそっ、くそ！　俺が王だ！　この国を好きに変えてやる！　誰にも偉そうな顔などさせるものか！」

エルヴィオが、悲しそうな顔でぐっと言葉をのむ。

もし第二王子が現れた場合、説得してあきらめさせること。それが不可能だとわかった場合は、あきらめること――。

暗殺部隊が後宮に押し入ったあの日。会議室で話し合いをしていた時、皇国側から示されたその提案を、彼が一国の王子として受諾していたのをエレスティアは見ていた。

(兄弟の中で、どんな確執や葛藤があったのかわからないけれど、……心が通わないところも必ず出てくる)

同じ血を分けた家族なのに、王位を争って本家と分家が入れ替わることだってある。

それをエレスティアはとても悲しく思った。

「そこの皇妃を渡せ！」

アレスクロフトが最後の宣告のように叫び、自分は後ろに下がって、暗殺部隊に「行け！」と命令した。

敵が身構えた瞬間、ジルヴェストが見切りをつけたように加速を命じる。

「ねばっても無駄です、行きますよっ」

アインスがエルヴィオの肩を叩いて、案内へ意識を集中するよう発破をかけた。

「ピィちゃんっ」

【御意】

他の心獣たちの動きに合わせて、取り囲まれているピィちゃんも高速で宙を飛ぶ。

攻撃魔法が次々に襲いかかってくる。アイリーシャや護衛部隊たちも攻撃魔法、時には防御魔法を放って、相手からの攻撃魔法を打ち払った。

猛スピードで心獣たちは、ファウグスト王国の中心部へ向かって飛行していく。

それを追っていくのは、魔法の箒に乗った第二王子と、精鋭部隊でもあるファウグスト王国の暗殺部隊の覆面の男たちだ。

とくに、大きくて真っ白な狼形の心獣の飛行風景は目立つ。

それが群れを成して猛スピードで上空を横切っていけば、地上の人々も目撃して騒ぎ始めた。

「なんで隣国の心獣が⁉」

「お、おいっ、あれって皇帝陛下ではないか⁉」

「誰か王室に知らせをっ！」

地上が騒がしくなるが、そこに気を向けるような余裕はない。

「ちっ、まさか来るとはな。ほとほとあきれる」

ジルヴェストが、やりづらそうに後方の様子を眺める。

皇帝の進行を襲うなど考えられないことだ。エルヴィオがアインスに軌道修正を指示したのち、隣へと彼の心獣を移動させて皇帝へ謝罪した。

「申し訳ございません皇帝陛下、アレスクロフト兄上は、野心と欲でどうにかなってしまっているのです――昔から、何も、変わりません」

「人の心根ほど、変えるのは難しい」

「そうですが――」

「それに、貴殿からの詫びなら〝うっとうしいほど〟何度も聞かされた。エレスティアに接触し、後宮では連れ出したこと――俺も『もう言うな』と頭をはたいた。あれで、チャラだ」

エレスティアは、そんな夫の後ろ姿となびく金髪を見つめていた。

彼はそう告げた際、エルヴィオに視線も返していなかった。けれどジルヴェストが彼に対して、宮殿にとどまらせていた数日で情が湧いたのはわかった。

優しい、皇帝なのだ。

十九歳で突如即位することになり、国を守らなければと心を鬼にして冷酷な軍人王だと恐れられるくらい、がんばってきた人。

「……ははっ、冷酷な軍人王とは思えない『罰』ですね――寛大な処置、御心に重ね重ね感謝を」

すべてを理解したようなエルヴィオの優しい声に、エレスティアは涙が出そうになる。

知ってくれる人はいるのだ。

（よかったですね、ジルヴェスト様）

だが、状況はよくない。

飛行、そして魔法のぶつかり合いがある中、心獣からのジルヴェストの思考は聞こえないが急ぎ考えているのはわかる。

今後の法的な取引のためにも、ここで第二王子を傷つけてしまうのはまずい。

攻撃魔法が使えないエレスティアのためにも、護衛部隊一行は彼女を無事に目的地に送り届けるまでは、できるだけ応戦しない構えでもあった。

心獣に浮遊魔法をかけているので、他に同時に使える魔法は一つ、多くても二つ。

このスピードを維持するとなると、使える強い魔法も限られる。

大魔法を使う場合は、別の誰かに浮遊魔法をかけてもらっての行使になるだろう。

「うっとうしい攻撃だ――〝削り呑《の》め〟」

ジルヴェストのオリジナル魔法呪文か、恐らく何かを短縮したものだろう。

一瞬後、彼の魔力が広がり、それはエレスティアたちの頭上を通り過ぎて攻撃魔法を覆った。

――ばくんっ。

ぶつっと耳鳴りのような圧縮音と共に、敵の魔法が消失する。

エレスティアは心臓がどっどっとはねた。以前、町中でエルヴィオが感じていると言っていた強い魔力をはっきりと感じた。

（これが、魔力）

魔力が開放されている状態だからだろう。

他者の魔法を〝つぶす〟ほどの怖い攻撃魔法だ。その魔力がどれほど重く、そして怖いものであるのか、エレスティアの中の魔力が本能で教えてくれるような感覚があった。

「何をしているバカ者どもが！　禁じられている魔法でもなんでも使えっ！」

アレスクロフトが、魔法の杖の先を赤黒く光らせて叫ぶ。

「そのための道具は金を惜しまず与えたはずだぞ！」

「し、しかし殿下、相手はあの軍人王にございますっ」

「魔力で人も砂塵に変えてしまうとか――」

「心獣に乗っている状態であれば恐れることはない！　空中こそ勝機があるのだぞ！」

ぴく、とリックスとギルスタンが反応し、冷気をまとった。

「――皇帝陛下、殺しに行ってもよろしいでしょうか」

「――剣でスパッとやってしまえば、我が国が殺したという証拠は残らないのでは？」

ギルスタンが剣の使に手をかける。

「待て、やめろ、相手は王族だ。殺傷だと面倒なことになる。地上の民間人に目撃者が出ている。司法取引も手短に運びたい」

「しかし――」

「くどいぞ。私の命令が聞こえなかったか」

ジルヴェストが魔力を溢れさせて冷酷に見下ろす。

「気を取られている間にエレスティアに何かあったら、承知せんぞ」

ジルヴェストの威圧に、二人が「御意」と答えて殺気を引っ込める。

みんな、うまく動けなくて苛立《いらだ》っているのだろう。

(私のせいだわ)

みんながエレスティアを無事、目的地に運ぼうとしてくれている。

けれど胸を痛めている場合ではない。今すべきことは、一つだ。

「あの赤黒い魔法の光はだめです！　気をつけてください！」

エレスティアは急ぎ警戒を呼びかけた。

「そうか。エレスティアは一度対峙しているのだったな——エルヴィオ、アレに何がある？」

「死を与えることを目的とした魔法です」

「ああ、いくつかの国でもあったな。しかし放てる数に限りがあったはずだが」

「我が国では魔法の杖のランクによります。それから問題は……うわっ、兄上の魔法がきますっ、かわすか相殺してください！」

アレスクロフトが赤黒い光の攻撃魔法を放った。

それは先頭のアインスのあたりを狙っていたようだが、魔法呪文よりやや遅れて振り下ろされた杖の先から出た魔法は、思ってもいなかった方向へと飛んだ。

「はぁあああああ⁉」

護衛部隊の男たちが、一斉に素っ頓狂な声を上げた。

「下手くそ！　とてつもなく、下手！」

「おいおいどこに飛んでくるんだよアレは⁉」

「こ、こんないい加減な攻撃魔法あります⁉」

さすがのアイリーシャも予想外すぎて、ギョッとしたように叫ぶ。

すると——ぷちっと何かが切れる音がした。

リックスが自分の心獣に浮遊魔法をかけて、ジルヴェストとエレスティアの前にすばやく移動した。

「〝氷魔法第三十二章、大気を凍らせろ〟」

低い呪文と共に、敵との間がピキィっと音を立てて凍りつく。

攻撃魔法が一瞬で鎮火した。

敵の方向を見据えるリックスの美しい顔には、青筋が立っていた。

「鍛錬をサボりすぎているのがよくわかるバカ丸出しっぷりだな。今のはフザけているのか？　王族は特別な魔力を持つその責務があるはずだろう。それとも間の悪いジョークか？　あ？」

暗殺部隊も、さすがに返す言葉を考えているのか攻撃もやむ。

（リックスお兄様が切れていらっしゃるわ……）

ギルスタンも呆気にとられている様子だ。

「あー、と……あれを殺さずにって、逆に難しくない？」

「えっと、実に申し訳ございません。我が兄上は魔法の命中率が低すぎて、ある意味では攻撃魔法が一番厄介な男でもあるというか……」

「そんな男に高レベルの攻撃魔法を教えるんじゃありませんよ」

アインスが額に手を置き、わかりやすくため息を吐いた。

「心獣に、さらに加速と浮遊魔法を」

ジルヴェストが一行に指示した。

「貴殿の処分はのちに追及させていただく。これ以上はかまうな」

「ま、待てっ！」

アレスクロフトに耳を貸さず、ジルヴェストが先頭に出て誘導する。

「くそ！　誰かあの獣を殺せ！」

「失礼ながらアレスクロフト殿下っ、心獣にあたりはしますが、攻撃魔法の威力はすべて無効化されてしまいます。あれは魔力の塊で――」

「そんなことは知っている！　俺たちの箒みたいなものだ！　殺せよ！」

アレスクロフトが子供のように喚《わめ》き散らしている。

理解を放棄し、ただただ野心に燃えている。そんな者が王の座を手に入れても、長くは続かないのはわかりきっていることだ。

それもわからない彼の、王座への執着へエレスティアはかえって哀れな気持ちを抱いた。

（何がそんなに彼を――）

だが、目を向けてハッとする。

心獣たちが二重魔法で加速し、魔法の箒では追いつけないことを知ったのだろう。

アレスクロフトが戸惑う暗殺部隊たちに魔法の発動を命じて、自身も魔法の杖に、最大威力とわかる赤黒い光を宿していた。

（だめ、やめて）

エレスティアのそばについたアイリーシャも、後ろにいる敵の攻撃態勢に気づく。

「大丈夫ですわ、最強の部隊長様たちがいらしているので――エレスティア様？」

エレスティアの若草色の瞳が、高濃度の魔力で輝きを帯びる。

彼女はピィちゃんの進行を止めた。鳳凰の大きな体を横に向け、アレスクロフトたちを見据える。

――守りたい。

いや、守らなければならない。

エレスティアの愛した人、得られた友たち、兄たち、支えてくれている護衛たち――。

胸の底から魔力が、感情に従って自然と彼女の思いに応える。

「〝絶対命令〟──動くな」

差し伸ばされた手の先で、後方のアレスクロフトたちがびくんっとして停止した。

（〝削り呑め〟）

先程聞いた魔法呪文が、エレスティアの頭の中に浮かんだ。

アレスクロフトがハッと驚愕の目を向ける。魔法の杖の先の、赤黒い光がジリジリと音を立てて小さくなっていく。

「あ……あ……、嘘だろ……なんで……コレって……」

──魔法の、消失だ。

アインスがハッとしてエレスティアを見た。

「これは『絶対命令』とは違うような気がします。まるで──」

「皇帝陛下が先程使った【我が魔力よ、おおいなる魔力によってその魔法を食らい、つぶせ】の無詠唱、だろう？」

リックスが緊張したように言う。

「だが、短縮版は皇帝陛下が皇国内で初の成功例なんだ。無詠唱なんてあるわけがない。高濃度の魔力の技か？」

「大魔法の展開中に別魔法を行うのは不可能だ。それ以外に理由があるものか」

「ですが皇帝陛下、アレスクロフト第二王子殿下たちは魔法だけでなく、魔力も奪われていっているようです」

「このままでは魔法も尽き、落下してしまいます」

ギルスタン、そしてアインスもジルヴェストの指示を仰ぐ。

暗殺部隊の男たちの手がぶるぶると震え、そこから魔法の杖がこぼれ落ちて地上へと向かった。

【我が主、杖の先が見えますか？】

（杖？）

疑問に思い、つられたように目を向けた。地上が遠くに見えた。このままあの人間たちが落下してしまったら、死んでしまうだろう――。

そこに思い至って、エレスティアがハッと我に返った瞬間だった。

「エレスティア」

心獣を寄せ、ジルヴェストが彼女の肩を優しく掴んだ。

その愛する人の温かな声に、現実が一気に戻ってくる。

「君の強い魔法で、相手の魔法が押しつぶされたようだ。もう消えている」

「あっ、私……」

徐々に高度を下げだしていたアレスクロフトたちの拘束が解ける。

落下しそうになった彼らをギルスタンが風の魔法で下から支え、アイリーシャと護衛部隊たちが浮遊魔法をかけた。

「ごめんなさい、咄嗟に命令なんてかけてしまったから、飛べなくなってしまったのね」

「いいんだ、魔力にのまれていたようでなくてよかった」

ピィちゃんが体を傾け、同時に寄せられた心獣の背から、ジルヴェストがエレスティアの頬へキスを送る。

（こ、こんなところで）

どきりとした直後、気になる心の声が聞こえた。

『無事で、本当によかった』

「え……？」

視線を上げたら、ジルヴェストが柔らかに微笑みかけてきた。

「それから、到着したよ」

パッと見てみると、眼下には砂漠があった。

（そういえばさっき、ピィちゃんに促されて気づいたんだったわ）

確かに砂の大地だ。どうやらアレスクロフトたちと攻防を続けながら、目的へと差しかかっていたらしい。

前方を視線で辿ってみると、遠くまで砂漠が広がっていた。

ずっと奥に木々の影が見える。

「ここがバリッシャー……？」

エレスティアは、エルヴィオを見た。

「そうだ。ちょうど後ろに見えるのが都市だな」

その時、リックスが心獣と共に前方の空へと顔を向けた。

「皇帝陛下、何か来ます」

リックスがエレスティアたちの前に立ち塞がるようにして護衛態勢に入る。

彼が指摘した前方の空から、小さな黒い影が向かってくるのが見えた。

「ああ、あれは王国軍の魔法騎士防衛団だ」

エレスティアの視線に気づき、リックスが教えてくれた。

「なら国王が寄こしたのか――リックス、もし彼らがここへ先に到着してしまった場合には、しばし俺とエレスティアの邪魔をさせないよう留め置く対応を」

「は」

「アレスクロフト第二王子と連れはそのまま拘束せよ――国王軍に引き渡すとして、あとでたっぷりすべきこともあるしな」

「承知」

ギルスタンと騎士たちが、アイリーシャの魔法サポートを受けてアレスクロフトたちの捕縛に入る。

魔法の杖をなくしたアレスクロフトたちは、とてもおとなしかった。

取り囲む心獣たちに牙をむかれて怯え、近づかないでくれるのならと言って魔法具の縄での拘束にもおとなしく従った。

(こんな大事になるなんて思ってもみなかったわ)

エレスティアは、魔法の箒で向かってくる隣国の防衛団を気にした。

「こんなことになってしまったし、勝手に試しても大丈夫なのかしら……」

「いいんだ。皇妃、どうか試してくれ」

アレスクロフトの様子を神妙に眺めていたエルヴィオが、迷いを吹っ切るような口調でエレスティアに言うと、にっと笑ってみせた。

「その方が兄上も完全にあきらめがつくと思う。到着する前に決行してしまおう。最中に来ても、どうにか俺も加勢して足止めしよう――だから、よろしく頼む」

ここにきて王子様らしい所作で促され、エレスティアは砂漠の土地へと目を向けた。

古代王ゾルジアの怒りを買い、その大魔法で雨が降らなくなった場所。

ファウグスト王国内で【呪われた土地】と呼ばれているバリッシャー砂漠。魔法でつくられたとは思えないほどに、規模が大きい。

(私に、できるのかしら)

緊張が込み上げる。もし古代王ゾルジアが、彼の意思で雨を奪ったのだとしたら、もう元のオアシスに戻すことなどできないのではないか。

「何度でも試してみよう。ここまできたんだ」

ジルヴェストが、ピィちゃんの首と翼の間に心獣を寄せた。

静かに微笑む彼の心獣から、心の声は聞こえない。

「――ええ、そうですわね。ジルヴェスト様、よろしければ一つだけ我儘を言ってもいいですか？」

「なんだ？」

「また、そばにいてくださいますか？」

彼が深い青の目を、ゆるゆると見開く。

「今度はいてくださるだけでいいですから……あなたの存在で、私も癒やされるんです」

エレスティアは癒やされると同時に、彼から活力をもらっている。

元気を、勇気を、そして生きていることの喜びを感じるときめきを。

目を丸くしていたジルヴェストが、くすぐったそうに笑みをこぼした。

「ああ、もちろんだ」

『光栄だっ、ああ、すごく嬉しい。今すぐ彼女を抱きしめられたら、どんなにいいか』

それは私も同じだと、エレスティアは答えたくなった。

答えられたらよかったのにと、抱きしめ合うことが叶わない状況でそう思った。

【我が主、想像が魔法をつくる力になります】

ピィちゃんも励ましの言葉を送ってくる。

エレスティアは、近づいてくる隣国の防衛軍や、アレスクロフトのことや、思い思いに見守ってくれるみんなのことをいっとき忘れることにした。

(降らなくなった、雨)

鳳凰の背から、太陽の日差しがまぶしい澄んだ大空を見上げる。

(雨——天からの、恵)

どうしていいのかわからないし、どうしたら正解なのかもわからない。

誰も行ったことがない。経験者はこの中には誰一人、いない。

彼女は魔法なんてなく、無力だった前世と同じように、一心に祈る気持ちで恭《うやうや》しく両手を天へと掲げた。

「〝絶対命令〟」

命令、なんて大袈裟なことを天に向かって口にするなんておこがましい。

けれど、もし、祈りが届くのなら。

「——戦争の悲しい名残よ、どうか洗い流されますように」

祈りを込めて、エレスティアはそう口にした。それはこの国の者たちの、すべての願いであると思ったから。

その時、遠くから不意にゴロゴロゴロ……と雷鳴が鳴り響いた。

周囲から雲が集まり、頭上の大空に竜でも舞うかのように雨雲がとぐろを巻いて、どんどん厚みを増していく。

それはやがて雷雲となった。驚くほどの速さで砂漠の大地全体が雨の気配を含んだ低い雲で覆われる。

その光景、そしてそれまでの変化は見ている誰もが息をのむものだった。

急激に変わった天候は、それを知らしめるかのように突如として周囲一帯に轟《とどろ》くうなりを上げた。

黒々とした雨雲は、白く神々しい稲光をまとった。

それは両手を掲げるエレスティア自身に、またたくまに空が応えるかのように、魔法騎士防衛団が目前に迫ったところで――。

「あ」

ぽつっ、と何かが頬に触れ、エレスティアは一度目を閉じた。

手で触れて、それが水だとわかった時には、ぽつりぽつりと雨が落ち始めていた。

誰もが雨雲に覆われたバリッシャー砂漠の空を見上げた。

乾燥した空気はどこへ飛んでいったのか、大気はしっとり湿り、そして突如として雨がざーっと降り注いだ。

エレスティアはびしょ濡れになって「ひゃっ」と声を上げた。

愛らしい声を聞いて初めて、人々は動くことを思い出す。

「よ、よくやったなエレスティア！　誰かっ、彼女に防壁魔法を」

「は、はいわたくしがっ」

アイリーシャが、慌ててジルヴェストに答えた。

「まぁエレスティア様大変ですわっ、そんなに濡れて」

「ふ、ふふ、アイリーシャ様もびしょびしょですわ」

顔を見合わせたら、気が抜けたように笑い声が出てきた。

古代王ゾルジアが使った強力な大魔法による影響力が、エレスティアによって消し去られてしまったのだ。

その光景は、町から砂漠に出てきた大勢の者たちも見ていた。

「おお、おおっ、我らがバリッシャーに雨が降ったぞ……！」

「奇跡だ！　砂漠に雨が降っている！」

「ああ見てっ、虹が出ているわ！」

「砂漠に虹がかかっている光景が見られるとは……おぉ、古代王ゾルジアよ、我らを許してくださったのか」

人々が感涙し、崇め、一歩入れば土砂《どしゃ》降りの光景の中で白と黄金色の毛を持った心獣たちがいる天空へ向けて、大勢の目撃者たちが手を合わせた。

魔法騎士防衛団の者たちは、しばし声も上げられず雨に打たれていた。

「……おぉ、これはまさに我らが古代王ゾルジアの大魔法ではないか！」

「かの偉大なお方が、隣国の皇妃としてよみがえったというのは本当だったか」

「我が国の、悲しみを拭い去りに来てくださったのか……と、とにかく、急ぎ知らせを！　そしてご招待申し上げるのだっ」

互いに濡れたことをしまいにはみんなで笑い合っていた。すると、エレスティアは魔法騎士防衛団のみんなから、皇帝よりも先に敬服されて目をむくことになるのだった。

◇◇◇

そして、エレスティアたちは魔法騎士防衛団に雨に濡れた体を一瞬で乾かすという便利な魔法をかけてもらったのち、バリッシャー砂漠から王都まで、大仰な護衛をされてファウグスト王国の王宮へと案内された。

ファウグスト国王は、一同を快く歓迎してくれた。

ジルヴェストはエンブリアナ皇国の皇帝として、協力をお願いすべく真摯な態度を示した。

まず、エレスティアが『絶対命令』の大魔法を使えることを明かした。

魔力が成人後に目覚めるという異例のこと、そして鳳凰化を解くことをエレスティアにも実演してもらい、ピィちゃんのことも包み隠さず打ち明けた。

そのうえで、今回『絶対命令』の大魔法が使われたことは秘密にして欲しい、とジルヴェストはファウグスト国王へ頼んだ。

「我が皇妃は、魔力が開花したばかりで不安定なのです。――その間、今回の第二王子アレスクロフト殿と似たようなことが起こらないとも限らない」

ファウグスト国王も、その願いについては承諾した。

強大な皇国の皇帝でありながら、誠実に王の間の者たちに語り聞かせた態度にも感銘を受けたようだった。

「まさか強大なその大魔法が、一人の女性に宿って生まれ変わったとは……君には、とても重いものであろう。今しばらくは秘密にしておいた方がいいとワシも思う」

ここは古代王ゾルジアの出自の地の国。

そこに、同じ大魔法を持って生まれたエレスティアが訪れてくれたことは、奇跡に近いと彼は感銘を口にした。

「出身地に、特別訪問してくれたようで我ら一同とても嬉しく思ってもいる」

帰郷、そして何前年という長い時をかけて古代王ゾルジアが許しを運んできたような、そんな運命を感じると――ファウグスト国王は、急な訪問を全面的に喜びの言葉で締めた。

（運命……）

それは古代王ゾルジアの名前を聞いた時、エレスティアも少し感じたことだった。

確かに不思議な縁だと思った。

けれど同時に、ファウグスト国王の寛大な対応に深い感謝を覚えた。

「ファウグスト国王陛下、このたびは我が皇国と皇帝陛下への温情、寛大なお言葉に深く感謝申し上げます」

「感謝を差し上げるのは我々の方です、皇妃。あなたは、尊敬する我が古代王ゾルジアへの、ずっと胸に突き刺さり続けてきた悔いを取り除いてくださった——それに、実は、そちらから国交関係の書簡などをいただく前に、かのワンドルフ女大公から話は聞いていた。『もし国内で姿を見た場合は早急に援護、もしくは保護せよ』。命じて騎士を配備していたからこそ、今回早い対応をすることができたのです」

「えっ」

「ワンドルフ女大公は、そちらの王都で我が国の第二王子を見かけたと。そして今回の企みが話し合われているのを耳にしたらしい。あの口ぶりからすると、皇妃の〝秘密〟についても滞在されている間にすべて情報集めが済んだのでしょうな」

ジルヴェストが唖然とする。

「まさか——しかも我らよりも先に察知していたと？」

「かの軍神女大公には、魔力くらましは効きませぬからな。本人も特殊部隊出身の元大隊長。秘密を探るのも得意じゃろう」

とんでもない女大公だ。

（けれど——そうだったのね）

彼女のおかげで、スムーズにこうして収束が叶ったのだ。

感謝しかない。それでいてエレスティアの〝秘密〟をほとんど把握していながら、ファウグスト国王に第二王子の一件以外は漏らさなかった。

「ワンドルフ女大公様は、いつ？」

「国へ帰るついでに魔法で立ち寄ってくれたので、もうここにはいない。かなり皇妃を気に入られたそうだ。また皇国に顔を出すのでその時にはよろしくとも言伝を残していった。どこまでも見透かしたその賢さは、シェレスタ王国の王も頭が上がらないとさえ言われている。予測不能じゃな」

また、会う日がくるのだろう。

再会したらお礼を言おう。

けれど——再会と共に何か起こるのかもしれない、そんな予感がした。

「友好と、敬愛の証に、我が国が持つ古代王ゾルジアのすべての文献を写し、都度贈らせていただくことを皇帝陛下に、ここで今、お約束申し上げる」

ファウグスト国王はそう述べた。

護衛として後ろに佇んでいたアインスたちも、静かな驚きを見せた。

思わず叫んだのはエレスティアだ。

「え!? よろしいのですか? 国家機密のとても大切なものだと……」

「あなた様は謎が多いとは、見守っていた〝うちの息子〟からも聞きました」

彼が、玉座の近くに立っているエルヴィオを示した。

照れたように笑って小さく手を振った彼の口が『魔法具研究局の』と、ゆっくり動いたのをエレスティアたちは見た。

どうやら、カーターたちとそんな約束をしていたらしい。

「何か手助けになるだろう。我が国が抱え続けていた悲しい土地に、古代にあった風景を取り戻させてくれた心からの感謝の証でもある。これは我が国の重要な立場の者たちの総意でもある。エンブリアナ皇国の皇妃エレスティア、どうかこれからも末永く、隣国の我がファウグスト王国とも仲よくして欲しい」

ファウグスト国王、そして妻たちと大勢の王子と姫たちが共に頭を下げた。そこにはただ一人、第二王子アレスクロフトの姿だけがなかった。

王の間に集まった貴族たち、そしてすべての者がエレスティアへ深い感謝を示す。

その様子は圧巻だった。

「いつか、また近々でも、今度は観光で訪れていただけると嬉しい」

「はい。必ず、またいつか」

長く話す暇はなかった。

自国の宮殿で、帰りを待っている者たちが大勢いる。

彼らは手紙を送ると言い、エレスティアは楽しみに待っていると告げた。そしてエルヴィオとはそこでお別れをして、ジルヴェストたちと共にエンブリアナ皇国の空へと向けて飛び立ったのだった。

エピローグ　皇妃は、皇帝の隣にありたいと願う

隣国のファウグスト王国への、急だった訪国から皇帝と皇妃が帰還した。

エンブリアナ皇国は、帰還する心獣たちと神々しい鳳凰の飛行を認めて大きく手を振って賑わった。

その様子は、その日のうちに新聞にも載った。

【即位間もなくの緊張の中で、皇妃は公務で外国へ。皇帝が国交を深めるために書簡でやり取りをしていたファウグスト王国へ共に訪問し、王族と友好的な時間を過ごされた】

【かの王国からは皇妃の頼みならと、国交と貿易強化の提案が速報で入り――】

ファウグスト王国から『素晴らしい皇妃』と褒めちぎられ、国民も鼻高々だ。国中が皇妃の活躍の話で持ちきりだった。

第二王子とのことは、ファウグスト国王側とジルヴェスト側でいろいろと交渉が進められ、母国ファウグスト王国でのそれなりの処置について検討中だという。

今後どうなるか、たぶんエレスティアには知らされないだろう。

落ち着き次第エルヴィオが、世話になった礼も兼ねて訪れるとは手紙にも書いてあったが、それがいつになるのかは予想がつかない。

国民には、バリッシャー砂漠での一件については伏せられていた。

エンブリアナ皇国は、エレスティアが帰還して四日目の今日も、『素晴らしき皇妃』の話の熱が冷めないでいた。

皇妃に心獣がいないと思っていたらいるではないかと驚き、若き魔法師たちの興奮した目撃情報も出回っている。

そんな噂の中に立たされたエレスティアはというと――。

「あらあら、またうなされておりますの？」

絶賛、クッションを頭からかぶって膝を曲げてソファに足を上げ、小さくなっていた。

皇妃は現在、外国公務後ということもあって〝振替休暇〟中だ。

宮殿側の判断としては、魔力の訓練も続いたので何かあってはいけないと休みを全員一致で決定。

しかし、ここぞとばかりに休暇中の皇妃へのお誘いが止まらない。ぜひうちにも来て欲しいとあちらこちらから視察や茶会やパーティーの誘いが届いていた。

「そ、外に出られませんんんんんっ」

ありがたく休暇をもらったのは、二日も経てば世間も落ち着くだろうと思ったからだ。

しかし、ファウグスト王国との国交による利益増やら、心獣を小鳥の姿に変えている異例の魔法の才能やら、鳳凰の姿を見られるのは滅多にないことなので先日はめでたいお披露目日だったのだ――やらと、何やら話が膨らんでいる。

「あれだけのことをなされたのに、ほんと不思議なお方ですわね」

「うっうっ、私、何も言っていないのにいろいろと社交雑誌にも書かれているようで……！」

「何も言わないから拍車がかかるのですわ。みんな噂好きですもの」

昨日、ちょっと宮殿から顔を見せただけで、宮殿の正門の外から大勢の国民に歓声を上げられて図書館にも行けない有様になっていた。

その時は、アインスからは圧を感じる視線で見つめられ、『いつかを彷彿とさせますね』とちょっと苛々した声でつぶやかれてしまった。

ピィちゃんは心配したのか、図書館から本を取ってくるという献身っぷりを見せた。

字が読めなくて適当に一冊持ってきたようだけれど、エレスティアはそれに感動したし、情けない主人でごめんなさいとまたテンションは元に戻った。

「まっ、真実をおっしゃっている方々もたくさんいますから、喜んでいいことですわよ」

うふふと笑いながら、アイリーシャが向かいのソファに座る。

どさっとテーブルの上に何かが置かれる音を聞いて、エレスティアは「ぴゃっ」と飛び上がった。

まさかと思って見てみると、それはエレスティアのことが載った新聞や貴族雑誌だった。

「ま、また持っていらしたのですか⁉」

「ふふふっ、ご覧になってくださいな、『素晴らしい』ですって！　こちらも保管しておきますわね。あ、それと、こちらの見出しは飾っておきましょうか？」

「ひぇ、ひぇえええええっ」

アイリーシャは、こういう功績はきちんと残しておくのがいいと言って聞かず、帰還してからというもの切り抜いて『エレスティア集』というものを作っている。

彼女の取り巻きの令嬢たちも見たがって、予約制にしているとか。

それを聞いた時、エレスティアはなんてしっかり者なのだろうと思ったし、止める隙もない人並みはずれた行動力の高さと仕上がりの速さにもおののいている。

しかも、町中で出回っている姿絵も集めているようなのだ。

（ふ、普通、憧れの紳士の姿絵などを買い集めるのではっ？）

年頃の娘たちに大人気なのは知っている。

すると、あきれたようなため息と共に、開いたままの扉をコンコンと叩く音がした。

「アイリーシャ嬢、またですか。新手のいじめですか？」

そこにいたのはアインスだった。

「あ、ピィちゃんのおやつは何かありましたか？」

「ええ、決して私が選んだわけではありませんが、ありましたよ」

歩いてくる彼の返しを聞いて、エレスティアはちょっと心がほっこりした。

ピィちゃんと彼がちょっと仲よくなった、というのは主人としては嬉しい。微笑ましいという気持ちが顔に出ないよう務め、彼からおやつの袋を受け取る。

するとテーブルを覗き込んできたアインスを、アイリーシャがギロリと睨み上げた。

「何を人聞きの悪いことをおっしゃっていますの。こういう記録は、残してまとめておくべきですわ。わたくしも優勝旗などきちんと保管して飾っております」

「あなた様の神経と、エレスティア様の繊細さ同じに考えないでいただきたい」

今、しれっとアインスが失礼なことを告げた気がする。

エレスティアは、ひやひやした。

しかしアイリーシャは、予想外にも手元の作業へと戻った。

「それに、皇帝陛下も『よき』とおっしゃってくださいましたわ。保管用にと、部屋を一ついただきました」

アインスが額に手をあて、天井を一度見た。

「ところでアイリーシャ嬢、先日の一件はもう終わったのですから、我が物顔で出入りしないでくれませんかね。あなたがいるといちいち騒がしくて仕方がありません」

「あら、エレスティア様と二人になれない嫉妬ですの？　醜いですわよ。女性同士の方がわかり合えることもありますし。それからわたくし、この作業のついでに皇帝陛下から、引き続きエレスティア様への魔力実践指導を拝命いたしましたから」

「は」

「これまで通り、空いた時間はエレスティア様につきます」

アインスから重々しい空気が漂う。

「失礼。少しジルヴェスト様、いえ皇帝陛下のところへ行ってまいります」

彼は怖い真顔のまま、足早に部屋を出ていった。

エレスティアは手元のピィちゃんへのクッキーの袋を見下ろし、アインスがいなくなったことでつい表情を緩めた。

（ふふ、訓練をがんばったから、ご褒美をあげているのよね）

侍女たちから秘密だと言って教えられたのだが、帰国してから彼が持ってくるピィちゃん用の菓子はアインスが選んでいるらしい。メニューの前で考え込んでいるのを、何人かが目撃したとか。

そんなピィちゃんは、気ままに後宮内を散策中だ。

（まだ戻っていないし、もしかしたらジルヴェスト様の近くに？）

そうだとしたら、会いたいな、と思ってしまう。

エレスティアが活躍した一件のせいで、彼はまた多忙になってしまったのだ。

朝食を一緒にとった時に話した感じからすると、謁見の要望への返事の他に、彼女が同席しなくてもいいように他にも手を回している感じも――。

「あら！　エレスティア様の騎獣の姿絵が新しくできていますわ！」

「えっ！」

「この元絵は、今頃高い値がついていますわね。ほら」

その新聞を眼前に見せられた瞬間、エレスティアは自分の記事ばかりの光景にくらくらして、ひっくり返った。


大丈夫かと、会いたくてたまらない人の声がする。

（ああ、私、そんなに好きすぎるのかしら……）

髪を撫でられているような、気持ちよさまで感じてきた。

頭の下は温かい。ついつい眠気を誘われる安心感があった。ピィちゃんが上機嫌に飛び回っている声も聞こえる。

『寝顔もかわいいなぁ。このままキスをしてしまってはだめかな』

――え。

エレスティアは、聞き覚えがある心の声に、ぱちっと目を開けた。

「あ」

「えっ」

目の前に、上から覗き込んで金髪を垂らしているジルヴェストの美しい顔があった。

頬を、大きな手に片方包まれている。それだけでなく、彼に膝枕させてもらっている状況だった。

「あ、あの……」

エレスティアは、好きな人と近くで目が合った瞬間、自然と鼓動が速まって顔が熱くなってしまった。

どうやらひっくり返って失神したのち、寝椅子に運ばれたらしい。

けれど、どうして夫がいるのか。

（しかも、なぜ膝枕をしているのっ？）

これでは、ばっちり寝顔を見られているではないか。

『ふむ。エレスティアもそろそろ慣れたよな――』

彼は何やら考えているらしい。

（表情を見ると涼しげで、そんなふうには全然見えないのですけれど……）

しかも、何に慣れたと彼は心の中で思っているのか？

「ジルヴェスト様？　あの、は、恥ずかしいですわ」

その瞬間、彼の添えられている手が、しっかりと触れ合ってきた。

『我慢できない。その愛らしい声をこのまま食べてしまいたい――』

「ん、ぅ？」

彼の顔が迫って、気づいた時には唇同士がくっついていた。

甘く、優しくついばまれて体が自然にとろけていく。

（急にどうされたのかしら？）

けれど彼にキスをされたら、嬉しくてしばらく好きにさせてしまう。

就寝の際にも触れられることはあるけれど、日中にこうしてゆっくりしているのは、ずいぶん久しぶりな気がする。

「んっ」

彼に唇を舐められて、背が甘く痺《しび》れるような感覚にふるっと体が震えた。

甘い予感に、勝手にエレスティアの胸がときめく。

けれど、ふっと唇を開けた時、彼はかえって離れてしまった。

「ああ、すまなかった。このままでは苦しいよな」

そんなことはなかったのだけれど――彼がそのように受け取ったのだと察したエレスティアは、そういうことにした。

（……は、恥ずかしい！）

自分だけその気になってしまったみたいだ。

そもそも、どうして彼がここにいるのか尋ねるのが先だろう。

「な、何か急ぎのご用でもありましたか？　申し訳ございません、少々休んでしまっていて」

「事情は聞いた。アイリーシャ嬢がすまないな」

「あっ、それを聞いてこちらへいらしたのですか？」

彼はすぐ察したようで、エレスティアの手を両手で包み込んで覗き込んできた。

「君が謝ることは何一つない。バリウス公爵がこの多忙な中でカーターをまた連れてきたので、休ませろと午後休暇の要求をつきつけたところだった」

「……はい？」

よく、構図がわからない。

（そういえば、以前もカーター様のお名前が出ていたような……？）

騒がしいことになる前なので、いつだったかはすぐに思い出せない。

すると、視界の隅に動く気配を感じた。

見てみると、彼の心獣がふさふさの優雅な尻尾を振って出ていく後ろ姿が見えた。そこにピィちゃんが翼でしがみついて「ぴっぴっ」と上機嫌に笑っている。

（……あら？　また新しい遊びを始めたのかしら）

というか、小鳥はあんなふうに手で掴めただろうか。

危なっかしいのでは、とか、いろいろと浮かぶことはある。けれどその前に、手からじわじわ伝わってくる温もりと、それから横顔にじーっと注がれている熱い視線が気になった。

ちらりと上目遣いを戻したら――なぜか夫が天井を見た。

「ジルヴェスト様？」

「すまない、なんでもないんだ。ただ、俺も少々疲れていてな。その、もしよければ……そのまま、しばらくそうして俺を見つめていてもらってもいいか？」

「どうしてですか？」

ジルヴェストが視線を戻した。その頬は赤い。

「……俺が、癒やされるからだ」

エレスティアは、ぼふっと頬が真っ赤になった自覚があった。

「は、はい。私で癒やされるのでしたら……」

「ありがとう」　彼は、本当にじっと見つめてきた。

心獣がいた時のように『かわいい』とか思っているのだろうか。

そう想像すると、もう顔から火が出そうなくらいたまらなくなってきた。手を取られていて隠しもできないし、夫は癒やされるというので動けないし——。

「……と、ところでご休暇を取られて大丈夫だったのですか？」

飽きずにひたすら熱い視線を正面から注いでくるものだから、エレスティアは何か気を紛らわせようと思ってそう尋ねた。

ジルヴェストの手の力が強くなって「んんっ」と妙な声を出した。

「俺も、ずっと執務が続いていたからな。人間なんだ、休みくらい取る」

仕事人間とは思えない言葉だ。

妻へ素直になる。それに続いて、臣下を頼ることを口にするということも習得しつつあるらしい。

その変化を、エレスティアは嬉しく思った。

「本当に、お疲れさまです」

「君がよければ宮殿の庭でも散策しないか？　そのあとで、いい夕日が見られる場所まで心獣で一緒に飛ばないか？」

「心獣で？　昔よく行っていた場所だったりするのでしょうか？」

エレスティアは、彼がアインスとは幼なじみだったことを思い返す。

「今も俺にとっては絶景スポットだな。時間が決まっていて、短い間だけ王都の影が絶世の光景になるんだ。そこを、君と一緒に見に行きたいと思って……その、デートをしよう」

――心獣での、デート。

それは思ってもいなかった言葉で、エレスティアの胸がどっとはねた。

「だめか？」

ジルヴェストが、熱を宿した目でじっと見つめてくる。

「い、いえ、はいっ、とても嬉しいですわ。行きたいですっ」

「そ、そうか。よかった。君は外に出たがらないと聞いていたから、少し不安だったんだが……」

「まぁ、私のために確認してくださっていたのですね」

「いや、でも実のところ。しぶられても引っ張り出そうとは考えていた」

彼らしからぬ強引さだ。

エレスティアは目を丸くする。するとジルヴェストが、艶っぽいやや強気な笑みを浮かべた。

「エレスティア」

頬を撫でられ、腰に手が回されて優しく彼の方へ引き寄せられた。

「何も怖がらなくていい。ずっと室内にいると君にもよくないだろうし、俺は君に、俺が見てきた好きなものもたくさん共有して欲しいと思っている」

彼が手を愛おしげに持ち上げ、結婚指輪にキスをした。

「今後、何があろうと、君を害するものがあれば退け、君が不安に思うことなく幸せな人生を送れるよう、俺は生涯をかけて隣に居続けることを誓おう」

それは、唐突なプロポーズみたいな言葉だった。

先日『絶対命令』の件で災難に巻き込まれたばかりだ。

意識しないと体の中に引っ込んでしまう魔力のことも、まだまだ謎が多い。

（私が不安になると思って……）

ずっと、生涯隣に居続けてくれる。

その言葉に、エレスティアは胸が熱くなって涙が込み上げた。

たとえ何があろうと、離れることはない。そう彼女も思っていたけれど、彼にそう言われることで自分が安心しきるのを感じた。

「はい、ありがとうございます」

エレスティアも、彼の手をきゅっと握り返した。

「私も、何があってもジルヴェスト様から離れませんわ。隣に居続ける努力を惜しみません」

「ありがとう、とても嬉しい――」

彼の顔が近づく。

エレスティアも、吸い寄せられるようにその唇へ押しつけた。

感極まったキスは、極上の幸福感を連れてきた。互いの唇の感触を確認し合って数回で体温は上がり、もっとしていたい気持ちに駆られた時には、同じ気持ちになったみたいにジルヴェストが軽く肩を押してきた。

エレスティアは、抗《あらが》わず寝椅子に横たわった。

「もう少し、このまま続ける」

彼がエレスティアの左手を取り、空いている方の手で愛おしげに彼女の頬を撫でる。

「はい……もう少ししてから……庭へ散策に行きましょう」

上にのしかかった彼の体の重みに抗わず、エレスティアが続きを促して唇を寄せれば、噛みつくように再び唇を重ねられた。

今度は、触れ合うだけでは済まなかった。

想いの強さを示すかのように、深く口づけてくれる。

いけない熱が体の芯から込み上げる気持ちがしたが、それは幸福感が覆いかぶさってきて、間もなく気にならなくなった。

彼と、キスをしているだけでエレスティアは満たされた。

◇◇◇

それからほどなくして、ファウグスト王国から吉報がやってきた。

というのも第四王子、エルヴィオ・ファウグストの正式な訪問である。

エルヴィオは、しばし自国の王子業に専念するという。アレスクロフトの処遇が決まり、王室からの除名となった。

彼が王位継承権第六位として行っていたことなどの引き継ぎやら、後始末やらとまだまだ落ち着いておらず、残る兄たちのことも助けないといけないとエルヴィオは話した。

「古代王ゾルジアの件で力になれと、このたびファウグスト国王から、この国の王家代表の親善役を拝命された。落ち着き次第、ちょくちょく通うことになるだろう。――これからも、よろしく頼む」

王の間での挨拶を終えたあと、エルヴィオは控室でそう言って手を差し出した。

「はい、これからもよろしくお願いします」

エレスティアは手を差し出そうとしたのだが、それは隣にいたジルヴェストの手によってさらわれてしまった。

「あら？」

見上げると、彼は向こうへとふいっと顔を逃がしていく。

エルヴィオが「ふっ」と噴き出した。

「かしこまりました。皇帝陛下は、ずいぶん皇妃にご熱心であらせられるようだ。冷酷皇帝も、女性に惚れて嫉妬もするのですね。恋愛結婚という噂の方が、どうやらアタリだったようだ」

彼が茶化すようにつらつらと続けたが――ジルヴェストは、一つも否定しなかった。

その横顔が赤くなっているところを見て、エレスティアは恋人つなぎをされている手を急に意識し、もう真っ赤になってしまった。

はたから見ても、そう見えるくらい彼は表情に出るようになっているみたいだ。

それから――隠さないでくれている。

エレスティアは、恥ずかしいけど嬉しくて、祝福するように笑うエルヴィオの声に勇気を振り絞ってうなずく。

「そ、そうなのです。私たち……愛し合っている夫婦、ですから……」

赤くなった手で、気持ちを込めてジルヴェストの手をきゅっと握り返した。

すると彼が、さっとエルヴィオを見つめ返した。

「そうだ、俺が好きすぎて皇妃にした。彼女が言った通り妻とは相思相愛で、毎日癒やされているし、毎日愛でたいし、夫婦円満で、良好だ」

黙って流すかと思ったら、突然夫が堂々主張してしまった。

エルヴィオは、ぽかんとした顔だった。

「……よほど、ワンドルフ女大公みたいなお方が次にも現れたら嫌なのだと思いますよ」

移動のため護衛騎士として控えていたアインスが、ぼそりとエルヴィオに助言した。

エレスティアは、ジルヴェストが女性にまで嫉妬したことを思い出したら、もう声が出なくなってしまうほど赤面したのだった。

二巻完

あとがき

百門一新です。このたびは『引きこもり令嬢は皇妃になんてなりたくない！　～強面皇帝の溺愛が駄々漏れで困ります～』２巻をお手に取っていただきまして、誠にありがとうございます！

続刊が発売となりました！

こうして無事に刊行に至ったのも、担当編集者様、担当様、発売にたずさわって一緒にがんばってくださった皆様のおかげです！　本当にありがとうございますっ！

今回、１巻の発売を目前に続刊が決まった本作ですが、それを一番喜んだのは私でした。

ファンタジーも大好きで、設定を深く作り込んでいて裏設定もあり、「１巻では書ききれないのが残念だなぁ」と思っていたところ、そこへまさかの続刊のお知らせをいただいて、びっくりし「本当に大丈夫ですか？　書いてもいいのですかっ？」と確認してしまいました。

ピィちゃんという自分の心獣ができたエレスティアの成長の物語でもある第2巻、お楽しみいただけましたでしょうか？

彼女のことや、この世界のことをより深く書けたこと、この世界のお話をこうして再び書くことができて大変光栄でございました！

書きながらこの先の妄想がどんどん膨らんでいったのですが、「次があるのなら書きたい」と思っていた2巻の内容を、書きたいだけ書けたことはとても幸せなことでした。

エレスティア、みんな、大好きです！

設定部分も細かく把握していただき、共有しながら一緒にブラッシュアップをがんばってくださった担当者様たち、原稿作業の中で小鳥のピィちゃんにも「かわいい！」「癒やされるっ」と、感想まで共有できたことを嬉しく思いました！

2巻でも大変お世話になりました！　本当にありがとうございました！

今回もイラストをご担当くださいました双葉はづき先生！　素敵な絵を本当にありがとうございました！

表紙のジルヴェストの表情も本当に最高で、嫁を自慢するような、イケメンな笑顔がとても素敵でした！　彼の心の声が聞こえてくるようです！

かわいいエレスティア、かわいい彼の心獣とピィちゃん、たくさんの挿絵で先生のイラストをより多く堪能できたのも嬉しかったです！　本当にありがとうございました！　先生の心獣も、とっても大好きでございます！

1巻をお楽しみいただき、続刊をお手に取ってくださった読者様にも感謝申し上げます！

ピィちゃんという心獣も加わった今回の2巻も、お楽しみいただけていたのならとっても嬉しいです！

喉風邪の中、休まず執筆できたのも支えてくださった担当編集者様のおかげです！　ありがとうございました！　そして本作を素敵なご本に仕上げてくださったすべての皆様に、心から感謝を！　また、どこかでお会いできますように！

百門《ももかど》一新《いっしん》

引きこもり令嬢は皇妃になんてなりたくない！
～強面皇帝の溺愛が駄々漏れで困ります～２

2023年8月5日　初版第１刷発行

著　者　百門一新

発行人　菊地修一

発行所　スターツ出版株式会社

〒104-0031　東京都中央区京橋1-3-1　八重洲口大栄ビル７F
☎出版マーケティンググループ　03-6202-0386
（ご注文等に関するお問い合わせ）

https://starts-pub.jp/

印刷所　大日本印刷株式会社

ISBN　978-4-8137-9259-8　C0093　Printed in Japan

［百門一新先生へのファンレター宛先］
〒104-0031　東京都中央区京橋1-3-1　八重洲口大栄ビル７F
スターツ出版（株）　書籍編集部気付　百門一新先生